Alle Rechte, einschließlich das des vollständigen oder
auszugsweisen Nachdrucks in jeglicher Form, sind vorbehalten.

Der Preis dieses Bandes versteht sich einschließlich
der gesetzlichen Mehrwertsteuer.

Umwelthinweis:
Dieses Buch wurde auf chlor- und säurefreiem Papier gedruckt.

Nora Roberts

Nachtgeflüster 5
Die riskante Affäre
Roman

Aus dem Amerikanischen von
Emma Luxx

MIRA® TASCHENBUCH
Band 25161
1. Auflage: Dezember 2005

MIRA® TASCHENBÜCHER
erscheinen in der Cora Verlag GmbH & Co. KG,
Axel-Springer-Platz 1, 20350 Hamburg
Deutsche Erstveröffentlichung

Titel der nordamerikanischen Originalausgabe:
Night Shield
Copyright © 2000 Nora Roberts
erschienen bei: Silhouette Books, Toronto
Published by arrangement with
Harlequin Enterprises II B.V., Amsterdam

Konzeption/Reihengestaltung: fredeboldpartner.network, Köln
Umschlaggestaltung: pecher und soiron, Köln
Redaktion: Sarah Sporer
Titelabbildung: Getty Images, München
Illustration: Sándor Rózsa, Köln
Autorenfoto: © by Harlequin Enterprise S.A., Schweiz
Satz: Buch-Werkstatt GmbH, Bad Aibling
Druck und Bindearbeiten: Ebner & Spiegel, Ulm
Printed in Germany
ISBN 3-89941-200-1

www.mira-taschenbuch.de

1. KAPITEL

Er mochte keine Cops. Es war eine tief sitzende Abneigung, die daher rührte, dass er seine prägenden Jahre damit verbracht hatte, vor ihnen davonzulaufen. Und war er nicht schnell genug gewesen, waren sie nicht gerade sanft mit ihm umgesprungen.

Bis zu seinem zwölften Geburtstag hatte er bereits eine beachtliche Anzahl Taschendiebstähle begangen und verfügte über hervorragende Verbindungen, um heiße Ware in bare Münze zu verwandeln.

Schon damals erkannte er, dass man zwar das Glück nicht kaufen konnte, aber von den zwanzig Dollar für eine Uhr ließ sich immerhin ein Stückchen vom großen Kuchen erstehen. Außerdem verwandelten sich zwanzig Mäuse ganz leicht in sechzig, wenn man es nur schlau genug anstellte.

Mit zwölf investierte er seine sorgfältig gehorteten Gewinne in ein kleines Wettbüro, was sich mit seiner Sportleidenschaft deckte.

Er war der geborene Geschäftsmann.

Mit Gangs hatte er nie etwas zu tun gehabt. Teils, weil er ein Einzelgänger war, vor allem aber, weil er die für solche Organisationen typische Hackordnung nicht akzeptierte. Da gab es immer jemanden, der das

Sagen hatte – und Jonah Blackhawk zog es vor, selbst dieser Jemand zu sein.

Manche Leute würden behaupten, dass er ein Autoritätsproblem hatte.

Womit sie richtig lägen.

Das Blatt wendete sich, kurz nachdem er dreizehn geworden war. Sein Wettbüro florierte gut – viel zu gut für den Geschmack verschiedener alteingesessener Syndikate.

Zuerst hatte man ihn auf dem üblichen Weg verwarnt – man prügelte ihn windelweich. Er beschloss, die Nierenquetschung, das Veilchen und die aufgeplatzte Lippe als eine Art Berufsrisiko zu akzeptieren. Doch noch ehe er sich dazu durchringen konnte, entweder den Standort zu wechseln oder abzutauchen, flog er auf. Und zwar so richtig.

Denn Cops waren weitaus lästiger als die liebe Konkurrenz.

Der Cop jedoch, der ihn damals an seinem kleinen überheblichen Hintern gepackt hatte, war anders gewesen. Obwohl Jonah nie genau herausbekommen hatte, was ihn tatsächlich von anderen Cops unterschied. Er wusste nur, dass er sich letztendlich in den verschiedensten Resozialisierungsprogrammen statt im Jugendknast wieder gefunden hatte.

Logisch, dass er sich mit Händen und Füßen dagegen wehrte. Doch dieser Cop, mit einem Griff wie eine Bärenfalle, wollte einfach nicht locker lassen. Allein die Beharrlichkeit war für Jonah ein Schock gewesen. Nie zuvor in seinem Leben hatte ihm jemand so hartnäckig im Nacken gesessen und sich so unbeirrt um ihn gekümmert. Und so war er praktisch gegen seinen Willen wieder in die Gesellschaft integriert worden, zumindest weit genug, um erkennen zu können, dass es durchaus Vorteile hatte, wenn man sich an gewisse Spielregeln hielt.

Jetzt war er dreißig. Und obwohl sicherlich niemand ihn als Säule der Gesellschaft von Denver bezeichnen würde, war er heute ein allseits geachteter Geschäftsmann, dessen Unternehmen einen soliden Gewinn abwarfen – was ihm einen Lebensstil ermöglichte, von dem der dreiste Straßenlümmel von einst nicht einmal zu träumen gewagt hätte.

Er war diesem Cop zu Dank verpflichtet, und Jonah gehörte zu den Leuten, die niemandem etwas schuldig blieben.

Andererseits hätte er lieber nackt und mit Honig beschmiert in einem Ameisenhügel gesessen, statt so gesittet hier im repräsentativen Vorzimmer des Polizeichefs von Denver.

Selbst wenn dieser Polizeichef Boyd Fletcher war.

Jonah ging nicht ruhelos auf und ab. Nervöse Bewegung war verschwendete Energie und obendrein verräterisch. Die Frau, die die Doppeltür zum Zimmer des Polizeichefs bewachte, war jung und attraktiv, mit einer höchst interessanten üppigen roten Mähne. Aber er flirtete nicht mit ihr. Was weniger an dem Ehering an ihrem Finger als an ihrer direkten Nähe zu Boyd lag.

Jonah saß still wartend auf einem der moosgrünen Stühle in der Wartezone, ein großer schlanker Mann mit langen Beinen, der unter einem Dreitausend-Dollar-Sakko ein Zwanzig-Dollar-T-Shirt trug. Sein volles schwarzes Haar war glatt und glänzend wie das Gefieder eines Raben. Das Haar, die goldbraune Haut und die ausgeprägten Wangenknochen waren ein Erbe seines Apachen-Urgroßvaters.

Die kühlen grünen Augen hatte er wahrscheinlich seiner irischen Urgroßmutter zu verdanken, die der Apache ihrer Familie entrissen und zur Seinen erklärt hatte. Diesem Tapferen hatte sie drei Söhne geschenkt.

Jonah wusste nur wenig über seine Wurzeln. Seine Eltern hatten sich lieber um das letzte Bier aus dem Sechserpack gestritten statt ihrem einzigen Sohn vor dem Einschlafen eine Geschichte zu erzählen. Hin und wieder hatte sich Jonahs Vater mit seiner Herkunft gebrüstet, aber Jonah hatte nie herausgefunden, was daran Dichtung und was Wahrheit gewesen war.

Es war ihm auch egal.

Nur was man selbst aus sich machte, zählte.

Das war eine Lektion, die Boyd Fletcher ihn gelehrt hatte. Schon allein dafür wäre Jonah jederzeit bereit gewesen, für Boyd über glühende Kohlen zu gehen.

„Mr. Blackhawk? Der Polizeichef möchte Sie jetzt sprechen."

Die Sekretärin lächelte ihn höflich an, während sie ihn an die Tür geleitete. Aus dem Augenwinkel hatte sie den Besucher des Polizeichefs eingehend gemustert – von einem Ehering am Finger wurde eine Frau schließlich nicht blind. Irgendetwas an ihm reizte sie ungemein, während sie gleichzeitig das Gefühl hatte, so schnell wie möglich in Deckung gehen zu müssen.

Seine funkelnden Augen verrieten, dass er gefährlich war. Außerdem hatte er eine geradezu bedrohliche Art, sich zu bewegen. Geschmeidig wie ein Panther. Das ließ der Fantasie jede Menge Spielraum – allerdings war es wahrscheinlich auch sicherer, sich nur in der Fantasie mit ihm einzulassen.

Dann warf er ihr ein so umwerfendes Lächeln zu, dass sie sich ein sehnsüchtiges Aufseufzen verkneifen musste.

„Danke."

Sie verdrehte die Augen, während sie hinter ihm die Tür schloss. „Oh Mann, nichts zu danken."

„Jonah." Boyd war bereits aufgestanden und kam um seinen Schreibtisch herum. Er reichte Jonah die Rechte, während er mit der Linken kurz Jonahs Schulter drückte. „Danke, dass Sie gekommen sind."

„Dürfte nicht einfach sein, sich um eine Vorladung beim Polizeichef herumzudrücken."

Bei ihrer ersten Begegnung war Boyd Lieutenant gewesen. Damals war sein Haar noch dunkel gewesen, mit vereinzelten sonnengebleichten Strähnen, und sein Büro ein voll gestopfter kleiner Glaskasten.

Jetzt hatte er mit Silberfäden durchwirktes Haar und ein großes helles Büro mit einer riesigen Fensterfront, durch die man auf Denver und die Berge dahinter schauen konnte.

Manche Dinge ändern sich, dachte Jonah, während er in Boyds ruhige flaschengrüne Augen schaute. Andere wiederum nie.

„Den Kaffee schwarz für Sie?"

„Immer noch."

„Nehmen Sie Platz." Boyd deutete auf einen Stuhl, bevor er zur Kaffeemaschine ging. Weil er es ausgesprochen lästig fand, immer erst bei seiner Sekretärin um einen Kaffee fragen zu müssen, hatte er auf einer eigenen Kaffeemaschine bestanden. „Tut mir Leid, dass Sie warten mussten, aber ich hatte noch ein Telefongespräch, das ich nicht so schnell beenden konnte.

Firmenpolitik", brummte er, während er zwei Kaffeebecher voll schenkte. "Kann ich nicht ausstehen."

Jonah grinste nur andeutungsweise.

"Und bitte keine vorlaute Bemerkung darüber, dass ich in meiner Position wohl schließlich auch so was Ähnliches wie ein verdammter Politiker bin."

"Käme mir nie in den Sinn." Jonah bedankte sich mit einem Nicken für den Kaffee. "So etwas laut zu sagen."

"Sie waren eben schon immer ein schlaues Bürschchen." Statt sich wieder hinter seinen Schreibtisch zu verschanzen, entschied Boyd sich für den Stuhl neben Jonah und stieß einen leisen Seufzer aus. "Dass aus mir mal ein Schreibtischhengst werden könnte, hätte ich mir auch nie träumen lassen."

"Vermissen Sie die Straße?"

"Jeden Tag. Aber man tut eben sein Bestes, und dann nimmt man das Nächste in Angriff. Wie läuft der neue Club?"

"Gut. Betuchtes Publikum. Jede Menge goldene Kreditkarten. Die braucht man auch", fügte Jonah mit Genugtuung hinzu. "Bei den Designerdrinks werden sie nämlich so richtig schön geschröpft."

"Ach ja? Und dabei wollte ich demnächst mit Cilla mal einen netten Abend dort verbringen."

"Wenn Sie mit Ihrer Frau kommen, sind Sie natürlich mein Gast – ich mich mit dieser Einladung nicht der Bestechung schuldig mache."

Boyd zögerte und trommelte mit einem Finger gegen seinen Kaffeebecher. „Wir werden sehen. Hören Sie, Jonah, ich habe da ein kleines Problem, bei dem Sie mir vielleicht weiterhelfen können."

„Ich tue, was ich kann."

„Uns macht seit zwei Monaten eine Einbruchserie schwer zu schaffen. Bei den gestohlenen Gegenständen handelt es sich zumeist um hochwertige, leicht weiterverkäufliche Ware – Schmuck, elektronische Geräte, Bargeld."

„Wird immer in derselben Gegend eingebrochen?"

„Nein. Mal ist es ein Einfamilienhaus in der Vorstadt, mal ein Apartment in der Innenstadt. Sechs Einbrüche in nicht mal acht Wochen. Und der oder die Täter haben immer saubere Arbeit geleistet."

„Was hat das mit mir zu tun?" Jonah balancierte den Kaffeebecher auf seinem Knie. „Einbrüche waren nie mein Ding." Sein Lächeln blitzte auf. „Wie aus meinen Akten ersichtlich ist."

„Ich habe mich oft gefragt, warum nicht." Aber Boyd wischte seine eigene Frage mit einer Handbewegung beiseite. „Die Geschädigten sind genauso verschieden wie die Tatorte. Junge Paare, ältere, Alleinstehende. Allerdings haben alle eins gemeinsam – sie haben sich in der Nacht des Einbruchs in einem Nachtclub vergnügt."

Jonahs Augen weiteten sich minimal – die einzige Regung in seinem Gesicht. „In einem meiner Clubs?"

„In fünf von sechs Fällen."

Jonah trank seinen Kaffee und schaute dabei aus dem Fenster in den blauen Himmel. Sein Tonfall blieb verbindlich, seine Augen jedoch blickten kalt, als er sich erkundigte: „Fragen Sie mich, ob ich in die Sache verwickelt bin?"

„Nein, Jonah, das frage ich Sie nicht. Diese Zeiten haben wir doch lange hinter uns." Boyd machte eine kurze Pause. Der Junge war schon immer etwas überempfindlich gewesen.

Jonah erhob sich mit einem Nicken. Er ging zur Kaffeemaschine und stellte seinen Becher ab. Es gab nicht viele Menschen, deren Meinung ihm wichtig war. Aber Boyd gehörte auf jeden Fall dazu.

„Dann benutzt also irgendjemand einen meiner Clubs, um Ziele auszuspionieren", stellte er fest, den Rücken Boyd zugewandt. „Das passt mir nicht."

„Das dachte ich mir."

„Um welchen Club handelt es sich?"

„Um den neuen. Das ‚Blackhawk'."

Jonah nickte leicht. „Betuchte Gäste. Da ist wahrscheinlich mehr zu holen als im ‚Fast Break'." Er drehte sich wieder um. „Also, was wollen Sie von mir, Fletch?"

„Ihre Kooperation. Ich möchte, dass Sie sich bereit erklären, mit unserem Team zusammenzuarbeiten. Vor allem mit dem verantwortlichen Detective."

Jonah fluchte und fuhr sich in einer seltenen Zurschaustellung von Anspannung mit den Fingern durchs Haar. „Sie wollen, dass ich mit Cops gemeinsame Sache mache und sie in meinem Club herumschnüffeln lasse?"

Boyd verhehlte seine Belustigung nicht. „Sie waren bereits dort, Jonah."

„Nicht während meiner Anwesenheit." Davon konnte er mit Sicherheit ausgehen. Einen Cop witterte er auf eine Meile Entfernung, selbst wenn dieser im Dunkeln in die entgegengesetzte Richtung rannte.

„Nein, aber manche von uns sind auch tagsüber im Dienst."

„Tatsächlich?"

Boyd streckte seine Beine lang aus. „Habe ich Ihnen eigentlich schon mal erzählt, dass ich Cilla während der Nachtschicht kennen gelernt habe?"

„So um die zwanzig oder dreißig Mal, schätze ich."

„Noch dasselbe freche Mundwerk wie früher. Das hat mir schon immer an Ihnen gefallen."

„Das haben Sie damals aber nicht gesagt, als Sie drohten, es mir zu stopfen."

„Das Gedächtnis ist auch noch okay. Ich könnte Ihre Hilfe brauchen, Jonah." Boyds Stimme wurde ernst. „Ich wüsste es zu schätzen."

Jonah dachte daran, dass er es ihm trotz allem immer irgendwie gelungen war, einen großen Bogen um Gefängnisse zu machen. Bis er Boyd kennen gelernt hatte. Der Mann hatte ihn aus Loyalität und Vertrauen und Zuneigung in ein Gefängnis gesteckt. „Na schön – wofür es auch immer gut sein mag."

„Das bedeutet mir wirklich sehr viel." Boyd stand auf und streckte Jonah die Hand hin. „Ah, genau richtig", sagte er, als sein Telefon klingelte. „Nehmen Sie sich noch Kaffee. Ich möchte, dass Sie den für den Fall zuständigen Detective kennen lernen."

Er ging um seinen Schreibtisch herum und nahm ab. „Ja, Paula? Gut. Wir sind so weit." Diesmal entschied er sich für seinen Schreibtischstuhl. „Ich setze viel Vertrauen in diesen Cop. Das Detective-Abzeichen ist zwar noch ziemlich neu, aber ehrlich und hart verdient."

„Zu allem Überfluss also auch noch ein Anfänger. Na wunderbar." Jonah schenkte sich resigniert Kaffee nach. Als gleich darauf die Tür aufging, ließ er zwar die Kanne nicht fallen, aber innerlich zuckte er zusammen. Das Positive an der Situation war die Erkenntnis, dass er immer noch überrascht werden konnte.

Sie war eine langbeinige schlaksige Blondine mit Augen, die die Farbe von altem Whiskey hatten. Das lange glatte Haar war zu einem glänzenden Pferdeschwanz zusammengebunden, der ihr über den Rücken fiel.

Sie schaute ihn an, ohne den vollen Mund zu einem Lächeln zu verziehen.

In ihrem Fall hätte er erst die klassisch schönen Gesichtszüge registriert, bevor ihm aufgefallen wäre, dass ein Cop vor ihm stand, erkannte Jonah. Trotzdem wäre ihm sofort klar gewesen, wen er da vor sich hatte.

„Commissioner." Der Klang ihre Stimme hatte dieselbe Tönung wie ihre Augen, tief und dunkel und eindringlich.

„Detective. Du bist pünktlich. Jonah, das ist …"

„Sie brauchen sie mir nicht vorzustellen." Jonah trank einen Schluck von seinem Kaffee. „Die Augen hat sie von Ihrer Frau, und die Kinnpartie ist eindeutig von Ihnen. Freut mich, Sie kennen zu lernen, Detective Fletcher."

„Mr. Blackhawk."

Sie hatte ihn früher schon gesehen. Irgendwann einmal hatte ihr Vater sie zu einem Baseballspiel seiner High School mitgenommen. Sie erinnerte sich noch genau, wie beeindruckt sie von seinem kühnen, fast aggressiven Base Running gewesen war.

Aber sie kannte auch seinen Lebenslauf und brachte Leuten mit einer derartigen Vergangenheit im Allgemeinen nicht so viel Vertrauen entgegen wie ihr Vater. Außerdem hatte sie schon immer etwas wie Eifersucht auf ihn verspürt, weil ihr Vater so große Stücke auf ihn hielt. Doch das hätte sie natürlich nie zugegeben.

„Willst du Kaffee, Ally?"

„Nein, Sir." Obwohl er ihr Vater war, setzte sie sich erst, als der Polizeichef auf einen Stuhl deutete.

Boyd machte eine entschuldigende Handbewegung. „Ich halte es einfach für angenehmer, wenn diese erste Begegnung hier stattfindet. Ally, Jonah hat sich bereit erklärt, uns bei den Ermittlungen zu helfen. Ich habe ihm die Sachlage in groben Zügen geschildert und überlasse es dir, die notwendigen Einzelheiten beizusteuern."

„Sechs Einbrüche in weniger als acht Wochen. Geschätzter Gesamtverlust achthunderttausend Dollar. Sie sind hinter leicht verkäuflichen Sachen her, insbesondere Schmuck. Ungeachtet dessen wurde einem Paar der Porsche aus der Garage gestohlen. Drei Tatorte waren mit einer Alarmanlage gesichert. Die Anlage war jeweils ausgeschaltet worden. Bei keinem der Objekte gab es irgendein Anzeichen für ein gewaltsames Eindringen. Und immer waren die Bewohner des Hauses oder der Wohnung zur Zeit des Einbruchs ausgegangen."

Jonah durchquerte das Zimmer, setzte sich wieder. „Das ist mir bereits alles bekannt – nur das mit dem geklauten Porsche wusste ich nicht. Dann suchen Sie also jemanden, der Autos und Schlösser knacken kann und sich in Hehlerkreisen gut auskennt."

„Keiner der gestohlenen Gegenstände ist bis jetzt an einer der üblichen Stellen wieder aufgetaucht. Es handelt sich offenbar um eine bestens organisierte, höchst effiziente Bande. Wir gehen davon aus, dass mindestens zwei, wenn nicht drei oder mehr Personen beteiligt sind. Unser Hauptaugenmerk gilt derzeit Ihrem Club."

„Und weiter?"

„Zwei Ihrer Angestellten im ‚Blackhawk' sind vorbestraft. William Sloan und Frances Cummings."

Jonah zuckte mit keiner Wimper. „Will hat ein paar krumme Dinger gedreht und seine Strafe abgesessen. Er ist seit fünf Jahren raus und hat sich seitdem nichts zu Schulden kommen lassen. Frannie ist auf den Strich gegangen. Warum sie das gemacht hat, ist allein ihre Sache. Jetzt bedient sie an meiner Bar Gäste statt irgendwelche Freier. Glauben Sie nicht daran, dass Menschen sich ändern können, Detective Fletcher?"

„Ich glaube, dass irgendjemand Ihren Club als Angelbecken benutzt, und ich habe vor, alles zu tun, damit der oder die Täter gefasst werden. Außerdem halte ich es für keineswegs ausgeschlossen, dass derjenige, der die Angel auswirft, aus dem Club selbst kommt."

„Ich kenne meine Leute." Er warf Boyd einen empörten Blick zu. „Verdammt, Fletch."

„Jonah, jetzt hören Sie uns doch erst mal an ..."

„Ich lasse nicht zu, dass meine Leute belästigt werden, nur weil sie irgendwann in ihrem Leben mit dem Gesetz in Konflikt geraten sind."

„Niemand wird Ihre Leute belästigen. Oder Sie", versuchte Ally die Wogen zu glätten. Obwohl du selbst oft genug mit dem Gesetz in Konflikt geraten bist, fügte sie in Gedanken hinzu. „Doch wenn wir sie befragen wollen, können wir das auch ohne Ihre Hilfe tun. Um mögliche Verdächtige zu verhören, brauchen wir nämlich weder Ihr Einverständnis noch Ihre Kooperation."

„Zuerst waren sie nur meine Leute, jetzt sind sie schon Verdächtige. Das geht bei Ihnen ja verdammt schnell."

„Warum regen Sie sich eigentlich so auf, wenn Sie von ihrer Unschuld überzeugt sind?"

„Okay, Schluss jetzt, Leute." Boyd rieb sich den

Nacken. „Uns ist klar, dass Sie in einer schwierigen und unangenehmen Lage sind, Jonah", bemerkte er und warf seiner Tochter einen leicht missbilligenden Blick zu. „Unser Ziel ist es, die Schuldigen zu finden und dieser Sache ein Ende zu machen. Sie werden möglicherweise benutzt, Jonah."

„Ich will unter keinen Umständen, dass Will und Frannie verhört werden."

„Das ist auch nicht unsere Absicht", gab Ally zurück, wobei sie überlegte, warum Jonah plötzlich kalte Füße bekommen hatte. Aus Freundschaft? Loyalität? Vielleicht hatte er ja auch etwas mit der Exhure laufen. Das würde sie noch herausbekommen. „Wir wollen unsere Nachforschungen nicht an die große Glocke hängen, um die Täter nicht vorzuwarnen. Wir müssen herausfinden, wer die Opfer ausspioniert, und wie. Wir möchten Sie bitten, jemanden aus dem Club heraus ermitteln zu lassen."

„Ich bin drin", erinnerte er sie.

„Schön, dann müssten Sie ja in der Lage sein, mir eine Stelle als Kellnerin zu verschaffen. Ich kann heute Abend anfangen."

Jonah lachte kurz auf, bevor er sich Boyd zuwandte. „Ihre Tochter soll in meinem Club als Kellnerin arbeiten, ist das richtig?"

Ally stand langsam auf. „Der Polizeichef wünscht,

dass einer seiner Detectives in Ihrem Club verdeckt ermittelt. Und es ist mein Fall."

Jonah erhob sich ebenfalls. „Schön, dann lassen Sie mich erst mal eins klarstellen. Es interessiert mich einen Dreck, wessen Fall das ist. Ihr Vater hat mich gebeten zu kooperieren, deshalb werde ich es tun. So ist es doch, oder?" schloss er, an Boyd gewandt.

„Ja, im Moment ist es so."

„Gut. Sie kann heute Abend anfangen. Um fünf in meinem Büro im ‚Blackhawk'. Dort erfahren Sie alles, was Sie wissen müssen."

„Dafür schulde ich Ihnen etwas, Jonah."

„Sie schulden mir gar nichts." Nach diesen Worten ging Jonah zur Tür, wo er sich noch einmal umdrehte. „Ach übrigens, Detective. Die Kellnerinnen im ‚Blackhawk' tragen Schwarz. Schwarze Bluse oder Pullover, schwarzer Rock. Kurzer schwarzer Rock", präzisierte er, bevor er das Zimmer verließ.

Ally verzog die Lippen und entspannte sich zum ersten Mal genug, um ihre Hände in die Taschen ihrer stahlblauen Jacke zu schieben. „Ich glaube nicht, dass ich deinen Freund mag, Dad."

„Warts ab. Er wird dir noch ans Herz wachsen."

„Ja, wie Schimmel, obwohl … dafür ist er zu kalt. Ich könnte am Ende von einer dünnen Eisschicht überzogen dastehen. Bist du dir seiner sicher?"

„So sicher, wie ich mir mit dir bin."

Das war eindeutig. „Wer immer diese Einbrüche organisiert, verfügt über Intelligenz, gute Verbindungen und noch bessere Nerven. Ich würde sagen, bei deinem Freund ist das alles vorhanden." Sie zuckte die Schulter. „Aber wenn ich deiner Menschenkenntnis schon nicht trauen kann, worauf sollte ich mich dann verlassen?"

Boyd grinste breit. „Deine Mutter hat ihn immer gemocht."

„Na, dann bin ich schon halbwegs verliebt." Amüsiert sah sie, dass ihm diese Bemerkung das Grinsen aus dem Gesicht vertrieben hatte. „Ich werde trotzdem zwei meiner Leute bitten, sich unter die Gäste zu mischen."

„Diese Entscheidung liegt bei dir."

„Der letzte Einbruch hat vor fünf Tagen stattgefunden. Sie arbeiten zu erfolgreich, um nicht bald wieder zuzuschlagen." Ally wollte sich Kaffee holen, überlegte es sich anders und änderte ihre Richtung. „Vielleicht benutzen sie nächstes Mal seinen Club, vielleicht auch nicht. Fest steht nur, dass wir nicht jeden verdammten Nachtclub in der Stadt observieren können."

„Dann konzentriert euch aufs ‚Blackhawk'. Das ist nur logisch. Immer eins nach dem anderen, Allison."

„Ich weiß. Das habe ich von dem Besten gelernt.

Ich schätze, als Erstes muss ich einen kurzen schwarzen Rock auftreiben."

„Aber bitte nicht zu kurz", mahnte Boyd, als sie zur Tür ging.

Um vier hatte Ally Dienstschluss. Selbst wenn sie pünktlich Feierabend machte und die vier Häuserblocks bis zu ihrer Wohnung im Laufschritt zurücklegte, konnte sie erst um zehn nach vier da sein.

Das wusste sie, weil sie irgendwann mal die Zeit gestoppt hatte.

Allerdings passierte es so gut wie nie, dass man um Punkt vier wegkam. Aber Ally wollte verdammt sein, wenn sie zu ihrem Treffen mit Blackhawk zu spät kam.

Das war schließlich eine Frage der Ehre – und ihrer Prinzipien.

Um 16:11 Uhr stürmte Ally in ihr Apartment – eine Verspätung, die sie dem in letzter Minute angesetzten Briefing ihres Vorgesetzten zu verdanken hatte – und schüttelte sich noch auf dem Weg ins Schlafzimmer die Jacke von den Schultern.

Wenn man sich beeilte, konnte man das „Blackhawk" in zwanzig Minuten zu Fuß erreichen – in vierzig, wenn man der Versuchung erlag, im Feierabendverkehr das Auto zu nehmen.

Dies war erst ihr zweiter Undercover-Auftrag seit ihrer Ernennung zum Detective. Sie hatte nicht vor, ihn zu vermasseln.

Ally schnallte ihr Schulterhalfter ab und warf es aufs Bett. Ihre Wohnung war schlicht möbliert und ordentlich, was hauptsächlich daran lag, dass sie zu selten da war, um Unordnung zu machen. Ihr Elternhaus war noch immer ihr erstes Zuhause, dann kam das Polizeirevier, während das Apartment, in dem sie nur schlief, selten aß und noch seltener freie Zeit verbrachte, weit abgeschlagen an letzter Stelle lag.

Sie hatte schon immer Polizistin werden wollen, obwohl sie nie viele Worte darüber verloren hatte. Es war ihr Traum gewesen.

Sie riss ihren Kleiderschrank auf und durchstöberte ihre Garderobe hektisch nach einem passenden schwarzen Rock.

Wenn sie sich beeilte, schaffte sie es vielleicht sogar noch, sich ein Sandwich zwischen die Zähne zu schieben, bevor sie los musste.

Ally fand einen Rock, nahm ihn heraus und hielt ihn sich an. Als sie sah, wie kurz er war, verzog sie das Gesicht. Es half nichts, einen anderen besaß sie nicht. Sie warf ihn aufs Bett und kramte in einer Schublade nach einer schwarzen Strumpfhose.

Wenn ihr schon nichts anderes übrig blieb, als

einen Rock zu tragen, der ihr nur bis knapp über den Po reichte, tat sie verdammt gut daran, wenigstens ihre Beine mit blickdichtem Schwarz zu verhüllen.

Die heutige Nacht kann entscheidend sein, überlegte sie, während sie aus ihrer Hose stieg. Sie musste nur die Ruhe bewahren. Ruhig sein, kühl und kontrolliert – das war das Geheimnis.

Sie würde Jonah Blackhawk benutzen, ohne sich von ihm ablenken zu lassen.

Obwohl sie durch ihren Vater bereits eine ganze Menge über ihn wusste, hatte sie ein bisschen auf eigene Faust recherchiert. Als Junge hatte er lange Finger, schnelle Beine und eine rasche Auffassungsgabe gehabt. Sie war fast versucht, einen kaum Zwölfjährigen zu bewundern, der es geschafft hatte, ein illegales Wettbüro zu etablieren. Aber nur fast.

Nicht weniger bewundernswert war es vermutlich, wenn sich jemand nach einem solchen Start geändert – zumindest, so weit man wusste – und zu einem erfolgreichen Geschäftsmann gewandelt hatte.

Ally war sogar schon in seiner Sportbar „Fast Break" gewesen und hatte die angenehme Atmosphäre ebenso genossen wie den guten Service und die erstklassigen Margaritas, die man dort mixte.

Außerdem gab es eine ganze Reihe hypermoderner Flipperautomaten, wie sie sich erinnerte. Sofern nicht irgendwer in den letzten sechs Monaten ihren Rekord gebrochen hatte, standen auf Flipper Nummer eins immer noch ihre Anfangsbuchstaben.

Sie sollte sich wirklich die Zeit nehmen und wieder einmal hingehen, um ihren Titel zu verteidigen.

Doch darum geht es jetzt nicht, ermahnte sie sich streng. Im Moment ging es einzig und allein um Jonah Blackhawk.

Schon möglich, dass er sauer war, weil zwei seiner Angestellten auf ihrer Verdächtigenliste standen. Tja, Pech für ihn. Ihr Vater wollte, dass sie dem Mann vertraute, also würde sie sich Mühe geben.

Allerdings bestimmt nicht blindlings.

Um 16:20 Uhr war Ally ganz in Schwarz gekleidet – Rollkragenpullover, Rock, Strumpfhose. Sie suchte auf dem Boden ihres Kleiderschranks nach Schuhen und fand schließlich ein akzeptables Paar mit relativ niedrigen Absätzen.

Ally betrachtete sich sorgfältig im Spiegel, während sie ihre Haarspange abnahm und sich das Haar bürstete, um es anschließend wieder zu einem Pferdeschwanz zusammenzufassen. Dann schloss sie die Augen und versuchte sich in eine Kellnerin eines Nachtclubs hineinzuversetzen.

Lippenstift, Parfüm, Ohrringe. Eine attraktive Bedienung bekam in der Regel mehr Trinkgeld, und natürlich ging es immer darum, möglichst viel Trinkgeld zu bekommen. Ally ließ sich Zeit für ihre Verwandlung und studierte anschließend das Ergebnis ihrer Bemühungen im Spiegel.

Sexy, vermutlich. Mit Sicherheit weiblich, und auf eine angenehme Art praktisch. Aber es gab nicht eine Stelle an ihrem Körper, wo sie ihre Dienstwaffe hätte verstecken können.

Verdammt.

Ally beschloss, ihre Neun-Millimeter-Pistole in einer großen Umhängetasche zu verstauen. Da es ein frischer Frühlingsabend war, warf sie sich eine schwarze Lederjacke über und hastete zur Tür.

Wenn sie schnell genug in die Tiefgarage kam und alle Ampeln auf Grün standen, konnte sie es mit dem Auto gerade noch schaffen.

Ally öffnete ihre Wohnungstür. Und fluchte.

„Oh, hallo Dennis, was machst du denn hier?"

Dennis Overton hielt mit einem breiten Lächeln eine Flasche kalifornischen Chardonnay hoch. „Ich dachte, wir könnten sie vielleicht zusammen trinken. In alter Freundschaft, sozusagen.

„Ich will gerade weg."

„Macht nichts." Er nahm die Flasche in die andere Hand und umfasste Allys Ellbogen. „Ich begleite dich, wohin du willst."

„Dennis." Sie wollte ihm nicht wehtun. Nicht schon wieder. Er war am Boden zerstört gewesen, als sie vor zwei Monaten Schluss mit ihm gemacht hatte. Und alle seine Anrufe, seine überraschenden Besuche, die zufälligen Begegnungen auf der Straße hatten unangenehm geendet. „Wir haben das doch alles schon x-mal durchgekaut."

„Ach komm, Ally. Nur ein wenig Zeit, nicht viel. Du fehlst mir."

Da war er wieder, dieser traurige Hundeblick, dieses flehende Lächeln, bei dem sie früher immer weich geworden war. Doch jetzt fiel ihr sogleich ein, wie sich dieses Gesicht vor Wut verzerren konnte, wenn Dennis aus grundloser Eifersucht einen Tobsuchtsanfall bekam.

Früher hatte Ally sich genug aus ihm gemacht, um ihm immer wieder zu verzeihen, um zu versuchen, mit seinen Stimmungsschwankungen klarzukommen. Immerhin so viel, um sich heute noch schuldig zu fühlen, weil sie die Beziehung beendet hatte.

Und auch jetzt machte sie sich noch genug aus ihm, um ihn ihre Ungehaltenheit über sein erneutes Eindringen in ihre Privatsphäre nicht spüren zu lassen. „Tut mir wirklich Leid, Dennis, aber ich bin schrecklich in Eile."

Lächelnd verstellte er ihr den Weg. „Fünf Minuten,

Ally. Lass uns einfach nur einen kleinen Schluck auf alte Zeiten trinken."

„Ich habe keine fünf Minuten."

Das Lächeln verblasste, und in seine Augen trat dieses unberechenbare Glitzern, das Ally noch von früher kannte. „Du hattest nie Zeit für mich, wenn ich es wollte. Alles musste immer nur nach deinem Kopf gehen."

„Stimmt. Sei also froh, dass du mich endlich los bist."

„Du hast einen anderen. Deshalb hast du Schluss gemacht."

„Und selbst wenn." Jetzt reichte es ihr. „Hör zu, es geht dich nichts an, was ich mache oder mit wem. Das scheint nicht in deinen Kopf zu gehen. Also wirst du wohl noch daran arbeiten müssen. Ich habe es nämlich gründlich satt, Dennis. Und hör endlich auf, hierher zu kommen."

Er packte sie am Arm, um sie am Weitergehen zu hindern. „Ich will nur mit dir reden."

Sie riss sich nicht los, sondern starrte lediglich auf seine Hand, dann hob sie den Blick und schaute ihn kalt an. „Ich warne dich, treib es nicht zu weit. Und jetzt lass mich durch."

„Was machst du, wenn ich es nicht tue? Mich erschießen? Mich festnehmen? Oder rufst du deinen

Daddy, diesen Säulenheiligen der Polizei, und sagst ihm, dass er mich einsperren soll?"

„Ich bitte dich noch ein zweites Mal. Lass mich durch, Dennis. Auf der Stelle."

Seine Stimmung kippte um, so glatt und schnell wie eine gut geölte Tür, die ins Schloss fällt. „Es tut mir Leid, Ally. Gott, es tut mir so Leid." Seine Augen wurden feucht, und sein Mund zitterte. „Ich bin durcheinander, das ist alles. Gib mir noch eine Chance. Bitte, nur noch eine. Ich schwöre dir, alles dafür zu tun, damit es mit uns wieder klappt."

Sie schüttelte seine Hand ab. „Mit uns hat es nie geklappt, Dennis. Geh nach Hause. Ich bin nichts für dich."

Ohne einen Blick zurück ging sie davon.

2. KAPITEL

Um fünf nach fünf war Ally beim „Blackhawk" angelangt. Eins zu null im Rückstand, dachte sie, nahm sich aber trotzdem eine Extraminute Zeit, um zu verschnaufen und sich das Haar zu glätten. Am Ende hatte sie sich doch gegen das Auto entschieden und war die zehn Häuserblocks gerannt. Keine besonders große Entfernung, wie sie fand, auch wenn ihre Schuhe nicht gerade Sprinterschuhe waren.

Sie betrat das Lokal und schaute sich um.

Die lange, halbkreisförmige Theke war in glänzendem Schwarz gehalten und bot viel Platz für die mit schwarzen Lederpolstern bezogenen Barhocker aus Chrom. Die Wand hinter der Bar war schwarz-silbern verspiegelt.

Behaglichkeit und Stil, entschied Ally. Die Atmosphäre lud ein, sich hinzusetzen, zu entspannen und mit vollen Händen Geld auszugeben.

Und das taten viele Leute hier. Offenbar war gerade Happy Hour und jeder Barhocker besetzt. Die Gäste an der Bar und an den Chromtischen im hinteren Teil des Lokals unterhielten sich, tranken und aßen zu den Klängen der leisen Musik, die aus den Lautsprechern drang.

Die männlichen Gäste, größtenteils in Anzug und Krawatte, hatten ihre Aktenkoffer zu ihren Füßen auf den Fußboden abgestellt. Allem Anschein nach handelte es sich um leitende Angestellte, die es ausnahmsweise einmal geschafft hatten, etwas früher aus dem Büro wegzukommen, oder die sich hier mit Geschäftspartnern verabredet hatten, um irgendwelche Vereinbarungen abzuwickeln.

An den Tischen bedienten zwei in Schwarz gekleidete Kellnerinnen, die allerdings beide keine kurzen Röcke, sondern Hosen trugen, wie Ally erbost feststellen musste.

Der Barkeeper war ein gut aussehender junger Mann, der mit den drei Frauen am Ende der Theke flirtete, was das Zeug hielt. Ally überlegte, wann wohl Frances Cummings' Schicht beginnen mochte, und machte sich eine gedankliche Notiz, unbedingt nach den Schichtplänen zu fragen.

„Sie wirken ein bisschen verloren."

Ally musterte den Mann, der mit einem entspannten Lächeln auf sie zukam. Braunes Haar, braune Augen, sorgfältig gestutzter Bart. Sein dunkler Anzug war gut geschnitten, die silbergraue Krawatte korrekt gebunden.

William Sloan sah heute Abend wesentlich präsentabler aus als auf den Fotos fürs Verbrecheralbum.

„Ich hoffe doch nicht." Ally, die fand, etwas Nervosität würde gut zu ihrer Rolle passen, schob den Schulterriemen ihrer Umhängetasche höher und lächelte verlegen. „Ich bin Allison. Ich war um fünf mit Mr. Blackhawk verabredet. Bin wohl leider zu spät dran."

„Nur ein paar Minuten. Machen Sie sich keine Gedanken deswegen. Ich bin Will Sloan." Er ergriff ihre Hand und drückte sie kurz. „Der Boss sagte, ich solle nach Ihnen Ausschau halten. Ich bringe Sie rauf."

„Danke. Ist wirklich toll hier", bemerkte sie.

„Nur das Beste ist gut genug für den Boss. Kommen Sie, ich führe Sie kurz rum." Eine Hand an ihrem Rücken, durchquerte Will mit ihr den Barbereich, dann führte er sie in einen angrenzenden großen Raum mit weiteren Tischen und einer Bühne mit zwei Ebenen sowie Tanzfläche.

Der Raum hatte eine silberne Decke mit glitzernden Punktstrahlern. Die Tische waren schwarze Würfel auf Sockeln, die sich über einem rauchig silbernen Fußboden erhoben, unter dessen Oberfläche ebenfalls winzige Punktstrahler glitzerten, wie Sterne hinter einem dünnen Wolkenschleier. An den Wänden hingen riesige, in lebhaften Farben gehaltene abstrakte Gemälde, daneben gab es noch alle möglichen modernen Skulpturen.

Auf den Tischen standen schlanke zylinderförmige Lampen, in deren Stahlmantel Halbmonde gestanzt waren.

Eine dem dritten Jahrtausend angemessene Einrichtung, wie Ally fand. Alles in allem ein vornehmer Laden, anders konnte man es nicht sagen.

„Haben Sie denn schon mal in einem Nachtclub gearbeitet?"

Sie hatte bereits entschieden, wie sie es angehen wollte, und verdrehte die Augen. „Noch nie in einem so feudalen Schuppen."

„Der Boss wollte Klasse. Er hat Klasse bekommen." Will bog auf einen Flur ab, dann gab er auf einem Bedienungsfeld einen Code ein. „Passen Sie auf, was gleich passiert." Als eine Wand auseinander glitt, wackelte er mit den Augenbrauen. „Spitze, was?"

„Wahnsinn." Ally betrat mit ihm den Aufzug und beobachtete, wie er wieder einen Code eingab.

„Alle, die im ersten Stock zu tun haben, bekommen den Code. Aber darüber brauchen Sie sich keine Gedanken zu machen. Sie sind also neu in Denver?"

„Nein, ich bin hier aufgewachsen."

„Tatsächlich? Ich auch. Der Boss und ich, wir kennen uns schon seit unserer Kindheit. Damals war das Leben allerdings noch anders."

Als sich gleich darauf die Aufzugstür öffnete,

standen sie direkt in Jonahs Büro. Es war ein großer Raum, unterteilt in einen Arbeits- und einen Freizeitbereich. Der Freizeitbereich mit einer Sitzecke in den Erkennungsfarben des Lokals und einem großen Flachbildschirm, auf dem stumm ein abendliches Baseballspiel ausgetragen wurde, strahlte lässige Eleganz aus.

Automatisch schaute Ally auf die obere Ecke des Fernsehers. Ein Heimspiel der Yankees gegen Toronto. Zwei Outs, ein On. Kein Score.

Dass Jonah sich für Sport interessierte, fand sie wenig überraschend, die vollen Bücherregale an den Wänden dagegen schon.

Ally ließ den Blick über den Arbeitsbereich gleiten, der so gnadenlos effizient wirkte wie der Rest des Raums lässig. Ein Arbeitsplatz mit Computer und Telefon. Direkt gegenüber ein Überwachungsmonitor, der das Geschehen unten im Club zeigte. Vor der großen Fensterwand dahinter waren die Jalousien heruntergelassen. Der rauchgraue Teppich, mit dem der gesamte Raum ausgelegt war, war so weich, dass man fast bis zu den Knöcheln darin versank.

Jonah saß mit dem Rücken zur Wand am Schreibtisch und hob zum Gruß eine Hand, während er sein Telefonat beendete. „Ich komme darauf zurück. Nein, keinesfalls vor morgen." Fast schon amüsiert zog er eine Augenbraue hoch. „Sie werden wohl warten müssen. Ich wünsche Ihnen einen schönen Tag."

Er legte auf und lehnte sich lässig in seinen Schreibtischstuhl zurück. „Hallo, Allison. Danke, Will."

„Gern geschehen. Bis später, Allison."

„Danke fürs Raufbringen."

Jonah wartete, bis sich die Aufzugtüren hinter Will geschlossen hatten. „Sie kommen spät."

„Ich weiß. Es ließ sich nicht vermeiden." Als sie sich zu dem Monitor umdrehte, nutzte er die Gelegenheit, um seinen Blick über ihren Rücken, über diese langen Beine wandern zu lassen.

Sehr hübsch, dachte er. Wirklich sehr hübsch.

„Sie haben im gesamten öffentlichen Bereich des Clubs Überwachungskameras?"

„Ich möchte gerne wissen, was sich in meinem Lokal abspielt."

Darauf hätte sie gewettet. „Heben Sie die Bänder auf?"

„Drei Tage, dann überspielen wir sie."

„Ich würde mir gern ansehen, was Sie haben." Weil sie immer noch mit dem Rücken zu ihm stand, gestattete sie es sich, auf dem Fernseher nachzusehen, was im Yankee-Stadion los war. Toronto hatte einen hart geschlagenen Ball nach Hause gebracht. „Vielleicht haben wir ja Glück."

„Dafür werden Sie einen Durchsuchungsbefehl brauchen."

Sie warf ihm einen Blick über die Schulter zu. Er hatte sich umgezogen und trug jetzt einen schwarzen Anzug – von feinster italienischer Qualität, wie sie auf den ersten Blick erkannte. „Ich dachte, Sie hätten sich bereit erklärt zu kooperieren?"

„Bis zu einem gewissen Punkt. Sie sind schließlich hier, oder nicht?" Sein Telefon klingelte, aber er nahm nicht ab. „Setzen Sie sich. Wir werden einen Plan für die Vorgehensweise ausarbeiten."

„Die Vorgehensweise ist ganz einfach." Sie setzte sich nicht. „Ich gebe mich als Bedienung aus und rede mit Gästen und dem Personal. Ich halte die Augen offen und mache meine Arbeit. Und Sie achten darauf, dass Sie mir nicht vor die Füße laufen, und machen Ihre Arbeit."

„Schlechter Plan. Ich lasse mir in meinem Lokal von niemandem sagen, was ich zu tun habe. Also, haben Sie schon mal in einem Nachtclub gearbeitet?"

„Nein."

„Sonst als Bedienung?"

„Nein." Sein kühler Blick ärgerte sie. „Was soll das? Kellnern ist keine große Kunst. Man nimmt die Bestellung auf, gibt sie weiter und bringt das Bestellte. Ich bin nicht schwachsinnig."

Daraufhin lächelte er dieses schnell aufblitzende, umwerfende Lächeln. „Als Gast sieht man es vielleicht so. Nun, Sie werden bald eines Besseren belehrt werden, Detective. Die Oberkellnerin in Ihrer Schicht ist Beth. Sie wird Sie einweisen. Bis Sie sich bei uns eingearbeitet haben, werden Sie Tische abräumen. Das bedeutet …"

„Ich weiß, was das bedeutet."

„Eingeteilt sind Sie von sechs bis zwei. Sie haben alle zwei Stunden eine Viertelstunde Pause. Alkohol für die Angestellten ist während der Arbeit strikt verboten. Sollte ein Kunde zudringlich oder ausfallend werden, sagen Sie mir oder Will Bescheid."

„Ich kann mich selbst wehren."

„Sie sind hier nicht der Cop. Wenn Ihnen irgendjemand dumm kommt, melden Sie es mir oder Will."

„Bekommen Sie oft Beschwerden?"

„Nur von Frauen. Weil sie einfach nicht die Finger von mir lassen können."

„Haha."

Ein kurzer Blick aus dem Augenwinkel sagte ihm, dass die Yankees das Inning mit einem Strike Out beendeten. „Nein, in der Regel nicht, aber ab und zu kommt so was schon mal vor. Manche Kerle kennen ihre Grenzen nicht mehr, wenn sie etwas getrunken haben. Bei mir können sie sich das allerdings nur einmal erlauben. Nach acht kommt der Betrieb auf Hochtouren, um neun beginnt das Unterhaltungsprogramm. Sie werden alle Hände voll zu tun haben."

Er stand auf, ging zu ihr und einmal um sie herum. „Sie haben sich wirklich eine hübsche Tarnung zugelegt. Man muss schon zweimal hinschauen, um den Cop zu erkennen. Der Rock gefällt mir übrigens."

Sie wartete, bis er ihr wieder gegenüberstand. „Ich hätte gern die Schichtpläne. Oder brauche ich dafür auch erst einen Durchsuchungsbefehl?"

„Nein, in diesem Punkt kann ich Ihnen ausnahmsweise weiterhelfen." Er mochte ihren Duft. Kühl und unverkennbar weiblich. „Bis Geschäftsschluss haben Sie sie. Alle Angestellten, die ich einstelle und nicht persönlich kenne – und das ist bei einigen der Fall – sind überprüft worden. Von meinen Leuten hier hat nämlich nicht jeder das Glück, aus einer netten ordentlichen Familie zu stammen und ein nettes ordentliches Leben zu leben."

Jonah langte nach der Fernbedienung und zoomte den Barbereich auf dem Schirm heran. „Da, zum Beispiel unser Barkeeper. Seine Mutter verließ ihn als kleines Kind, er wuchs bei den Großeltern auf. Mit fünfzehn hat er ein paar Dummheiten angestellt."

„Was für Dummheiten waren das?"

„Hat sich mit einem Joint in der Tasche erwischen

lassen. Sie haben es zwar aus seiner Akte gelöscht, aber er war ehrlich genug, es mir bei seiner Bewerbung zu erzählen. Er macht jetzt auf der Abendschule seinen Abschluss nach."

Im Moment war sie mehr an Jonah interessiert als an dem jungen Mann, der an der Bar gerade seine Schicht beendete. „Sind die Leute Ihnen gegenüber immer so offen?"

„Wer clever ist, schon. Da kommt Beth." Er tippte auf den Monitor.

Ally sah eine kleine Brünette um die Dreißig durch eine Tür hinter der Bar hereinkommen.

„Der Dreckskerl, mit dem sie verheiratet war, hat sie nach Strich und Faden verprügelt. Wahrscheinlich wiegt sie keine hundert Pfund, aber sie hat drei Kinder zu Hause. Sechzehn, zwölf und zehn. Sie arbeitet seit über fünf Jahren bei mir; früher war es normal, dass sie alle paar Wochen mit einem blauen Auge oder einer aufgeplatzten Lippe hier auftauchte. Vor zwei Jahren hat sie dann die Kinder genommen und ist von ihm weggegangen."

„Und lässt er sie in Frieden?"

Jonah schaute Ally in die Augen. „Man hat ihn überredet, umzuziehen."

„Ich verstehe." Sie verstand wirklich. Jonah Blackhawk kümmerte sich um die Seinen. Das konnte sie ihm nicht vorwerfen. „War er bei seinem Umzug noch in einem Stück?"

„Mehr oder weniger. Kommen Sie, ich bringe Sie runter. Ihre Tasche können Sie hier oben lassen, wenn Sie wollen."

„Nein, danke."

Er drückte auf den Knopf für den Aufzug. „Ich nehme an, Sie haben Ihre Kanone da drin. Lassen Sie das Ding, wo es ist. Wir haben unten im Barbereich einen Sicherheitsmann, der die Augen offen hält. Sie können die Waffe einschließen. Bei dieser Schicht haben Beth und Frannie den Schlüssel, das geht immer abwechselnd. Nur Will und ich haben ständig Zugang zu allen Bereichen."

„Na, dann haben Sie ja offenbar alles bestens im Griff, Blackhawk."

„Richtig. Was ist mit Ihrer Geschichte?" fragte er, während sie zusammen den Aufzug betraten. „Woher kenne ich Sie?"

„Ganz einfach. Ich war auf der Suche nach einem Job, und Sie haben mir einen gegeben." Ally zuckte die Schultern. „Ich habe Sie in Ihrer Sportbar angehauen."

„Haben Sie denn überhaupt die geringste Ahnung von Sport?"

Sie warf ihm ein Lächeln zu. „Alles, was sich außerhalb eines Spielfeldes oder eines Stadions abspielt, ist reine Zeitvergeudung."

„He, warum lernen wir uns erst jetzt kennen?" Er nahm ihren Arm, während er mit ihr aus dem Aufzug trat. „Jays oder Yankees?"

„Die Yankees haben in dieser Saison die stärkeren Schläger und schaffen weite Abschläge, aber ihre Fänger sind nachlässig. Die Jays machen zuverlässige Base Hits, und ihr Infield ist ein regelrechtes Ballett aus Mumm und Effizienz. Was in meinen Augen jederzeit höher zu bewerten ist als starke Abschläge."

„Ist das Ihre Baseball- oder Ihre Lebensphilosophie, wenn ich fragen darf?"

„Baseball ist das Leben, Blackhawk."

„Jetzt sind Sie selbst schuld. Wir werden heiraten müssen."

„Du lieber Himmel, da bekomme ich ja richtig Herzflattern", entgegnete sie trocken und wandte sich ab, um ihren Blick über den Barbereich schweifen zu lassen. Der Lärmpegel hatte sich mittlerweile beträchtlich erhöht. An der Bar drängten sich die Leute, die nach Feierabend und vor dem Essen noch schnell einen Drink nehmen wollten.

Für manche war es einfach nur ein harmloses Freizeitvergnügen, für andere ein lässiges Paarungsritual. Doch es gab noch denjenigen, der auf der Jagd war.

Wie leichtsinnig die Leute sind, ging es Ally durch den Kopf. Sie sah Männer an der Bar lehnen, deren volle Geldbörsen man mit einem einzigen schnellen Griff unbemerkt aus den Hosentaschen hätte herausziehen können. Mehr als eine Damenhandtasche hing einladend an der Lehne eines Barhockers oder eines Stuhls. Mäntel und Jacken, in deren Taschen sich mit Sicherheit der eine oder andere Auto- oder Hausschlüssel befand, waren achtlos beiseite geworfen.

„Jeder denkt, dass so etwas immer nur all den anderen passiert", murmelte Ally, bevor sie Jonah die Hand auf den Arm legte und sagte: „Da, sehen Sie, dieser Typ an der Bar – der mit Nachrichtensprecherfrisur und -gebiss."

Jonah schaute amüsiert zu dem Burschen, den Ally beschrieben hatte, und beobachtete, wie er in seiner mit Banknoten und Kreditkarten gespickten Brieftasche herumkramte. „Er versucht gerade, die Rothaarige zu ködern, oder auch ihre hübsche blonde Freundin. Egal welche. Die Chancen stehen gut, mit der Blonden könnte es klappen."

„Wer sagt das?"

„Ich." Er schaute auf Ally. „Wollen wir wetten?"

„Sie haben keine Lizenz zum Betreiben eines Spielsalons." Noch während sie die Worte aussprach, kam die Blondine herübergeschlendert und schaute dem

Mann mit der dicken Brieftasche tief in die Augen. „Richtig geraten."

„Es war einfach. Die Blonde ist leicht zu haben." Jonah ging mit Ally hinüber zur Clubebene, wo Beth und Will an einem schwarzen Pult über dem Reservierungsbuch brüteten.

„Hallo, Chef." Beth zog einen Stift aus ihren dicken Locken und notierte etwas in dem Buch. „Wie es aussieht, können wir heute Abend die meisten Tische zweimal vergeben. Und Mitte der Woche kommt eine große Abendgesellschaft."

„Dann ist es ja gut, dass ich Hilfe mitgebracht habe. Beth Dickerman, Allison Fletcher. Sie muss eingearbeitet werden."

„Ah, wieder ein Opfer." Beth streckte ihr die Hand hin. „Freut mich, Allison."

„Ally. Danke."

„Du bringst ihr die Kniffe bei, Beth. Sie wird die Tische abräumen, bis du der Meinung bist, sie als Bedienung einsetzen zu können."

„Wir machen sie ganz schnell fit. Kommen Sie mit, Ally. Ich erklär Ihnen alles. Haben Sie schon mal als Bedienung gearbeitet?" fragte Beth, während sie ihnen den Weg durch die Menge bahnte.

„Na ja, nicht so richtig."

Beth lachte ein perlendes Lachen. „Macht nichts,

das kriegen wir schon hin. Frannie, das ist Ally, eine neue Kollegin. Frannie bedient an der Bar", schloss sie an Ally gewandt.

„Freut mich." Frannie lächelte Ally strahlend zu, während sie mit einer Hand Eiswürfel in einen Mixbecher gab und gleichzeitig mit der anderen Mineralwasser in ein Glas schenkte.

„Und dieses atemberaubende Prachtexemplar der männlichen Gattung dort ist Pete."

Der breitschultrige Afroamerikaner zwinkerte den beiden zu, während er in einem Schnapsglas Kahlua abmaß.

„Aber erlauben Sie sich ja nicht, mit ihm zu flirten, weil er nämlich schon mir gehört, stimmts, Pete?"

„Klar, Süße. Dir ganz allein."

Lachend schloss Beth eine Tür mit dem Schild „Nur für Personal" auf. „Pete ist glücklich verheiratet. Er hat eine wunderbare Frau, die gerade ein Baby erwartet. Wir machen nur Spaß. Also, wenn Sie aus irgendeinem Grund hier reinmüssen ... Oh hallo, Jan."

„Hallo, Beth." Die kurvenreiche Brünette, die sich vor dem Spiegel die Lippen nachzog, wirkte wie einer Modezeitschrift entsprungen. Sie hatte bis zur Taille reichendes Haar, das sie mit zwei Kämmen aus dem herzförmigen Gesicht hielt. Ally schätzte sie auf Mitte zwanzig. Ihr Rock war nicht viel größer als eine

Serviette, und das mit kleinen Silberknöpfen besetzte Oberteil lag hauteng an. An Armen, Ohren und Hals glänzte massenweise Silberschmuck.

„Hier kommt Frischfleisch. Das ist Ally."

„Ah, ja." Jans Lächeln war freundlich, aber ihre Augen glitzerten abschätzend. Eine Frau, die die mögliche Konkurrenz einzustufen suchte.

„Jan bedient im Barbereich, aber wenn wir sie brauchen, kommt sie auch zu uns rüber." Auf der anderen Seite der Tür erschallte lautes Lachen.

„Es geht los, meine Schicht fängt an." Jan band sich eine kurze schwarze, mit vielen Taschen versehene Schürze um. „Viel Glück, Ally. Willkommen an Bord."

„Danke. Alle sind so freundlich", sagte Ally zu Beth, während Jan nach draußen ging.

„Alle, die für Jonah arbeiten, sind so etwas wie eine große Familie. Er ist ein guter Chef." Beth nahm eine Schürze aus einem Schrank. „Man reißt sich ein Bein für ihn aus, aber er zeigt einem auch, dass er es zu schätzen weiß und nicht als Selbstverständlichkeit betrachtet. Das macht den Unterschied. Hier, das werden Sie brauchen."

„Arbeiten Sie schon lange für ihn?"

„Ungefähr sechs Jahre. Zuerst war ich im ‚Fast Break'. Nach der Neueröffnung hier hat er mir angeboten zu wechseln. Es ist eine anspruchsvolle Bar, außerdem habe ich es von hier nicht weit bis nach Hause. Ihre Tasche können Sie da reintun." Beth öffnete einen schmalen Spind. „Beim Zahlenschloss nur zweimal die Null einstellen, dann geht es auf."

„Prima." Bevor Ally ihre Handtasche in dem Spind deponierte, nahm sie unauffällig ihren Beeper heraus und befestigte ihn unter ihrer Schürze am Rockbund. Anschließend machte sie den Spind wieder zu und ließ das Schloss einrasten. „So, fertig."

„Wollen Sie sich noch mal die Lippen nachziehen oder irgendwas?"

„Nein, ich bin so weit. Nur ein bisschen nervös, das ist alles."

„Keine Sorge. In ein paar Stunden tun Ihnen so die Füße weh, dass Sie an Ihre Nerven gar nicht mehr denken können."

Beth hatte Recht. Jedenfalls, was die Füße anbelangte. Zwei Stunden später hatte Ally das Gefühl, als ob sie zwanzig Meilen in den falschen Schuhen gelaufen wäre und mindestens drei Tonnen mit schmutzigem Geschirr beladene Tabletts gestemmt hätte.

Den Weg von den Tischen in die Küche kannte sie inzwischen im Schlaf.

Die Live-Band, die kurz nach neun zu spielen anfing, war beträchtlich lauter als die Musik vom Band. Die Leute, die sich auf der Tanzfläche und an den Tischen drängten, mussten sich anbrüllen, um sich verständlich zu machen.

Ally stapelte Geschirr auf Tabletts und beobachtete die Leute. Sehr viel Designerkleidung, extravagante Armbanduhren, teure Mobiltelefone und Aktenkoffer aus Leder. Sie sah eine Frau, die ihren drei Freundinnen stolz einen brillantbesetzten Verlobungsring zeigte.

Hier kommt eine Menge Geld auf einen Haufen beisammen, stellte sie nüchtern fest. Und viele potenzielle Opfer.

Als Ally mit einem voll beladenen Tablett in Richtung Küche ging und dabei ein attraktives Paar umrundete, hielt der Mann sie auf.

„Sagen Sie, Süße, könnten Sie mir und meiner reizenden Begleiterin vielleicht noch etwas zu trinken bringen?"

Sie beugte sich zu ihm, setzte ein zuckersüßes Lächeln auf und flüsterte: „Du kannst mich mal."

Der Mann grinste nur. „Cops haben eine so ordinäre Ausdrucksweise."

„Beim nächsten Fall sitze ich mir den Hintern platt, während du dir die Füße wund läufst, das verspreche ich dir, Hickman", gab Ally zurück. „Habt ihr irgendwas gesehen, das ich wissen sollte? Irgendein Detail, das uns weiterbringen könnte?"

„Bis jetzt noch nicht." Er griff nach der Hand der Frau, die neben ihm saß. „Aber Carson und ich sind verliebt."

Lydia Carson drückte Hickmans Hand viel zu fest. „Da träumst du von."

„Haltet weiter die Augen offen." Ally schaute in Hickmans Glas. „Und das hier sollte eigentlich Mineralwasser sein."

„Sie ist immer so streng", hörte sie Hickman noch brummen, als sie weiterging.

„Beth, Tisch ... äh ... sechzehn will noch Drinks bestellen."

„Bin schon unterwegs. Sie machen Ihre Sache gut, Ally. Wenn Sie das Tablett weggebracht haben, sollten Sie mal Pause machen."

„Das braucht man mir nicht zweimal zu sagen."

In der Küche ging es zu wie in einem Tollhaus. Ally stellte mit einem erleichterten Aufseufzen ihr Tablett ab und runzelte die Stirn, als sie Frannie zur Hintertür hinausschlüpfen sah.

Zehn Sekunden später folgte sie ihr.

Frannie lehnte an der Hauswand und nahm einen ersten Zug von ihrer Zigarette. Gleich darauf stieß sie eine Rauchwolke aus. „Auch Pause?"

„Ja, ich wollte gerade mal ein bisschen frische Luft schnappen."

„Da drin ist heute wieder mal der Teufel los." Frannie zog ihr Zigarettenpäckchen aus der Schürzentasche und hielt es Ally hin. „Auch eine?"

„Nein, danke. Ich rauche nicht."

„Gut für Sie. Ich kanns einfach nicht lassen. Im Aufenthaltsraum darf nicht geraucht werden. Aber wenn das Wetter schlecht ist, erlaubt Jonah mir, in seinem Büro zu rauchen. Wie läuft Ihr erster Arbeitstag bis jetzt?"

„Meine Füße bringen mich um."

„Das ist eine Berufskrankheit. Am besten kaufen Sie sich gleich morgen ein Fußbad. Eins mit Eukalyptus, dann fühlen Sie sich wie im siebten Himmel."

„Gute Idee."

Eine attraktive Frau, fand Ally. Obwohl Frannie durch die Fältchen um die Augen älter wirkte als achtundzwanzig. Sie war dezent geschminkt und trug die dunkelroten Haare kurz geschnitten. Ihre Fingernägel waren ebenfalls kurz und nicht lackiert, die Finger unberingt. Wie das übrige Personal war sie in Schwarz gekleidet, eine schlichte Bluse und Hose, dazu bequeme modische Schuhe.

Das einzig Auffällige an ihr waren die großen silbernen Kreolen, die an ihren Ohrläppchen baumelten.

„Wie sind Sie an den Job gekommen?" erkundigte sich Ally.

Frannie nahm einen Zug von ihrer Zigarette. „Na ja, ich hing vorher schon viel in Bars rum, und als ich dann eine richtige Arbeit suchte, hat Jonah mir die Stelle angeboten. Er hat mich erst drüben im ‚Fast Break' eingearbeitet. Die Arbeit ist okay. Man braucht ein gutes Gedächtnis und Menschenkenntnis. Wollen Sie auch an die Bar?"

„Ich sollte erst mal zusehen, dass ich es eine Schicht lang durchhalte, statt schon nach einer Beförderung zu schielen."

„Sieht doch so aus, als ob Sie mit allem ganz gut klarkommen."

Ally lächelte Frannie in die nachdenklichen Augen. „Finden Sie?"

„Für meinen Job braucht man eine gute Beobachtungsgabe. Und die sagt mir, dass Sie nicht zu den Menschen gehören, die sich in ihrem Leben mit Tischabräumen zufrieden geben."

„Irgendwo muss man anfangen. Und von irgendwas muss man schließlich seine Miete bezahlen."

„Das brauchen Sie mir nicht zu sagen." Aber Frannie hatte sich bereits ausgerechnet, dass allein Allys Schuhe wahrscheinlich die Hälfte dessen gekostet hatten, was sie jeden Monat für ihre Miete hinblätterte.

„Na, jedenfalls müssen Sie sich an Jonah halten, wenn Sie die Karriereleiter rauf wollen. Doch das wissen Sie wahrscheinlich selbst." Frannie ließ die Zigarette fallen und zertrat sie mit dem Absatz. „Muss wieder rein. Wenn ich überziehe, ist Pete sauer."

Wenn die Exhure von Jonah redete, ließ sie eine Art Besitzerstolz erkennen. Vielleicht hat sie ja was mit ihm, überlegte Ally, während sie ebenfalls wieder hineinging. Was angesichts der Tatsache, dass er seine schützende Hand so über sie hielt, durchaus denkbar war.

Als Geliebte und vertrauenswürdige Angestellte hätte Frannie jede Gelegenheit, potenzielle Opfer auszuspähen und die Informationen unbemerkt weiterzugeben. Von der Bar aus hatte man den Eingang im Blick. Jeder, der den Club betrat und ihn wieder verließ, musste an Frannie vorbei.

Die Leute bezahlten bei ihr mit ihren Kreditkarten, und die Namen und Kontonummern führten zu ihren Adressen.

Es konnte nicht schaden, Frannie genauer unter die Lupe zu nehmen.

Jonah hatte von seinem Büro im ersten Stock aus ebenfalls seine Beobachtungen angestellt. Er wusste genug über Betrügereien, um sich ausrechnen zu können, wer als potenzielles Opfer in Frage kam. Er hatte sich drei Kandidaten herausgesucht, die auf *seiner* Liste gestanden hätten. Als er dann an Tisch sechzehn auch noch die Cops entdeckte, fuhr er mit dem Aufzug nach unten.

„Sie sind zufrieden?"

Die Frau strahlte ihn an und strich sich mit einer Hand das blond gesträhnte Haar aus dem Gesicht. „Es ist wirklich wunderbar hier. Bob und ich haben heute zum ersten Mal seit Wochen endlich mal wieder Zeit füreinander."

„Freut mich, dass Sie sich für mein Lokal entschieden haben." Jonah legte Bob freundlich eine Hand auf die Schulter und beugte sich zu ihm hinunter. „Ein kleiner Tipp: Lassen Sie nächstes Mal die Polizistenschuhe zu Hause, die verraten Sie. Trotzdem noch einen schönen Abend."

Beim Weggehen hörte er, wie die Frau auflachte.

Er trat an den Tisch, den Ally gerade abräumte. „Na, wie läufts?"

„Bisher habe ich noch kein Tablett fallen lassen."

„Und jetzt wollen Sie von mir eine Gehaltserhöhung, stimmts?"

„Vielen Dank, aber in dieser Hinsicht halte ich mich lieber an meinen Tagesjob. Die Straße aufzuräumen macht mir nämlich bedeutend mehr Spaß als

Tische." Gedankenverloren legte sie sich eine Hand ins Kreuz und bog den Rücken durch.

„Um elf schließt die Küche, dann wird es ein bisschen ruhiger."

„Dem Himmel sei Dank."

Bevor sie dazu kam, das Tablett hochzuheben, legte er ihr eine Hand auf den Arm. „Haben Sie eben da draußen Frannie in die Mangel genommen?"

„Wie bitte?"

„Sie ging raus, Sie gingen raus, sie kam rein, Sie kamen rein."

„Ich mache nur meine Arbeit. Immerhin habe ich dem Drang widerstanden, die Angst in ihren Blick zu bringen, und den Gummiknüppel habe ich auch nicht gezückt. Und jetzt lassen Sie mich weiterarbeiten." Ally hievte das Tablett hoch und wollte sich an ihm vorbeidrücken.

„Ach übrigens, Allison."

Sie blieb stehen und spürte das Knurren, das in ihrer Kehle aufstieg. „Was ist?"

„Der harte Ball war dem Mumm und der Effizienz überlegen. Acht zu zwei."

„Ein Spiel macht noch keine Saison." Sie reckte das Kinn und marschierte mit ihrem schwer beladenen Tablett davon. Als sie an der Tanzfläche vorbeikam, streckte ein Mann seine Hand aus und gab ihr einen Klaps auf den Po. Jonah sah, dass sie abrupt stehen blieb, sich langsam umdrehte und dem Missetäter einen langen eisigen Blick zuwarf. Der Mann wich einen Schritt zurück, hob verlegen die Hand und sah zu, dass er schleunigst fortkam.

„Sie weiß sich zu wehren", stellte Beth neben Jonah fest.

„Ja, sieht so aus."

„Anpacken kann sie auch. Ich mag deine neue Freundin, Jonah."

Er war zu überrascht, um etwas zu erwidern, und schaute Beth, die schon wieder weitereilte, nur stumm nach.

Mit einem kurzen Auflachen schüttelte er den Kopf. Da schien ihm doch glatt was entgangen zu sein.

Als endlich Feierabend war, wäre Ally vor Erleichterung am liebsten in Tränen ausgebrochen. Sie war seit acht Uhr morgens auf den Beinen und sehnte sich nur noch danach, ins Bett zu fallen und wenigstens fünf wertvolle Stunden zu schlafen, bevor alles wieder von vorn anfing.

„Gehen Sie nach Hause", sagte Beth. „Alles Weitere besprechen wir morgen. Sie haben sich wirklich gut gehalten."

„Danke. Und das meine ich auch so."

„Will, lass Ally in den Aufenthaltsraum, ja?"

„Kein Problem. War mächtig was los heute. Wie wärs mit einem Absacker vor dem Heimgehen?"

„Nein danke, außer, ich könnte meine Füße darin baden."

Will lachte leise und tätschelte ihr freundschaftlich den Rücken. „Frannie, schenkst du mir einen ein?"

„Bin schon dabei."

„Ich trinke am Ende der Schicht gern noch einen Brandy. Einen guten. Also, überlegen Sie es sich", schlug er vor, während er die Tür zum Aufenthaltsraum aufschloss. „Der Boss hat nichts dagegen, wenn seine Leute vor dem Heimgehen noch was trinken und berechnet es ihnen nicht."

Nach diesen Worten ging er pfeifend davon.

Ally verstaute ihre Schürze in dem Spind und nahm ihre Sachen heraus. Sie wollte eben in ihre Lederjacke schlüpfen, als Jan hereingestöckelt kam.

„Sie gehen schon? Na, wundern tuts mich nicht, Sie sehen ganz schön geschafft aus. Also, ich komm um diese Zeit immer erst so richtig in Schwung."

„Ich habe mein Hoch schon seit über einer Stunde hinter mir." Ally blieb an der Tür stehen. „Tun Ihnen nicht die Füße weh?"

„Ich bin daran gewöhnt. Die meisten Typen geben mehr Trinkgeld, wenn man auf hohen Absätzen durch die Gegend läuft." Jan bückte sich, um sich mit der Hand übers Bein zu fahren. „Man tut eben, was man kann."

„Ja. Also dann, Gute Nacht."

Beim Verlassen des Aufenthaltsraums lief Ally prompt Jonah in die Arme.

„Wo steht Ihr Auto?" erkundigte er sich.

„Ich bin zu Fuß gekommen." Gerannt, wie sie sich erinnerte, aber am Ende kam es auf dasselbe heraus.

„Ich fahre Sie nach Hause."

„Nicht nötig. Es ist nicht weit."

„Es ist zwei Uhr morgens. Schon ein Häuserblock ist zu weit."

„Um Himmels willen, Blackhawk, ich bin ein Cop."

„Ja, und deshalb prallen Kugeln auch naturgemäß an Ihnen ab."

Bevor sie etwas erwidern konnte, streckte er die Hand nach ihrem Kinn aus. Diese Geste, sein entschlossener Griff war so schockierend, dass es ihr die Sprache verschlug. „Sie sind im Augenblick keine Polizistin", sagte er leise. „Sie sind eine Angestellte und die Tochter eines Freundes. Ich werde Sie nach Hause fahren. Und als Ihr Chef verbiete ich Ihnen jede Widerrede, haben Sie verstanden?"

„Na schön. Mir tun sowieso die Füße weh."

Sie wollte seine Hand wegschieben, aber er war schneller und nahm ihren Arm.

„Gute Nacht, Chef", rief Beth aus und grinste die beiden an, als sie an ihr vorbeigingen. „Sieh zu, dass dieses Mädchen so schnell wie möglich die Beine hochlegt."

„Wird erledigt. Bis dann, Will. Nacht, Frannie."

Argwöhnisch beobachtete Ally, wie Will ihnen zum Abschied grinsend zuprostete und Frannie sie mit ruhigem, ernstem Blick musterte.

„Was war das denn jetzt?" wollte sie wissen, als sie in die kühle Nachtluft hinaustraten. „Was hatte das zu bedeuten?"

„So sagen mir meine Freunde und Angestellten eben Gute Nacht. Mein Auto steht da drüben."

„Entschuldigung, aber mein Verstand funktioniert noch ganz gut, auch wenn meine Füße taub sind. Sie haben diesen Leuten da eben ganz eindeutig zu verstehen gegeben, dass zwischen uns irgendwas läuft."

„Richtig beobachtet. Obwohl es eigentlich Beth war, die mich auf diese Idee gebracht hat. Es wird manches vereinfachen."

Ally blieb neben dem eleganten schwarzen Jaguar stehen. „Wie kommen Sie darauf?"

„Und Sie wollen Detective sein!" Jonah schloss die Beifahrertür auf. „Überlegen Sie doch mal. Sie sind eine hübsche Blondine mit endlos langen Beinen. Ich habe Sie überraschend eingestellt, obwohl Sie keinerlei Erfahrung in dem Job haben. Ist doch ganz logisch, was dahinter steckt, oder? Man braucht nur zwei und zwei zusammenzuzählen, und schon wird eine Romanze daraus. Oder zumindest eine Affäre. Was ist, wollen Sie nicht einsteigen?"

„Sie haben mir noch nicht erklärt, warum es irgendetwas vereinfachen sollte."

„Wenn alle glauben, dass wir etwas miteinander haben, denkt sich niemand was dabei, wenn ich Sie an der langen Leine laufen lasse oder Sie in mein Büro kommen."

Ally sagte erst mal nichts und überlegte. Dann nickte sie. „Also schön, einverstanden. Es hat tatsächlich einen Vorteil."

Plötzlich stand er vor ihr und sperrte sie zwischen sich und der Autotür ein. Der laue Nachtwind wehte ihm ihren Duft in die Nase. Am Himmel stand ein Dreiviertelmond, dessen Strahlen silberne Tupfen in ihre Augen zauberte. Seiner Meinung nach war dies hier genau der richtige Moment.

„Es könnte mehr als nur einen haben."

Der leise Schauer, der ihr über den Rücken rieselte, ärgerte sie. „Sie wollen jetzt bestimmt einen Schritt zurücktreten, Blackhawk."

„Beth beobachtet uns. Sie hat sich trotz ihrer schlimmen Erfahrungen ein romantisches Herz bewahrt und hofft auf einen Moment wie diesen hier. Auf einen langen trägen Kuss, einer dieser Küsse, bei denen man laut aufseufzt und die das Blut zum Kochen bringen."

Und dann lagen plötzlich seine Hände auf Allys Hüften, fuhren an den Seiten empor und machten dicht unterhalb der Brüste Halt. Ally spürte, dass ihr Mund trocken wurde, während es in ihrem Schoß heftig zu ziehen begann.

„Nun, dann wird Beth wohl enttäuscht werden."

Jonahs Blick blieb an ihrem Mund hängen. „Da wird sie nicht die Einzige sein." Aber er ließ Ally los und trat einen Schritt zurück. „Keine Sorge, Detective. Von Polizistinnen und Töchtern von Freunden lasse ich grundsätzlich die Finger."

„Dann bin ich vor Ihrem unwiderstehlichen Charme offenbar doppelt geschützt."

„Was gut ist für uns beide, weil Sie mir nämlich wirklich gefallen. Was ist nun, fahren Sie mit?"

„Ja." Sie stieg schnell ein und wartete, bis er die Autotür hinter ihr zugeschlagen hatte, bevor sie erleichtert aufatmete. Sie war unfähig, auch nur einen klaren Gedanken zu fassen. In ihrem Kopf wirbelte es.

Du lieber Himmel, was war das denn eben gewesen? Beruhige dich, befahl sie sich, aber ihr Herz hämmerte noch immer wie verrückt gegen ihre Rippen. *Beruhig dich und konzentrier dich auf deinen Job.*

Jonah rutschte hinters Steuer, verärgert, weil sein Puls sich leicht beschleunigt hatte. „Wohin?" Während er startete, nannte sie ihm ihre Adresse. „Du meine Güte, das ist ja fast eine Meile. Warum, zum Teufel, sind Sie zu Fuß gegangen?"

„Weil es im Berufsverkehr schneller geht. Außerdem sind es nur zehn Blocks."

„Das ist vollkommen idiotisch."

Ihre Erwiderung darauf war so scharf, dass es ihr fast die Zunge verbrannte. Mehrere Sekunden lang spürte sie nicht einmal die Vibrationen ihres Beepers, weil sie sie irrtümlich für ein inneres Zittern hielt, verursacht durch ihre Wut.

Schließlich riss sie das Gerät von ihrem Rockbund und schaute auf das Display. „Verdammt, verdammt." Sie kramte ihr Handy aus ihrer Tasche und wählte eilig. „Detective Fletcher. Jawohl, verstanden. Bin schon unterwegs."

Sie versuchte, sich wieder zu beruhigen und warf das Mobiltelefon wieder in ihre Tasche. „Da Sie unbedingt Taxifahrer spielen wollen, fahren Sie schon endlich. Ein neuer Einbruch."

„Adresse?"

„Fahren Sie mich einfach nach Hause, dann hole ich mein Auto. Ich muss jetzt so schnell wie möglich zum Tatort, Blackhawk."

„Nennen Sie mir die Adresse, Allison. Alles andere wäre Zeitverschwendung."

3. KAPITEL

Jonah setzte Ally vor einem hübschen Einfamilienhaus ab, das in einem gutbürgerlichen Erschließungsgebiet mit Freeway-Anschluss lag. Wenn nicht allzu dichter Verkehr herrschte, betrug die Fahrtzeit von hier bis in die Innenstadt nicht mehr als zwanzig Minuten.

Die Chambers, ein wohlhabendes Ehepaar, waren beide als Anwälte tätig, Anfang dreißig und kinderlos. Zwei Menschen, die ihr gewiss recht ansehnliches Einkommen für ein gutes Leben ausgaben.

Für Kunst, Antiquitäten, Schmuck, elektronische Geräte.

„Sie haben unter anderem meine Brillantohrringe und meine Cartier-Uhr mitgenommen." Maggie Chambers tupfte sich die Tränen aus den Augen und schaute sich niedergeschlagen in ihrem geplünderten Wohnzimmer um. „Wir wissen noch nicht genau, was sonst noch fehlt, aber da an der Wand hingen zwei Lithografien von Dalí und Picasso. Und dort in der Nische stand eine Skulptur von Erté, die wir vor zwei Jahren von einer Auktion mitgebracht haben. Außerdem sind Joes Manschettenknöpfe weg. Er sammelt sie seit Jahren, ich weiß gar nicht genau, wie viel Paar er hatte, auf jeden Fall sind sie alle weg. Die meisten waren ziemlich wertvoll, vor allem das mit Brillanten und Rubinen besetzte Paar."

„Bitte, reg dich nicht so auf, Schatz, die Sachen sind doch alle versichert." Mrs. Chambers' Mann drückte tröstlich ihre Hand.

„Es ist aber nicht dasselbe. Diese Gangster waren in unserem Haus – in unserem Haus, Joe! – und sie haben unsere Sachen gestohlen. Verdammt, mein Auto ist auch weg. Ein funkelnagelneuer BMW, nicht einmal fünftausend Meilen gefahren. Ich habe an diesem blöden Auto gehangen."

„Ich weiß, es ist hart, Mrs. Chambers."

Maggie Chambers richtete ihren Blick auf Ally. „Ist Ihnen so was auch schon mal passiert, Detective?"

„Nein." Ally legte ihr Notizbuch für einen Moment auf ihrem Knie ab. „Aber ich musste schon viele Einbrüche, Raubüberfälle und Diebstähle bearbeiten."

„Das ist aber nicht dasselbe."

„Sie macht nur ihre Arbeit, Maggie."

„Ich weiß. Es tut mir Leid. Ich weiß." Maggie Chambers schlug die Hände vors Gesicht und atmete tief durch. „Ich habe einfach Angst, das ist alles. Ich will heute Nacht nicht hier bleiben."

„Das müssen wir auch nicht. Wir werden in ein Hotel gehen. Brauchen Sie uns noch, Detective … wie war doch gleich Ihr Name, Fletcher?"

„Ja. Nur noch ein paar Fragen, dann können Sie gehen. Sie haben angegeben, dass Sie zusammen aus waren."

„Ja, Maggie hat heute einen Fall gewonnen, das haben wir mit ein paar Freunden im ‚Starfire Club' gefeiert." Während Mr. Chambers sprach, beschrieb seine Rechte auf dem Rücken seiner Frau kleine Kreise. „Gutes Essen, ein paar Drinks, ein bisschen tanzen. Wir sind gegen zwei nach Hause gekommen, aber das haben wir dem anderen Polizisten bereits alles gesagt."

„Hat außer Ihnen beiden sonst noch jemand einen Hausschlüssel?"

„Unsere Haushälterin."

„Kennt sie auch den Code der Alarmanlage?"

„Ja, natürlich." Joe hielt kurz inne, bevor er fortfuhr: „Hören Sie ... Carol macht seit fast zehn Jahren bei uns sauber. Sie gehört praktisch zur Familie."

„Es ist nur eine Formsache, Mr. Chambers, aber würden Sie mir bitte Namen und Adresse Ihrer Haushälterin nennen?"

Nachdem er die Angaben gemacht hatte, ging Ally mit den beiden den Abend noch einmal durch, suchte nach einer Verbindung, einem Kontakt, nach irgendetwas, das vielleicht stutzig werden ließ. Aber für die Chambers war es nichts als ein vergnüglicher Abend gewesen.

Am Ende der Befragung hatte Ally eine unvollständige Liste mit gestohlenen Wertgegenständen sowie das Versprechen, dass diese Liste baldmöglichst vervollständigt werden würde, und die Angaben über die Versicherung. Obwohl die Spurensicherung noch nicht ganz fertig war, hatte Ally den Tatort bereits selbst inspiziert. Aber sie hoffte ohnehin nicht auf ein Wunder in Form von Fingerabdrücken oder sonstigen hinterlassenen Spuren.

Am Nachthimmel funkelten die Sterne, der Wind hatte zugenommen und fegte die still daliegende Straße hinunter. Außer im Haus der Chambers brannte nirgendwo Licht. Die Bewohner der Siedlung lagen bereits seit Stunden im Bett und schliefen tief und fest.

Ally bezweifelte, dass eine Befragung in der Nachbarschaft irgendetwas ergeben würde.

Jonah lehnte an der Motorhaube seines Autos und trank Kaffee – allem Anschein nach aus dem Vorrat des uniformierten Polizisten, der neben ihm stand.

Nachdem sie sich zu den beiden gesellt hatte, hielt Jonah ihr seinen halb vollen Kaffeebecher hin.

„Sie können auch einen eigenen haben. Ein paar Häuserblocks weiter unten ist ein 24-Stunden-Imbiss."

„Schon gut, danke." Sie nahm den Becher entgegen und wandte sich an den Streifenpolizisten. „Officer, Sie und Ihr Partner waren die Ersten am Tatort?"

„Jawohl, Ma'am."

„Gut, dann möchte ich so schnell wie möglich Ihren Bericht." Der Beamte nickte knapp und machte, dass er zu seinem Streifenwagen kam. Ally trank einen Schluck Kaffee, bevor sie Jonah den Becher zurückgab. „Sie brauchen nicht auf mich zu warten. Ich kann bei einem Kollegen mitfahren."

„Mich interessiert, was hier läuft." Er öffnete die Beifahrertür. „Waren die beiden in meinem Club?"

„Warum fragen Sie das, wenn wir doch beide wissen, dass Sie eben den Streifenbeamten ausgequetscht haben?"

„He, ich habe den Kaffee spendiert." Er reichte ihr wieder den Becher, bevor er um den Wagen herum zur Fahrerseite ging. „Dann haben sich diese Ganoven ihre Opfer also diesmal im ‚Starfire Club' ausgeguckt. Sind sie dort schon mal tätig geworden?"

„Nein, Ihr Club ist das einzige Lokal, wo sie mehrmals aktiv waren. Und es wird wieder passieren." Ally war hundemüde und schloss für einen Moment die Augen. „Es ist nur eine Frage der Zeit."

„Na wunderbar, da fühle ich mich doch gleich viel besser. Was haben sie diesmal mitgehen lassen?"

„Einen BMW Roadster, Kunst, Unterhaltungselektronik und eine ganze Menge Schmuck."

„Haben diese Leute keinen Tresor?"

„Doch, in ihrem begehbaren Kleiderschrank im Schlafzimmer. Allerdings hatten sie den Zahlencode auf einem Zettel im Schreibtisch aufbewahrt. Die Alarmanlage hatten sie nach eigener Aussage beim Verlassen des Hauses eingeschaltet – obwohl die Frau nicht so überzeugt wirkte. Auf jeden Fall haben sie sich sicher gefühlt. Ein schönes Haus, angenehme Wohngegend, nette Nachbarn. Da werden die Leute leicht unvorsichtig." Mit geschlossenen Augen ließ Ally den Kopf kreisen, um die Verspannung im Nacken zu lockern. „Sie sind beide Anwälte."

„Warum, zum Teufel, machen wir uns dann überhaupt Gedanken um sie?"

Sie war müde genug, um zu lachen. „Nehmen Sie sich bloß in Acht. Meine Tante ist Bezirksstaatsanwältin in Urbana."

„Trinken Sie diesen Kaffee, oder halten Sie sich bloß daran fest?"

„Was? Oh, nein, hier, nehmen Sie, ich will nichts mehr. Sonst stehe ich nachher im Bett."

Für Jonah war es nur schwer vorstellbar, dass diese schlappe Brühe eine derartige Wirkung entfalten könnte. Allys Stimme war heiser vor Müdigkeit, wodurch sie noch erotischer klang. Und wahrscheinlich hatte es auch etwas mit ihrer Erschöpfung zu tun, dass Ally ihm das Gesicht zuwandte, um für ihren Hals eine bequeme Stellung an der Kopfstütze zu finden. Ihre Augen waren geschlossen, ihre Lippen weich und leicht geöffnet.

Er konnte sich genau vorstellen, wie diese Lippen schmecken würden. Süß, warm und weich.

An einem Stoppschild hielt er an und zog die Handbremse, bevor er sich über Ally beugte, um ihre Rückenlehne zu verstellen. Als sie erschrocken hochfuhr, stießen sie mit den Köpfen zusammen. Er fluchte, und sie boxte ihm mit der Hand auf die Brust.

„He, weg da!"

„Ganz ruhig, Fletcher. Ich habe nicht vor, Sie zu bespringen. Mir ist es lieber, wenn die Frau beim Liebesakt wach ist. Ich wollte es Ihnen nur ein bisschen bequemer machen, wenn Sie schon im Auto schlafen müssen."

„Mir geht es gut." Abgesehen davon, dass ihr ihre Reaktion schrecklich peinlich war. „Ich habe nicht geschlafen."

Er legte ihr eine Hand auf die Stirn und drückte ihren Kopf wieder zurück auf die Lehne. „Halten Sie den Mund, Allison."

„Ich habe nicht geschlafen. Ich habe nachgedacht."

„Denken Sie morgen weiter." Er fuhr an und warf ihr einen kurzen Blick zu. „Wie viele Stunden sind Sie schon im Dienst?"

„Das ist Mathematik, und ich kann im Moment nicht rechnen." Sie gab auf und gähnte. „Meine Schicht fängt normalerweise um acht in der Früh an."

„Jetzt ist es fast vier Uhr morgens, das heißt also um die zwanzig Stunden. Warum lassen Sie sich nicht für die Nachtschicht einteilen, bis diese Sache hier vorbei ist? Oder sind Sie lebensmüde?"

„Das hier ist nicht mein einziger Fall." Obwohl sie bereits beschlossen hatte, mit ihrem Vorgesetzten zu reden. Mit so wenig Schlaf konnte sie im Job nicht ihr Bestes geben. Aber das ging Jonah nichts an.

„Denver ist also nicht sicher, wenn Sie nicht im Dienst sind, was?"

Sie mochte müde sein, aber Sarkasmus hörte sie immer noch gut heraus. „Ganz recht, Blackhawk. Ohne mein wachsames Auge versinkt die Stadt im Chaos. Es ist in der Tat eine schwere Bürde, aber irgendjemand muss sie schließlich schultern. Am besten halten Sie da vorn an der Ecke. Ich wohne nur ein paar Häuser weiter."

Er überhörte es, fuhr über die Ampel und hielt wenig später vor ihrem Haus.

„Okay. Danke." Sie bückte sich nach ihrer Tasche.

Er war bereits ausgestiegen und ums Auto herumgegangen. Wahrscheinlich lag es an ihrer Erschöpfung, dass sie sich wie im Zeitlupentempo bewegte. Denn er hatte schon die Hand von außen auf dem Türgriff, noch ehe sie dazu kam, die Tür zu öffnen.

Fünf Sekunden lang kämpften sie, dann gab Ally mit einem gereizten Schnauben auf und erlaubte es Jonah, die Tür zu öffnen. „In welchem Jahrhundert leben Sie? Sehe ich aus, als wäre ich unfähig, einen so komplizierten Mechanismus wie eine Autotür korrekt zu bedienen?"

„Nein, aber müde."

„Das bin ich auch. Deshalb Gute Nacht."

„Ich bringe Sie zur Tür."

„Jetzt reißen Sie sich bloß zusammen."

Aber er ging schon neben ihr her und war – verdammt! – einen Schritt früher am Ziel. Wortlos hielt er ihr die Haustür auf.

„Bestimmt muss ich jetzt einen Knicks machen", brummte sie in sich hinein.

Er feixte hinter ihrem Rücken, dann ging er mit ihr durch die Eingangshalle zu den Aufzügen.

„Danke, von hier aus schaffe ich es wirklich allein."

„Ich bringe Sie bis an Ihre Wohnungstür."

„Das ist hier kein verdammtes Date."

„Sie sind müde und folglich gereizt. Was sehr bedauerlich ist." Jonah betrat zusammen mit ihr den Aufzug. „Nein, eigentlich sind Sie ständig gereizt. Das muss dann wohl an mir liegen."

„Ja, weil Sie mir auf die Nerven gehen." Ally stach mit dem Zeigefinger auf den Knopf für den vierten Stock ein.

„Gott sei Dank, das wäre also geklärt. Ich hatte schon befürchtet, Sie wären womöglich dabei, sich in mich zu verlieben."

Das Ruckeln des Aufzugs brachte Ally vollends aus ihrem ohnehin labilen Gleichgewicht. Als sie schwankte, legte er ihr eine Hand auf den Arm.

„Lassen Sie mich los."

„Nein."

Sie versuchte sich loszureißen. Er verstärkte seinen Griff.

„Machen Sie sich nicht lächerlich, Fletcher. Sie schlafen im Stehen ein. Welche Apartmentnummer haben Sie?"

Er hatte Recht, und es wäre albern, es zu bestreiten. „Vier-null-neun. Aber lassen Sie mich los, ja? Nach ein paar Stunden Schlaf geht es mir wieder gut."

„Daran zweifle ich nicht." Allerdings hielt er sie weiterhin fest, während die Aufzugtüren auseinander glitten.

„Bilden Sie sich bloß nicht ein, dass Sie in meine Wohnung kommen."

„Tja, da schwindet sie dahin, meine große Hoffnung. Ich dachte, ich könnte Sie mir über die Schulter und ins Bett werfen. Na, vielleicht beim nächsten Mal. Schlüssel?"

„Was?"

Ihre honigbraunen Augen waren verschleiert, darunter lagen dunkle Ringe. Die Welle von Zärtlichkeit, die ihn erfasste, kam völlig überraschend und war alles andere als angenehm. „Los, Honey, her mit dem Schlüssel."

„Ach so. Ich bin wirklich völlig am Ende." Sie kramte den Schlüssel aus ihrer Jackentasche. „Und nennen Sie mich gefälligst nicht Honey."

„Ich wollte eigentlich Detective Honey sagen." Er hörte sie leise auflachen, während er ihre Tür aufschloss. Anschließend drückte er ihr den Schlüssel in die Hand zurück und schloss ihre Finger darum. „Gute Nacht."

„Ja. Und danke fürs Mitnehmen." Aus Mangel an einer anderen Möglichkeit schlug sie ihm die Tür vor der Nase zu.

Aber was für eine Nase in was für einem Gesicht, dachte sie, während sie ins Schlafzimmer stolperte. In einem Gesicht, das so gefährlich war, dass es registriert werden sollte wie eine Schusswaffe. Eine Frau, die einem solchen Gesicht vertraute, bekam genau das, was sie verdiente.

Und genoss wahrscheinlich jede Minute davon.

Ally streifte ihre Jacke ab und wimmerte vor Schmerz auf, als sie ihre Schuhe auszog. Sie stellte den Wecker, fiel bäuchlings und voll bekleidet aufs Bett – und war innerhalb von Sekunden eingeschlafen.

Nur viereinhalb Stunden später beendete Ally ihre Morgenbesprechung im Konferenzraum des Polizeireviers. Und ihre vierte Tasse Kaffee.

„Wir werden die Nachbarn befragen", verkündete sie. „Vielleicht haben wir ja Glück. In solchen Wohngegenden halten die Leute gewöhnlich die Augen offen. Die Einbrecher müssen mit einem Fahrzeug bei den Chambers vorgefahren sein, in dem sie zumindest einen Teil der gestohlenen Gegenstände transportiert haben. In dem BMW, den sie ebenfalls mitgenommen haben, ist nicht viel Platz. Die Suchmeldung für das gestohlene Auto ist raus."

Lieutenant Kiniki, ein stämmig gebauter Mann Mitte vierzig, nickte. Seine Rolle als Verantwortlicher befriedigte ihn zutiefst. „Das ‚Starfire' scheint ein neues Angelbecken zu sein. Zwei Leute sollen sich dort ein bisschen umsehen. Leichte Kleidung", fügte er hinzu, womit er meinte, dass die Detectives nicht in Anzügen, sondern lässig gekleidet dort auftauchen sollten. „Alles möglichst unauffällig."

„Hickman und Carson sind an den Pfandleihhäusern dran und versuchen die bekannten Hehler auszuhorchen." Ally schaute ihre beiden Kollegen erwartungsvoll an.

„Da ist nichts." Hickman hob die Hände. „Lydia und ich haben gute Quellen, denen wir ziemlich eingeheizt haben, aber angeblich weiß niemand etwas. Die Vermutung liegt nahe, dass diese Kerle andere Vertriebswege haben."

„Heizen Sie diesen Quellen noch mehr ein, vielleicht kommt ja doch noch was dabei heraus", ordnete Kiniki an. „Was ist mit dem Versicherungsaspekt?"

„Wir haben neun Einbrüche und fünf verschiedene Versicherungen", erwiderte Ally. „Bis jetzt gibt es keinerlei Verbindung. Auch unter den Geschädigten haben wir bisher keine Gemeinsamkeiten gefunden", fuhr sie fort. „Wir haben vier verschiedene Banken, drei verschiedene Börsenmakler, neun verschiedene Ärzte, neun verschiedene Arbeitgeber." Sie massierte sich den schmerzenden Nacken. „Zwei der Frauen gehen in denselben Friseursalon, aber nicht zum selben Friseur. Die Geschädigten nehmen weder dieselben Putzfirmen noch dieselben Handwerker in Anspruch. Wir haben herausgefunden, dass sich zwei der Geschädigten in den vergangenen sechs Monaten derselben Cateringfirma bedient haben, und gehen der Sache nach. Aber es sieht nicht so aus, als ob dabei etwas

Interessantes rauskäme. Die einzige Gemeinsamkeit bleibt, dass alle neun Geschädigten zum Tatzeitpunkt in einem Nachtclub in der Innenstadt waren."

„Erzählen Sie mir etwas über das ‚Blackhawk'", forderte Kiniki Ally auf.

„Ein vornehmer Laden mit viel Betrieb", begann Ally. „Das Publikum besteht hauptsächlich aus gut verdienenden mittleren und höheren Angestellten, Paaren, Singles auf Partnersuche und Gruppen. Der Club hat ein gutes Sicherheitskonzept."

Ally rieb sich die Augen, bis ihr einfiel, wo sie war. „Blackhawk hat eine Überwachungskamera installiert, ich habe ihm bereits gesagt, dass ich mir die Bänder, soweit vorhanden, ansehen will. Sloan arbeitet als Springer in allen Bereichen und hat überall Zugang. Im Barbereich gibt es sechs Tische, im Clubbereich zweiunddreißig. Es gibt eine Garderobe, die allerdings längst nicht jeder benutzt. Wenn die Leute auf die Tanzfläche gehen, lassen sie ihre Sachen oft einfach beim Tisch. Ich habe massenhaft unbeaufsichtigte Taschen herumliegen sehen."

„Die Leute dort laufen mindestens die halbe Zeit herum", fügte Lydia hinzu. „Besonders die jüngeren Gäste. Man trifft und unterhält sich, setzt sich auch mal an einen anderen Tisch. Schließlich ist es ein Nachtclub, da knistert es oft heftig." Als Hickman leise auflachte, warf sie ihm einen ausdruckslosen Blick zu. „Es ist ein Ort voller sexueller Schwingungen, und wenn das Blut in Wallung kommt, werden die Leute oft unvorsichtig. Wenn Blackhawk im Club auftaucht, geht ein Ruck durch die Menge."

„Ein Ruck?" wiederholte Hickman. „Wie soll ich das verstehen?"

„Die Frauen verrenken sich den Hals nach ihm und vergessen dabei ihre Handtaschen."

„Stimmt." Ally ging zu der Tafel, an der die Listen mit den Namen der Geschädigten und der gestohlenen Gegenständen hingen. „Tatsächlich war bei jedem Einbruch eine Frau betroffen", fuhr sie fort. „Allein stehende Männer gibt es nicht auf der Liste. Das heißt, man hat es bevorzugt auf Frauen abgesehen. Und was trägt eine Frau in ihrer Handtasche mit sich herum?"

„Das gehört zu den Geheimnissen des Lebens", ließ Hickman sich vernehmen.

„Die Hausschlüssel", beantwortete Ally die eigene Frage. „Ihre Brieftasche oder ihr Portemonnaie – mit Ausweis, Kreditkarten und Fotos ihrer Kinder, sofern sie welche hat, was übrigens bei keinem der Geschädigten der Fall war. Das heißt, wir sollten zuerst einmal nach einem Taschendieb suchen. Nach einem geschickten Langfinger, der sich aus einer Tasche alles herausfischen kann, was er braucht, um es anschließend unbemerkt wieder an seinen Platz zurückzulegen."

„Warum sollte der Dieb das denn tun?" fragte Hickman verblüfft.

„Damit das Opfer keinen Verdacht schöpft. Auf diese Weise gewinnt der Täter Zeit. Stellen wir uns vor: Eine Frau geht auf die Toilette und nimmt ihre Handtasche mit. Wenn sie ihren Lippenstift herausholt und dabei feststellt, dass Brieftasche oder Hausschlüssel fehlen, wird sie sofort Alarm schlagen. Wenn alles an seinem Platz ist, gibt es keinen Grund, argwöhnisch zu werden. Und so sind die Einbrecher längst wieder weg, bevor das Opfer nach Hause kommt."

Ally drehte der Tafel den Rücken zu. „Es könnte durchaus möglich sein, dass eine Verbindungsperson im Club den Einbrechern Bescheid gibt, sobald die Zielperson die Rechnung verlangt. Ein Angestellter, vielleicht auch ein Stammgast. Im ‚Blackhawk' vergehen normalerweise zwischen Bestellung und Bezahlung der Rechnung zwanzig Minuten."

„Außer dem ‚Blackhawk' sind noch zwei weitere Clubs verwickelt." Kiniki runzelte die Stirn. „Wir werden sie beobachten müssen."

„Jawohl, Sir. Doch am Ende wird alles beim ‚Blackhawk' zusammenlaufen. Das ist die Schaltstelle."

„Dann finden Sie jetzt einen Weg, sie auszuhebeln,

Fletcher." Kiniki stand auf. „Und nehmen Sie sich heute mal ein paar Stunden früher frei. Mir scheint, Sie brauchen dringend Schlaf."

Ally befolgte den Rat ihres Vorgesetzten – sie legte sich auf das schmale Sofa im Aufenthaltsraum. Nicht ohne vorher darum gebeten zu haben, sofort geweckt zu werden, sobald die Berichte hereinkamen.

Als Hickman sie nicht gerade besonders sanft wachrüttelte, hatte sie neunzig Minuten geschlafen und fühlte sich schon fast wieder wie ein Mensch.

„Hast du meinen Käsebagel geklaut?"

„Was?" Ally richtete sich auf und schob sich die Haare aus dem Gesicht.

„Ich weiß, wie gern du Käsebagel isst. Ich hatte einen, und jetzt ist er weg."

Verschlafen kramte sie in ihrer Tasche nach ihrer Haarspange. Als sie fündig geworden war, fasste sie ihr Haar im Nacken zusammen. „Da stand nicht dein Name drauf."

„Und ob!"

Sie rollte die Schultern. „Heißt du ‚Pineview Bakery'? Davon abgesehen habe ich nur die Hälfte gegessen." Sie schaute auf ihre Armbanduhr. „Ist der Bericht von der Spurensicherung schon gekommen?"

„Ja, und dein Durchsuchungsbefehl auch."

„Gut." Ally schwang die Beine von der Couch, sprang auf und legte ihr Schulterhalfter an. „So, jetzt bin ich wieder voll da."

„Ich erwarte am Ende der Schicht in dieser Tüte einen Käsebagel vorzufinden."

„Ich habe aber nur die Hälfte davon gegessen", rief sie, schon auf dem Weg zu ihrem Schreibtisch. Sie griff nach dem Bericht, den man ihr in ihrer Abwesenheit hingelegt hatte, und überflog die Seiten, wobei sie versuchte, den sie umgebenden Lärm zu ignorieren. Nachdem sie fertig gelesen hatte, rückte sie ihr Halfter gerade und schlüpfte in ihre Jacke.

Als es plötzlich still wurde, schaute Ally auf. Ihr Vater war hereingekommen. Genau wie Blackhawk war auch er ein Mann, der überall Beachtung erregte.

Ihr war bekannt, dass einige ihrer Kollegen ihr den rasanten Aufstieg neideten. Obwohl es ab und zu Gemurmel gab, wagte niemand, laut von Begünstigung oder Vetternwirtschaft zu reden.

Davon konnte auch keine Rede sein. Ally hatte sich ihre Dienstmarke hart verdient. Außerdem war sie zu stolz auf ihren Vater und sich ihrer eigenen Fähigkeiten zu sicher, um sich von dem Gerede verunsichern zu lassen.

„Commissioner."

„Detective. Hast du mal eine Minute Zeit?"

„Sogar zwei." Sie holte ihre Umhängetasche aus der unteren Schublade ihres Schreibtischs. „Können wir unterwegs reden? Ich wollte eben gehen. Ich habe einen Durchsuchungsbefehl für das ‚Blackhawk'."

„Aha. Das ging ja schnell." Er trat einen Schritt beiseite, um sie durchzulassen.

„Ist es okay, wenn wir die Treppe nehmen?" fragte sie. „Ich hatte heute früh keine Zeit zu trainieren."

„Kein Problem. Was hat es denn mit diesem Durchsuchungsbefehl auf sich?"

„Ich möchte mir Blackhawks Überwachungsvideos ansehen. Als ich ihn gestern darauf ansprach, hat er empfindlich reagiert. Ich scheine ihn ständig irgendwie auf die Palme zu bringen."

Boyd hielt seiner Tochter die Tür zum Treppenaufgang auf und taxierte sie mit schräg gelegtem Kopf. „Und ich scheine da bei dir ein gesträubtes Fell zu entdecken."

„Okay, zugegeben. Wir bringen uns ständig gegenseitig auf die Palme."

„Das dachte ich mir. Weil jeder von euch die Dinge gern auf seine Art macht."

„Warum sollte ich es so machen, wie es jemand anders will?"

„Ganz recht." Boyd fuhr ihr mit einer Hand über den glänzenden Pferdeschwanz. Sein kleines Mädchen hatte schon immer einen beeindruckenden Dickkopf gehabt. „Apropos gesträubtes Fell. Ich habe in einer Stunde einen Termin beim Bürgermeister."

„Besser du als ich", gab Ally fröhlich zurück, während sie die Treppe hinunterrannte.

„Was kannst du mir über den Einbruch von letzter Nacht erzählen?"

„Dieselbe Vorgehensweise. Bei den Chambers haben sie ein echtes Schatzkästlein geknackt. Mrs. Chambers hat mir heute früh die Verlustliste gefaxt. Die Frau ist wirklich tüchtig. Das Ehepaar Chambers war rundum versichert – der Wert der gestohlenen Gegenstände beträgt alles in allem um die zweihundertfünfundzwanzigtausend Dollar."

„Das ist wohl bis jetzt der größte Brocken, den sie auf einmal erbeutet haben."

„Ja. Ich hoffe nur, dass sie jetzt übermütig werden. Diesmal haben sie einige ziemlich wertvolle Kunstgegenstände mitgenommen. Ich weiß nicht, ob sie einfach nur Glück hatten oder ob sie einen Experten dabeihaben. Auf jeden Fall müssen sie die gestohlenen Gegenstände irgendwo lagern, und dieser Lagerraum muss groß genug sein, um ein Auto unterzubringen."

„Eine auf diese Art Kundschaft eingestellte Werkstatt kann ein Auto in ein paar Stunden so umfrisieren, dass man es nicht mehr wieder erkennt."

„Schon, aber ..." Ally streckte die Hand aus, um die nächste Tür zu öffnen, doch ihr Vater war schneller. Dabei fühlte sie sich auf eine aufreibende Art an Jonah erinnert.

„Aber?" drängte er, während sie die Eingangshalle durchquerten.

„Ich glaube überhaupt nicht, dass es darum geht. Meiner Meinung nach liebt da jemand einfach nur schöne Dinge. Jemand mit gutem Geschmack. Beim zweiten Einbruch haben sie eine Sammlung wertvoller antiquarischer Bücher mitgenommen, dafür aber eine alte Uhr liegen lassen, die zwar wertvoll, aber hässlich war. Es ist fast so, als würden allein Aussehen und Augenschein reichen. Autos haben sie auch nur die schönsten mitgenommen."

„Dann haben unsere Einbrecher also Geschmack."

„Sieht so aus." Als sie auf die Straße traten, suchte Ally geblendet nach ihrer Sonnenbrille. „Und sie sind in gewisser Weise arrogant. Diese Arroganz ist der Fehler, den ich mir zunutze machen werde."

„Hoffentlich hast du Glück. Der Druck wächst, Ally." Boyd brachte sie zu ihrem Wagen. Als er ihr die Tür öffnete, musste sie wieder an Jonah denken. „Der Bürgermeister wird langsam unruhig. Die Presse will Erfolge sehen."

„Meiner Einschätzung nach werden sie in spätestens einer Woche wieder zuschlagen. Sie sind jetzt gerade so schön in Fahrt. Ich wette, dass sie wieder ins ‚Blackhawk' zurückkommen."

„Aus dem anderen Laden haben sie sich aber einen dickeren Fisch geangelt."

„Das ‚Blackhawk' ist für sie eine verlässliche Größe. In ein paar Tagen werde ich Gesichter wieder erkennen. Glaub mir, Dad, ich werde die Burschen schnappen."

„Ich verlass mich auf dich." Er küsste sie zum Abschied auf die Wange. „Und den Bürgermeister werde ich zwischenzeitlich vertrösten."

Sie rutschte lässig hinters Steuer. „Nur noch eine Frage."

„Was?"

„Wie lange kennst du Jonah Blackhawk schon? Fünfzehn Jahre?"

„Siebzehn."

„Warum hast du ihn in all der Zeit nie mit nach Hause gebracht? Ich meine, zum Essen oder zu einem Football-Nachmittag oder zu einer deiner heiß geliebten Grillpartys?"

„Weil er nicht dazu zu bewegen war. Ich habe ihn öfter eingeladen, aber er hat immer abgelehnt. Keine Zeit, angeblich."

„Siebzehn Jahre." Müßig trommelte sie mit den Fingern auf dem Lenkrad. „Da muss er ja wirklich beschäftigt gewesen sein. Tja, manche Leute sind eben nicht unbedingt scharf darauf, ihre Freizeit mit Polizisten zu verbringen."

„Manche Leute ziehen selbst Grenzen und glauben, sie hätten nicht das Recht, diese zu übertreten. Wir haben uns öfter auf dem Revier getroffen." Bei der Erinnerung daran musste Boyd grinsen. „Es hat ihm nie gepasst, aber verweigern konnte er sich schlecht. Wir haben dann meistens in der Sporthalle zusammen einen Kaffee oder ein Bier getrunken. Doch jedes private Treffen war streng tabu, da war einfach nichts zu machen. Diese Linie zu überschreiten, hat er sich hartnäckig geweigert."

„Eigentlich seltsam. Er kommt mir nicht vor wie jemand mit einem Minderwertigkeitskomplex."

„Den hat er mit Sicherheit nicht. Aber er ist ein verdammt komplizierter Mensch."

4. KAPITEL

Um ihren Besuch anzukündigen, rief Ally im „Blackhawk" an und war nicht wenig überrascht, als Jonah abnahm.

„Hier Fletcher. Ich dachte, Sie sind tagsüber kaum da."

„Manchmal gibt es eben Ausnahmen. Was kann ich für Sie tun, Detective?"

„Mir aufmachen. Ich bin in zehn Minuten da."

Er wartete einen Herzschlag lang. „Und was tragen Sie?"

Sie verabscheute sich für ihr Auflachen. Blieb nur zu hoffen, dass sie es geschafft hatte, den größten Teil davon hinunterzuschlucken. „Meine Dienstmarke." Ohne seine Erwiderung abzuwarten, trennte sie die Verbindung.

Jonah legte auf, lehnte sich in seinen Schreibtischsessel zurück und begann sich auszumalen, wie Allison Fletcher nur mit ihrer Dienstmarke bekleidet wohl aussehen mochte. Das Bild stieg so prompt vor ihm auf, dass er aus dem Stuhl aufsprang und ans Fenster trat. So genau hatte er es auch wieder nicht wissen wollen!

Für ihn bestand absolut kein Anlass, sich Boyd Fletchers Tochter nackt vorzustellen. Nicht der geringste, ermahnte er sich streng. Oder sich zu fragen, wie ihr Mund schmeckte. Oder wie die Haut direkt unter diesem trotzigen Kinn wohl duften mochte.

Gott, da wollte er hineinbeißen, genau an dieser Stelle. Nur ein einziges Mal.

Das waren verbotene Früchte. Er rief sich zur Ordnung, und da ihn niemand sehen konnte, begann er, auf und ab zu gehen. Allison Fletcher war tabu für ihn und darum umso verlockender. Dabei war sie nicht einmal sein Typ. Nicht, dass er etwas gegen langbeinige Blondinen gehabt hätte. Und gegen intelligente langbeinige Blondinen mit Rückgrat erst recht nicht. Aber er bevorzugte entgegenkommendere Frauen.

Entgegenkommendere, unbewaffnete Frauen, präzisierte er nicht ohne Selbstironie.

Er sah sie ständig vor sich, vor allem in jenem Moment, als sie in seinem Auto eingeschlafen war. Sie hatte so ungeschützt und zerbrechlich gewirkt. Er konnte dieses Bild nicht aus seinem Kopf verbannen.

Nun, er hatte schon immer ein Herz für die Schwachen gehabt, überlegte er, während er die Jalousien hochzog. Was sein Problem mit Allison eigentlich lösen müsste. Denn trotz ihres kleinen Schwächeanfalls heute Morgen war die atemberaubende Polizistin alles andere als schwach.

Im Moment brauchte sie ihn. Vorübergehend.

Sobald sie ihren Fall gelöst hatte, würden sie beide wieder getrennte Wege gehen. Und das wars dann.

Er sah, wie Ally vor dem Club einparkte. Immerhin war sie diesmal nicht so verrückt gewesen, zu Fuß durch ganz Denver zu marschieren.

Ohne besondere Eile fuhr er mit dem Aufzug nach unten.

„Guten Morgen, Detective." Er schaute an ihr vorbei auf den auffälligen rot-weiß lackierten Stingray. „Hübscher Schlitten. Sind das die neuen Streifenwagen? Ach nein, Sie haben ja einen reichen Daddy."

„Wenn Sie glauben, dass Sie mich wegen meines Autos aufziehen können, muss ich Sie leider enttäuschen. Da sind meine Kollegen nämlich unschlagbar."

„Dann muss ich wohl noch ein bisschen üben. Guter Stoff", bemerkte er anerkennend und rieb das Revers ihrer unauffällig gemusterten Jacke zwischen Daumen und Zeigefinger. „Wirklich sehr hübsch."

„Dann mögen wir offenbar beide italienische Mode. Aber unsere Garderobe können wir später noch vergleichen."

Um sie ein bisschen zu ärgern, verstellte er ihr den Weg. „Erst will ich Ihre Dienstmarke sehen."

„Lassen Sie den Blödsinn, Blackhawk."

„Los, zeigen Sie her."

Hinter ihrer Sonnenbrille kniff sie wütend die

Augen zusammen, dann zog sie ein kleines Mäppchen aus ihrer Tasche und hielt es ihm unter die Nase. „Da, sehen Sie?"

„Ja, Dienstmarke Nummer 31628. Mit dieser Nummer werde ich in Zukunft Lotto spielen."

„Und hier ist noch etwas, das Sie interessieren könnte." Sie zog den Durchsuchungsbefehl heraus und hielt ihn hoch.

„Schnelle Arbeit." Etwas anderes hatte er nicht erwartet. „Kommen Sie mit nach oben. Ich habe die Kassetten bereits rausgesucht. Immerhin sehen Sie etwas erholter aus", fügte er auf dem Weg zum Aufzug hinzu.

„Danke."

„Haben Sie schon Fortschritte gemacht?"

„Die Ermittlungen dauern noch an."

„Typischer Politikerspruch." Er wartete vor dem Aufzug und ließ ihr beim Einsteigen den Vortritt. „Irgendwie scheinen wir beide in diesem Ding ganz schön viel Zeit zu verbringen. Ziemlich eng hier."

„Dann tun Sie doch mal was für Ihr Herz und gehen zu Fuß."

„Meinem Herzen fehlt nichts. Wie stehts denn mit Ihrem?"

„Ebenso, danke." Der Aufzug hielt an, und Ally stieg aus. „Na so was, Sie lassen hier tatsächlich ein paar Sonnenstrahlen rein. Geben Sie mir die Kassetten. Sie bekommen eine Quittung dafür."

Jonah fiel auf, dass sie heute kein Parfüm aufgelegt hatte. Sie roch nur nach Seife und Haut. Und unerträglich erotisch. „Haben Sie es eilig?"

„Die Uhr tickt."

Er schlenderte nach nebenan. Nachdem Ally einen Moment mit sich gerungen hatte, folgte sie ihm, blieb jedoch auf der Schwelle stehen. Es war ein kleines Schlafzimmer. Klein allerdings nur, weil das Bett zwei Drittel des Raumes einnahm. Ein schwarzes Bett, mit den Maßen eines mittelgroßen Swimmingpools.

Ally schaute an die Decke und stellte regelrecht enttäuscht fest, dass da kein Spiegel war.

„Zu offensichtlich", sagte Jonah, als hätte er ihre Gedanken erraten.

„Das Bett selbst sagt schon alles. Überdeutlich."

„Zumindest zeugt es nicht von Eitelkeit."

„Hm." Sie schaute sich in dem Raum um. An den Wänden hing eine Anzahl gerahmter Schwarzweißfotos. Nachtszenen in allen Variationen, fotografiert von unterschiedlichen Künstlern.

Als sie ein paar der Fotos wieder erkannte, verzog sie die Lippen. Dann hatte der Mann also nicht nur künstlerischen Sachverstand, sondern obendrein auch noch ein bisschen Geschmack.

„Das habe ich auch." Sie deutete auf ein Foto, auf dem ein alter Mann, den ramponierten Strohhut überm Gesicht, eine Papiertüte in der Hand, auf einer alten, von Rissen durchzogenen Betonveranda schlief. „Shade Colby. Ich liebe seine Arbeiten."

„Geht mir genauso. Und die seiner Frau Bryan Mitchell auch. Das Foto da drüben stammt von ihr. Das alte Paar, das Händchen haltend auf der Bank an der Bushaltestelle sitzt."

„Was für ein Gegensatz, Verzweiflung und Hoffnung."

„Das Leben hält beides zur Genüge bereit."

„Offensichtlich."

Jetzt beschloss sie doch, das Zimmer zu betreten. Da waren ein Schrank und eine Tür, hinter der sich wahrscheinlich das Bad befand. Ihr fiel ein, was Lydia Carson über sexuelle Schwingungen gesagt hatte. Oh ja, in diesem Zimmer gab es eine Menge davon.

„Und was ist da drüben?" Ally zeigte mit dem Daumen auf eine dritte Tür. Statt einer Antwort forderte Jonah sie mit einer ausladenden Handbewegung auf, selbst nachzusehen.

Nachdem sie die Tür geöffnet hatte, gab sie einen beifälligen Laut von sich. „So, jetzt können wir reden. Das ist ja wirklich eine kleine Schatzkammer, Blackhawk." Der mit allen Schikanen ausgestattete Fitnessraum war in ihren Augen wesentlich interessanter als die schwarze Spielwiese.

Jonah beobachtete, wie sie mit den Fingern über Geräte strich, herumliegende Hanteln stemmte und wieder ablegte und beim Umherwandern gedankenverloren eine Armpresse zusammendrückte. Sehr aufschlussreich, dass sie für das Bett nur eine spöttische Bemerkung übrig gehabt hatte, während sie beim Anblick seines privaten Sportcenters glänzende Augen bekam.

„Eine Sauna haben Sie auch?" Neiderfüllt drückte sie sich an dem kleinen Fenster in der Holztür die Nase platt.

„Wollen Sie sie ausprobieren?"

Sie wandte den Kopf und schaute in seine Richtung. Jetzt war der spöttische Ausdruck wieder da. „Das kommt mir alles ziemlich übertrieben vor, wenn man von hier aus nicht länger als zwei Minuten bis zum nächsten Fitnessclub braucht."

„In einem Fitnessclub muss man zuerst einmal Mitglied werden. Damit fängt es an. Die zweite Schwierigkeit ist, dass es dort feste Öffnungszeiten gibt. Außerdem trainiere ich nicht gern an fremden Geräten."

„Und ein weiteres Problem scheint mir, dass Sie eigen sind, Blackhawk."

„Richtig erkannt." Er entnahm einem kleinen Kühlschrank mit Glasfront eine Flasche Mineralwasser. "Wollen Sie?"

"Nein." Sie legte die Hantel zurück. "Danke für die Führung. So, jetzt die Kassetten, Blackhawk."

"Ja, die Uhr tickt." Er schraubte die Flasche auf, trank beiläufig einen Schluck. "Wissen Sie, warum ich gern nachts arbeite, Detective?"

Sie schaute vielsagend zum Bett, dann wieder zu ihm. "Oh, ich glaube, ich kann es erraten."

"Nun, das auch, aber meine Lieblingszeit ist drei Uhr morgens. Für Leute, die an Schlaflosigkeit leiden, meist der Horror. Weil es genau die Zeit ist, in der sie aufwachen und anfangen, sich Sorgen zu machen – über das, was sie am Vortag getan oder nicht getan haben, und was sie am nächsten Tag tun werden und was nicht. Sie wälzen sich im Bett, und ihre Gedanken drehen sich im Kreis, Nacht für Nacht, bis das Leben vorbei ist."

"Sie zerbrechen sich nie den Kopf über das, was gestern war und morgen vielleicht sein wird?"

"Nein, ich finde, man sollte ausschließlich in der Gegenwart leben. Da passiert schon genug."

"Meine Zeit reicht im Moment leider nicht, um mit Ihnen zu philosophieren."

"Nur noch eine Sekunde." Er gesellte sich zu ihr, lehnte sich an die andere Seite des Türrahmens. "Viele meiner Gäste sind Nachtmenschen – oder waren es zumindest früher. Die meisten haben mittlerweile einen gut bezahlten, verantwortungsvollen Job."

Sie nahm ihm die Wasserflasche aus der Hand und trank einen Schluck. „Ihr Job ist auch gut bezahlt."

Er grinste. „Wollen Sie damit sagen, dass ich keine Verantwortung trage? Da würden Ihnen einige Leute energisch widersprechen, aber egal. Ich wollte damit nur sagen, dass viele meiner Gäste herkommen, um ihre Verantwortung für eine Weile hinter sich zu lassen. Um zu vergessen, dass die Uhr tickt und sie am nächsten Morgen pünktlich um neun wieder antreten müssen. Bei mir kommen sie an einen Ort, wo Zeit nicht die geringste Rolle spielt – zumindest bis zur letzten Runde."

„Und was wollen Sie mir damit sagen?" Sie gab ihm die Wasserflasche zurück.

„Vergessen Sie für einen Moment die Fakten. Schauen Sie in die Schatten. Sie jagen Nachtmenschen."

Und er ist einer von ihnen, dachte sie. Ein typischer Nachtmensch mit dieser schwarzen Mähne und den kühlen grünen Augen – Katzenaugen. „Ich widerspreche nicht."

„Aber denken Sie auch wie ein Nachtmensch? Diese Leute suchen sich ihre Beute und schlagen blitzschnell zu. Weniger riskant wäre es, wenn sie sich mehr Zeit ließen, um das Terrain zu sondieren, und erst tagsüber zuschlügen. Wenn sie vorher die Lebensgewohnheiten ihrer Opfer ausspionieren würden." Er trank noch einen Schluck. „Es wäre logischer, vernünftiger. Warum also tun sie es nicht?"

„Weil sie arrogant sind."

„Stimmt, allerdings ist das nur die Oberfläche. Graben Sie tiefer."

„Weil sie auf der Suche nach dem ultimativen Kick, dem Rausch sind."

„Ins Schwarze getroffen. Diese Leute lieben den Nervenkitzel, deshalb arbeiten sie im Dunkeln."

Ally fand es ärgerlich und faszinierend zugleich, dass seine Gedankengänge so viel Ähnlichkeit mit ihren eigenen hatten. „Und Sie glauben, dass ich bisher noch nicht darauf gekommen bin?"

„Doch, das schon. Ich frage mich nur, ob Sie auch in Rechnung gestellt haben, dass Nachtmenschen grundsätzlich gefährlicher sind als Tagmenschen."

„Schließen Sie sich da mit ein?"

„Auf jeden Fall."

„In Ordnung, ich bin gewarnt." Als sie sich abwenden wollte, schoss seine Hand vor und hielt sie fest. „Was ist Ihr Problem, Blackhawk?" fragte sie, während sie auf seine Hand hinunterschaute.

„Ich weiß noch nicht genau. Warum haben Sie nicht

einfach einen Laufburschen in Uniform geschickt, um die Kassetten abzuholen?"

„Weil es mein Fall ist."

„Nein."

„Was, es ist nicht mein Fall?"

„Das ist nicht der Grund. Ich gehe Ihnen unter die Haut." Wie um es zu beweisen, machte er einen Schritt auf sie zu. „Warum geben Sie mir nicht einfach einen Kinnhaken?"

„Weil es nicht zu meinen Angewohnheiten gehört, Zivilisten niederzuschlagen." Ally hob das Kinn, als er sie gegen den Türstock drängte. „Aber ich kann durchaus eine Ausnahme machen."

„Ihr Puls rast."

„Das passiert schon mal, wenn ich ... wütend bin." Erregt, du lieber Himmel, um ein Haar hätte sie „erregt" gesagt. Das Gefühl, von dem sie plötzlich überschwemmt worden war, war nicht Wut, sondern Erregung. Aber genug war genug!

Blitzschnell verlagerte sie ihr Gewicht, um ihm mit dem Ellbogen einen harten Stoß in die Rippen zu versetzen. Jonah parierte jedoch blitzschnell und umklammerte mit eisernem Griff Allys Handgelenk, woraufhin sie herumwirbelte und versuchte, ihm mit dem Fuß das Bein wegzuziehen.

Was leider nicht klappte, weil er sich mit seinem

ganzen Gewicht vorbeugte und sie mit dem Rücken gegen den Türrahmen presste. Sie versuchte sich einzureden, dass sie vor Wut schneller atmete, nicht etwa, weil sich sein Körper gegen ihren presste.

Sie war kurz davor, ihm einen Kinnhaken zu versetzen, doch dann entschied sie, dass sie mit Sarkasmus wahrscheinlich mehr ausrichten konnte.

„Nächstes Mal sollten Sie vorher fragen, ob ich Lust auf so eine Nummer habe. Ich bin nämlich im Moment nicht in der Stimmung, um …" Ally brach ab, als sie etwas in seinen Augen aufblitzen sah – etwas Wildes, Verwegenes, das ihren sowieso schon rasenden Puls noch mehr beschleunigte. Sie vergaß ihre immer noch einsatzbereit geballten Fäuste. „Verdammt, Blackhawk, gehen Sie endlich zurück! Was wollen Sie von mir?"

„Keine Ahnung." Er vergaß alle Regeln, dachte nicht an die Konsequenzen, die eine solche Regelverletzung nach sich ziehen würde. Er sah nur noch sie. „Zum Teufel damit, finden wir es einfach heraus."

Als die Mineralwasserflasche zu Boden fiel, sprudelte das restliche Wasser heraus und versickerte im Schlafzimmerteppich. Jonah benutzte beide Hände, um Allys Arme über ihrem Kopf festzuhalten, während sein Mund den ihren suchte.

Er spürte, wie sie sich an ihm wand – war es Widerstand oder Einladung? Ihm war es egal. Egal, weil er, getrieben von einer inneren Macht, keine andere Wahl hatte. Weshalb er entschlossen war, das Beste daraus machen.

Jonah biss sie in die Lippen und drang mit der Zunge ungestüm in ihren Mund ein, genau so, wie er es sich ausgemalt hatte. Ergötzte sich an der Wärme und Weichheit, die er dort vorfand. Ihrer Kehle entrang sich ein Keuchen, das genauso primitiv war wie die Begierde, die in ihm loderte.

Ihr Duft, ihr Geschmack überwältigten ihn, machten ihn so hungrig wie nie zuvor in seinem Leben. Und dann packte er sie auch schon an den Hüften, wild entschlossen, diesen Heißhunger zu stillen, sich einfach zu nehmen, wonach ihn so dürstete.

Da stieß seine Hand gegen ihre Pistole.

Jonah zuckte schnell zurück, als hätte sich ein Schuss gelöst.

Was tat er da? Was, in Gottes Namen, machte er nur?

Ally sagte nichts, starrte ihn nur wie betäubt an. Die Arme hatte sie noch immer hoch über ihren Kopf erhoben, obwohl Jonah sie längst nicht mehr festhielt.

Sie zitterte am ganzen Leib.

„Das war ein Fehler", brachte sie mühsam heraus.

„Ich weiß."

„Ein schwerer Fehler."

Die Augen weit geöffnet, packte Ally ihn mit beiden Händen an den Haaren und riss seinen Mund wieder zu sich heran.

Diesmal war er derjenige, der zusammenzuckte, und als sie es spürte, stieg ein erregendes Gefühl des Triumphes in ihr auf. Er hatte so herrlich unverfroren und kühn in ihrer Mundhöhle gewildert, und sie wollte ihn dazu bringen, es wieder zu tun. Sie konnte ihm nur raten, es zu wiederholen, und zwar so lange, bis sie genug hatte.

Sie konnte nicht atmen, ohne ihn einzuatmen. Und so war jedes verzweifelte Luftholen wie das Injizieren einer Droge, während Lippen, Zähne und Zungen miteinander rangen.

Mit einem Ruck riss er ihr das Hemd aus der Hose. Er legte die Hand auf ihre Taille, glitt an ihren Rippen aufwärts und umfasste ihre Brust.

Beide stöhnten auf.

„Ich war vom ersten Moment an verrückt nach dir", keuchte Jonah, als er von ihren Lippen abließ, um sich an ihrem Hals zu weiden.

„Ich weiß." Sie lechzte nach seinem Mund, wollte, dass er sich wieder auf ihren legte, sofort. „Ich weiß."

Er war dabei, ihr die Jacke vom Leib reißen, als sich im Dickicht des Wahnsinns ein winziger Vernunftstrahl Bahn zu brechen suchte. Die Leidenschaft drängte ihn,

Ally schnell und hart zu nehmen. Drängte ihn, mit seinem Tun fortzufahren und es zu genießen.

„Ally." In dem Moment, als er ihren Namen aussprach, kam er zur Besinnung.

Sie merkte, wie er sich zurückzog – innerlich, denn er bewegte sich nicht. Sie sah in seinen Augen, dass er langsam auf Distanz ging. In diesen faszinierenden grünen Augen.

„Okay." Ally schnappte nach Luft. „Okay, okay." Immer noch nicht völlig in der Wirklichkeit zurück, berührte sie ihn an der Schulter, bis er tatsächlich einen Schritt rückwärts machte. „Das war ... oh, Gott." Sie ging um ihn herum, in sein Büro. „Also, das war ... Ich muss erst wieder einen klaren Kopf bekommen." Noch nie hatte sie erlebt, dass sie beim Küssen keinen Gedanken mehr fassen konnte. Aber darüber würde sie sich später wundern. Jetzt musste sie erst einmal ihre Fassung wieder finden.

„Wir wussten beide, dass da irgendwas gärt, deshalb ist es wahrscheinlich nur gut, es endlich herausgelassen zu haben", versuchte sie die Angelegenheit klein zu reden.

Um Zeit zu schinden, bückte Jonah sich und hob die leere Wasserflasche auf, stellte sie beiseite. Dann schob er seine nicht ganz ruhigen Hände in seine Taschen und folgte Ally in sein Büro.

„Mit dem ersten Teil deines Satzes stimme ich überein, beim zweiten enthalte ich mich lieber. Wie geht es jetzt weiter?"

„Wir ... gehen zur Tagesordnung über."

Einfach so? überlegte er. Sie hatte ihn auf die Knie gezwungen, und das sollte er vergessen?

„Fein." In seiner Stimme schwang plötzlich ein schneidender Unterton mit. Er trat an seinen Schreibtisch und nahm drei Videokassetten aus einer Schublade. „Soweit ich weiß, bist du deswegen gekommen."

Ihre Handflächen waren schweißnass, aber sie konnte sie nicht abwischen, ohne dabei ihre eben erst so mühsam zurückeroberte Würde erneut aufs Spiel zu setzen. So nahm sie die Kassetten mit feuchten Händen entgegen und verstaute sie in ihrer Tasche. „Du bekommst noch eine Quittung."

„Vergiss es."

„Sie steht dir aber zu", beharrte sie, während sie Quittungsblock und Stift aus ihrer Tasche holte. „Es ist Vorschrift."

„Wir sollten uns wirklich nicht mit Vorschriften aufhalten." Trotzdem nahm er die Quittung entgegen. „Auf gehts, Fletcher. Die Uhr tickt."

Ally ging zum Aufzug, wirbelte dort noch einmal zu Jonah herum. Sie spürte eine Mischung aus Wut und Kampfeslust in sich aufsteigen. „Solche Reden kannst du dir sparen. Du hast den ersten Schritt gemacht, ich den zweiten. Jetzt sind wir fertig miteinander."

„Honey – Verzeihung, Detective Honey, wären wir wirklich miteinander fertig, würde sich das anders anfühlen, und das weißt du auch."

„Tja, damit müssen wir wohl leben", brummte sie, als sich die Aufzugtüren hinter ihr schlossen.

Zur Kellnerin war sie nicht geboren, so viel stand für Ally fest. Und zwar spätestens nachdem sie an ihrem zweiten Arbeitstag im „Blackhawk" einem unverschämten Gast den Drink, den sie ihm gerade hatte servieren wollen, in den Schoß gekippt hatte. Was bildete dieser Kerl sich ein, ihren Hintern zu begrapschen?

Dieser Idiot hatte sich auch noch lautstark beschwert. Doch bevor Ally Gelegenheit hatte, ihm die Meinung zu sagen, war Will wie der sprichwörtliche rettende Engel aus dem Nichts aufgetaucht. Und sie hatte passiv bleiben müssen. Es hatte ihr für Stunden die Laune verdorben.

In ihrer dritten Schicht wäre dann fast ihre Tarnung aufgeflogen.

Sie wollte handeln. Aber nicht, indem sie Hähnchenflügel in scharfer Soße servierte oder von jungen erfolgreichen Managern dienstbeflissen Getränkebestellungen entgegennahm.

Im Lauf von drei arbeitsamen Nächten im „Blackhawk" hatte Ally einen tiefen Respekt für alle entwickelt, die hier Abend für Abend Speisen und Getränke servierten, Tische abräumten und die Ungeduld der Gäste ebenso stoisch ertrugen wie die knickrigen Trinkgelder und unsittlichen Anträge.

„Ich hasse Menschen." Ally wartete an der Bar, während Pete die bestellten Biere zapfte.

„Na, jetzt übertreib nicht."

„Doch, wirklich. Menschen sind unhöflich, unverschämt und blind. Und hier im ‚Blackhawk' kommen sie alle zusammen."

„Dabei es ist erst halb sieben."

„Fünf nach halb. Jede Minute zählt." Ally schaute zu Jan, die auf ihren hohen Absätzen zwischen den Tischen umherstöckelte, Getränke servierte, Geschirr abräumte und es ganz nebenbei auch noch schaffte, ihre körperlichen Reize zur Schau zu stellen. „Wie macht sie das bloß?"

„Manche bekommen es halt in die Wiege gelegt, Blondie. Du bist mir nicht böse, wenn ich sage, dass das bei dir wohl nicht der Fall ist. Was bestimmt nicht heißen soll, dass du deinen Job schlecht machst. Das Problem ist nur … dir fehlt ganz einfach die Leidenschaft für diese Arbeit."

Sie zuckte die Schultern. „Ich kann nur schlecht

katzbuckeln." Während sie nach dem Tablett langte, ließ sie ihre Blicke gewohnheitsmäßig durch den Raum schweifen. Kaum hatte sie erkannt, wer da zur Tür hereinkam, stellte sie ihre Last schnell wieder ab.

„Oh, Himmel! Pete, sag Jan, dass sie das an Tisch acht bringen soll. Ich muss kurz was erledigen."

„Ally, was machst du denn hier?"

Das war alles, was Dennis herausbringen konnte, bevor Ally ihn in die Küche und durch die Hintertür ins Freie zerrte. „Verdammt, Dennis, verdammt, verdammt, verdammt!"

„Was soll das? Warum schleppst du mich hier raus?" Er setzte seinen waidwundesten Blick auf, aber den kannte sie bereits. Sie kannte die ganze Show, die er hier abzog.

„Ich ermittle verdeckt. Du lässt meine Tarnung auffliegen, um Himmels willen. Ich habe dir gesagt, was passiert, wenn du wieder anfängst, mir nachzustellen."

„Ich weiß wirklich nicht, wovon du sprichst."

Früher war sie – mehr als ein Mal – darauf hereingefallen, wenn er die verletzte Unschuld spielte. Aber das war lange vorbei.

„Jetzt hörst du mir zu." Ally trat nah an ihn heran und steckte ihm den Zeigefinger in die Brust. „Und zwar ganz genau, Dennis. Zwischen uns ist es aus, endgültig und schon seit Monaten, wann kapierst du das endlich? Wenn du nicht auf der Stelle aufhörst, mir nachzustellen, erstatte ich Anzeige wegen Belästigung, ist das klar? Ich will, dass du mich in Frieden lässt, verdammt noch mal."

Dennis zog die Augenbrauen zusammen und presste die Lippen aufeinander, wie immer, wenn er sich in die Enge getrieben fühlte. „Na, hör mal, das hier ist ein öffentlicher Ort", wehrte er sich empört. „Ich habe nichts weiter getan, als ein öffentliches Lokal zu betreten – das ist nicht verboten. Ich kann überall etwas trinken, vorausgesetzt, es ist ein öffentlicher Ort. Das ist mein gutes Recht."

„Es ist aber nicht dein gutes Recht, mir ständig nachzustellen oder bei einer verdeckten Ermittlung meine Tarnung zu gefährden. Diesmal bist du wirklich zu weit gegangen, Dennis. Ich werde morgen früh den Bezirksstaatsanwalt anrufen."

„Ach, hör doch auf, Ally. Woher soll ich denn wissen, dass du hier verdeckt ermittelst? Ich bin zufällig vorbeigekommen und …"

„Lüg mich nicht an." Frustriert ballte sie ihre Hand zur Faust. „Du sollst mich nicht anlügen."

„Herrgott, du fehlst mir eben so. Ich muss dauernd an dich denken, ich bin machtlos dagegen. Natürlich weiß ich, es war nicht richtig, dir zu folgen. Es war ja eigentlich auch gar nicht meine Absicht. Ich wollte nur mit dir reden, mehr nicht. Komm schon, Baby." Er nahm sie bei den Schultern und drückte sein Gesicht in ihr Haar. Sie hätte aus der Haut fahren mögen. „Wenn wir doch miteinander reden könnten."

„Fass mich nicht an." Ally krümmte die Schultern und versuchte, sich ihm zu entziehen, aber Dennis legte besitzergreifend die Arme um sie.

„Sei doch nicht so. Du weißt, dass es mich wahnsinnig macht, wenn du so abweisend bist."

Wenn sie gewollt hätte, hätte sie ihn mit einem gezielten Schlag einfach schachmatt setzen können, aber so weit wollte sie nicht gehen. „Dennis, bitte, zwing mich nicht, dir wehzutun. Nimm die Hände weg und lass mich in Ruhe, okay? Du machst alles nur noch schlimmer."

„Nein, es kann nur besser werden. Ich schwöre dir, dass es besser wird. Wenn wir erst wieder zusammen sind, wird alles wieder so wie früher."

„Dennis, bitte sei vernünftig. Wir werden nie mehr zusammen sein, und nichts wird je wieder so werden wie früher." Ally versteifte sich, entschlossen, sich von ihm loszureißen. „Lass mich los."

Als die Hintertür aufging, fiel ein breiter Lichtstreifen auf den dunklen Hinterhof.

„Ich rate Ihnen dringend, zu tun, worum die Lady Sie gebeten hat, und zwar ein bisschen plötzlich." Das war Jonahs Stimme. Er gefiel sich hörbar in der Rolle des tatkräftigen Beschützers.

Ally schloss die Augen, während sich Verärgerung und Verlegenheit in ihre Frustration mischten. „Ich komme allein zurecht."

„Mag sein, aber das ist hier mein Lokal. Sie lassen sie jetzt sofort los."

„Das geht nur uns beide etwas an." Dennis drehte sich um und zog Ally dabei mit.

„Jetzt nicht mehr. Geh rein, Ally."

„Sie haben sich da nicht einzumischen." Dennis' Stimme war vor Aufregung eine Oktave höher geklettert. „Verschwinden Sie."

„Das war die falsche Antwort."

Ally musste handeln. Sie riss sich von Dennis los und trat in dem Moment zwischen die beiden Männer, als Jonah einen Schritt vor machte. Seine Augen glitzerten bedrohlich. „Tu es nicht, bitte!"

Von Wut hätte er sich nicht aufhalten lassen, ebenso wenig von einem Befehl. Aber ihr flehender Blick, die Erschöpfung in ihren Augen hielten ihn – zumindest vorübergehend – von seinem Vorhaben zurück. „Geh wieder rein", wiederholte er leise, wobei er ihr eine Hand auf die Schulter legte.

„Ach, so ist das also." Dennis hob drohend die Fäuste. „Es gibt keinen anderen. Das waren deine

Worte. Noch eine von deinen dreckigen Lügen. Du schläfst schon die ganze Zeit mit ihm, oder? Du verlogenes Miststück."

Jonah bewegte sich blitzschnell. Ally hatte genügend Schlägereien miterlebt, als Streifenpolizistin war sie oft genug dazwischen gegangen. Fluchend machte sie einen Satz nach vorn, aber Jonah hatte Dennis bereits gegen die Wand gedrängt.

„Aufhören", befahl sie und versuchte Jonah von Dennis wegzuzerren. Genauso gut hätte sie versuchen können, einen Berg zu versetzen.

Jonah warf ihr einen knappen Blick zu. „Nein." Es war so beiläufig wie ein Schulterzucken. Fast gleichzeitig versetzte er Dennis einen Fausthieb in den Magen. „Ich mag Männer nicht, die Frauen belästigen und beschimpfen." Seine Stimme blieb kühl und ruhig, während er den zweiten Schlag landete. „Solche Leute dulde ich nicht in meinem Lokal. Alles klar?"

Jonah ließ von Dennis ab und trat einen Schritt zurück. Dennis sackte in sich zusammen und ging zu Boden. „Das dürfte reichen."

„Großartig!" Untermalt von Dennis' lautem Stöhnen presste Ally zwei Finger auf die Nasenwurzel. „Du hast gerade den Assistenten des Bezirksstaatsanwalts niedergeschlagen."

„Und? Wen kümmert das?"

„Hilf mir, ihn reinzuschaffen."

„Nein." Bevor sie Dennis beim Aufstehen helfen konnte, nahm Jonah ihren Arm. „Er ist allein reingekommen, und er wird auch allein wieder rausgehen."

„Ich kann ihn unmöglich hier mitten auf der Straße liegen lassen, zusammengerollt wie eine verdammte Garnele."

„Das schafft er schon. Stimmts, Dennis?" Jonah, in seinem schwarzen Anzug elegant und gelassen, ging neben dem stöhnenden Mann in die Hocke. „Sie werden jetzt aufstehen und verschwinden. Und Sie werden sich nie wieder blicken lassen. Darüber hinaus werden Sie ab sofort einen riesengroßen Bogen um Allison machen. Genau gesagt, erwarte ich von Ihnen, dass Sie Ihre Beine unter den Arm klemmen und so schnell wie möglich in die entgegengesetzte Richtung rennen, sollten Sie je irgendwann rein zufällig entdecken, dass Sie dieselbe Luft atmen wie Ally. Haben Sie das verstanden?"

Dennis rappelte sich auf alle viere auf und übergab sich. In seinen Augen standen Tränen, aber dahinter brodelte eine unbändige Wut. „Sie kommen ihr gerade gelegen." Mit vor Schmerz verzerrtem Gesicht richtete er sich auf. „Sie wird Sie benutzen und dann fallen lassen, genau wie sie es mit mir gemacht hat. Sie kommen ihr gerade recht", wiederholte er, bevor er davonwankte.

„Sieht aus, als gehörtest du jetzt mir allein." Jonah schnippte sich ein imaginäres Stäubchen vom Revers. „Solltest du tatsächlich vorhaben, mich zu benutzen, wäre es mir lieb, wenn wir es drin machen könnten."

„Das ist nicht lustig."

„Nein." Er musterte ihr Gesicht, die düsteren, mitleiderfüllten Augen. „Wie man sieht. Entschuldige. Warum kommst du nicht ein paar Minuten mit zu mir rauf, bis es dir wieder besser geht?"

„Ich bin okay." Trotzdem wandte sie sich ab und nahm die Spange aus ihrem Haar, als ob sie ihr plötzlich lästig wäre. „Ich will jetzt nicht darüber reden."

„Schon gut." Er legte die Hände auf ihre Schultern und massierte sie fest mit den Daumen, um die Anspannung, die sich dort eingenistet hatte, zu lindern. „Nimm dir dennoch eine Minute Zeit."

„Wenn er mich anfasst, bekomme ich fast Ekelgefühle, und dann komme ich mir so mies vor. Ich glaube aber nicht, dass meine Tarnung aufgeflogen ist."

„Nein. Pete hat nur erzählt, dass da so ein geschniegelter Typ reinkam und du ausgeflippt bist und ihn nach hinten gezerrt hast."

„Falls mich jemand fragt, werde ich mich so weit wie möglich an die Wahrheit halten – mein Exfreund, der mir immer noch nachstellt."

„Dann hör auf, dir Sorgen um ihn zu machen. Und

hör vor allem auf, dich schuldig zu fühlen. Man ist nicht verantwortlich für die Gefühle anderer Menschen."

„Wenn man zu ihrem Entstehen beigetragen hat, schon. Auf welche Weise auch immer." Ally drückte seine Hand, die immer noch auf ihrer Schulter lag. „Danke. Ich wäre zwar auch allein mit ihm fertig geworden, aber trotzdem danke."

„Nichts zu danken."

Jonah konnte nicht anders, er musste sie einfach an sich ziehen. Sie schloss die Augen und hob ihm ihren Mund entgegen. Doch bevor er sie küssen konnte, wurden sie beide abrupt in helles Licht getaucht.

„Oh, Entschuldigung." Frannie, mit Feuerzeug und Zigarette in der Hand, stand in der Tür, während hinter ihr das Klappern von Geschirr aus der Küche drang.

„Keine Ursache." Ally riss sich los, wütend auf sich selbst, weil sie es zugelassen hatte, dass sich ihre Prioritäten verschoben. „Ich muss wieder rein." Sie warf Jonah einen flüchtigen Blick zu und verschwand in der Küche.

Frannie wartete, bis die Tür ins Schloss gefallen war, bevor sie sich zu Jonah gesellte. Mit dem Rücken an die Wand gelehnt, zündete sie sich eine Zigarette an und inhalierte tief.

„Tja." Ihr Seufzer schwebte auf einer Rauchwolke. „Sie ist wirklich schön."

„Ja."

„Und intelligent."

„Ja."

„Genau dein Typ."

Jonah musterte Frannie mit schräg gelegtem Kopf. „Findest du?"

„Hundertprozentig." Das Ende ihrer Zigarette glühte auf. „Sie hat Klasse. Passt zu dir."

Es behagte ihm nicht, einer alten Freundin keinen reinen Wein einschenken zu können. „Wir werden sehen, ob wir zusammenpassen."

Frannie zuckte nur die Schultern. Sie hatte es bereits gesehen. „Gabs mit diesem Typen im Anzug Probleme?"

Jonah schaute in die Richtung, in die Dennis davongeschlichen war.

„Kein Grund zur Aufregung. Ein Ex, der sich nicht damit abfinden kann, der Ex zu sein."

„So was Ähnliches dachte ich mir. Also, nur falls es dich interessiert ... ich mag sie."

„Es interessiert mich, Frannie." Jonah legte ihr eine Hand an die Wange. „Dich mag ich auch, und daran wird sich nie etwas ändern."

5. KAPITEL

Sechs Tage nach dem Einbruch bei den Chambers stand Ally im Büro ihres Lieutenants. Um Zeit zu sparen, trug sie schon ihre Kellnerinnen-Uniform für den Abend. Ihre Dienstmarke befand sich in ihrer Hosentasche, ihr Funkgerät hatte sie am Knöchel festgeschnallt.

„Wir haben bis jetzt noch keinen einzigen gestohlenen Gegenstand sichergestellt." Ihr war klar, dass Lieutenant Kiniki lieber etwas anderes gehört hätte. „Auf der Straße gibt es nichts Neues. Selbst Hickmans nie versiegende Quellen sind ausgetrocknet. Wer immer hier die Fäden zieht, ist schlau, geduldig und arbeitet auf eigene Rechnung."

„Sie sind doch jetzt bereits seit einer Woche im ‚Blackhawk'."

„Jawohl, Sir. Ich kann Ihnen aber leider nicht mehr erzählen als am ersten Tag. Mit Hilfe der Videokassetten und aufgrund eigener Beobachtungen konnte ich mehrere Stammgäste ermitteln. Bis jetzt ist jedoch niemand auffällig geworden. Meine Tarnung ist wasserdicht."

„Zum Glück. Schließen Sie die Tür, Detective."

Ihr wurde leicht flau im Magen. Nachdem sie die Tür des Glaskastens, in dem sich Kinikis Büro befand, geschlossen hatte, nahm man den Lärm aus dem Großraumbüro nur noch als ein Summen wahr.

„Es geht um die Sache Dennis Overton."

Damit hatte Ally bereits gerechnet. Nachdem sie ihre Beschwerde beim Büro des Bezirksstaatsanwalts eingereicht hatte, war ihr klar gewesen, dass ein Teil des Geschützfeuers über ihrem eigenen Haus niedergehen würde.

„Der Vorfall tut mir Leid, Lieutenant. Aber meine Tarnung hat glücklicherweise nicht darunter gelitten, eher im Gegenteil."

„Darum geht es nicht. Warum haben Sie Overtons Verhalten nicht schon früher gemeldet? Dem Bezirksstaatsanwalt? Oder mir?"

Sie hörten beide das unausgesprochene „Oder Ihrem Vater" mitschwingen.

„Weil es bis zu diesem letzten Vorfall eine Privatangelegenheit war. Ich war überzeugt, das Problem allein lösen zu können."

Kiniki hatte Verständnis für ihre vorsichtige Haltung. „Ich habe mit dem Bezirksstaatsanwalt gesprochen. In Ihrer Beschwerde haben Sie angegeben, dass Overton Sie bereits seit der ersten Aprilwoche mit Telefonanrufen belästigt und Ihnen nachstellt, wenn Sie zum Dienst oder vom Dienst nach Hause gehen."

„Er hat mich nie bei meiner Arbeit behindert",

begann sie, doch als sie den Blick ihres Vorgesetzten sah, war sie weise genug, nicht weiterzusprechen.

Kiniki legte seine gefalteten Hände auf die Kopie ihrer schriftlichen Beschwerde, die vor ihm auf dem Schreibtisch lag. „Kontaktaufnahme entgegen Ihrem ausdrücklichen Wunsch, im Dienst wie in Ihrer Freizeit. Störungen, Belästigungen, Nachstellungen. Das ist ein Straftatbestand, Detective. Wissen Sie das nicht?"

„Doch, Sir. Als offensichtlich wurde, dass der Beschuldigte nicht bereit war, sein Verhalten zu ändern, und sich zu einer potenziellen Gefahr bei den laufenden Ermittlungen entwickelte, habe ich sein Verhalten unverzüglich seinem Vorgesetzten mitgeteilt."

„Aber Anzeige haben Sie nicht erstattet."

„Nein, Sir."

„Und eine richterliche Verfügung haben Sie auch nicht erwirkt."

„Nein, weil ich glaube, dass ein Verweis von seinem Vorgesetzten ausreicht."

„Oder weil er von Jonah Blackhawk eine Tracht Prügel bezogen hat?"

Ally machte den Mund auf und wieder zu. Diesen Vorfall hatte sie dem Bezirksstaatsanwalt gegenüber nicht erwähnt.

„Overton behauptet, Blackhawk sei in einem

Anfall von rasender Eifersucht völlig grundlos über ihn hergefallen."

Ally fuhr sich verärgert durchs Haar, dann versuchte sie, sich zusammenzunehmen. „Diese Darstellung ist vollkommen falsch. Ich habe den Vorfall nicht erwähnt, weil es mir unnötig erschien, Lieutenant. Aber wenn Dennis darauf besteht, Probleme zu machen, werde ich selbstverständlich einen ausführlichen Bericht schreiben."

„Tun Sie das. Ich will bis morgen Nachmittag eine Kopie auf meinem Schreibtisch sehen."

„Es könnte ihn seinen Job kosten."

„Ist das Ihr Problem?"

„Nein." Ally atmete laut aus. „Nein, Sir. Lieutenant, Dennis und ich waren drei Monate zusammen." Sie hasste es, ihr Privatleben vor ihrem Vorgesetzten ausbreiten zu müssen. „Wir waren … intim. Kurz. Und dann fing er an, größenwahnsinnig zu werden … Herrgott." Sie trat näher an den Schreibtisch heran. „Er wurde besitzergreifend, eifersüchtig, irrational. Wenn ich zu spät kam oder eine Verabredung absagen musste, witterte er sofort einen Nebenbuhler. Irgendwann hatte ich genug davon und trennte mich von ihm. Er rief trotzdem weiterhin an oder kam vorbei, um sich zu entschuldigen und zu beteuern, er würde sich ändern. Wenn ich mich weigerte, ihm zuzuhören, wurde er entweder ungehobelt oder brach jammernd zusammen. Aber ich habe mit ihm geschlafen, Lieutenant, deshalb ist es zum Teil meine eigene Schuld."

Kiniki musterte sie einen Moment nachdenklich. „Das ist der größte Unsinn, den ich je gehört habe", erklärte er schließlich. „Würden Sie einem Opfer, das Ihnen eine ähnliche Situation schildert, auch sagen, es sei selbst schuld?" Er deutete ihr Schweigen richtig. „Das dachte ich mir. Sie würden sofort alles Erforderliche in die Wege leiten. Also tun Sie das jetzt auch."

„Jawohl, Sir."

„Ally …" Er kannte sie seit ihrem fünften Lebensjahr. Er versuchte Beruf und Privatleben ebenso peinlich genau zu trennen wie sie. Aber es gab Zeiten … „Haben Sie Ihrem Vater davon erzählt?"

„Ich wollte ihn nicht damit behelligen. Bei allem Respekt, Sir, ich wäre Ihnen wirklich dankbar, wenn Sie ihm gegenüber nichts von der Sache erwähnten."

„Das ist Ihre Entscheidung. Auch wenn sie falsch ist. Aber ich bin dazu bereit, wenn Sie mir versprechen, es mir sofort zu melden, falls sich Overton Ihnen wieder nähern sollte." Als er sah, dass sie sich ein Lachen verkneifen musste, legte er den Kopf schief: „Ist das so lustig?"

„Nein, Sir. Ja." Sie entschied, auf alle Förmlichkeiten zu verzichten. „Jonah hat fast dasselbe gesagt wie du, Onkel Lou. Ich finde es einfach ... süß. Natürlich auf eine ausgesprochen männliche Art und Weise."

„Du hattest schon immer eine spitze Zunge. So, und jetzt verschwinde. Und sieh zu, dass du mir so schnell wie möglich etwas über diese Einbrüche bringst."

Da wohl nur die wenigsten Kellnerinnen eine edle Corvette fuhren, hatte Ally es sich angewöhnt, ein paar Häuserblocks vom „Blackhawk" entfernt zu parken und die restliche Strecke zu Fuß zu gehen.

So hatte sie Zeit, umzuschalten und den Frühling in Denver zu genießen. Sie liebte die Stadt mit ihren in den Himmel wachsenden Wolkenkratzern und den silbernen Türmen. Ebenso liebte sie es zu beobachten, wie im Gebirge der Schnee schmolz, bis die Berge nicht mehr strahlend weiße, sondern begrünte, nur in den obersten Regionen noch mit einer dünnen Schneeschicht bedeckte Zacken waren.

Doch obwohl Ally die Natur liebte und in der Hütte ihrer Eltern viele herrliche Tage verbracht hatte, betrachtete sie die Berge lieber von unten. Von ihrer Stadt aus.

In ihrer Stadt spazierten Cowboys in ramponierten Stiefeln dieselben Straßen hinunter wie Topmanager in Armani-Anzügen. Hier ging es um Vieh und Handel und Nachtleben. Hier ging um es um das Wilde, das Ursprüngliche, nur von einer dünnen Lackschicht überzogen, aber nicht gezähmt.

Der Osten hatte in ihren Augen längst nicht denselben Reiz.

Wenn der Frühling in voller Blüte stand, wenn die Sonne auf den schneebedeckten Berggipfeln glitzerte, die Luft dünn war und klar, gab es keinen schöneren Ort auf der Welt als Denver.

Ally ließ die Stadt hinter sich und betrat die Welt des „Blackhawk".

Jonah lehnte am anderen Ende des Tresens und trank Mineralwasser, während er sich anhörte, was ihm einer seiner Stammgäste zu erzählen hatte.

Diese so auffallend hellen grünen Augen erfassten Ally in dem Moment, als sie den Club betrat, und hielten sie ruhig und ohne etwas von seinen Gedanken preiszugeben fest.

Seit dem Vorfall mit Dennis hatte er sich ihr nicht mehr genähert, und sie hatten auch kaum miteinander gesprochen. Ally redete sich ein, dass es so am besten war. Wenn man Arbeit und Lust nicht auseinander hielt, lief man Gefahr, das eine nicht ordentlich zu machen und sich am anderen die Finger zu verbrennen.

Trotzdem war es ungeheuer frustrierend, ihn Nacht für Nacht sehen zu müssen. Ihm nah genug zu sein, um sich allen möglichen Illusionen hingeben, aber ohne einen Schritt vor oder zurück machen zu können.

Und ihn zu begehren, so wie sie noch nie einen Mann begehrt hatte.

Ally zog schnell ihre Jacke aus und stürzte sich in die Arbeit.

Es brachte ihn um, Stück für Stück. Jonah wusste, wie es war, Verlangen nach einer Frau zu haben. Er wusste, wie es sich anfühlte, wenn sich das Blut in heiße Lava verwandelte, wenn in den Lenden Feuer schwelte und einem alle möglichen Bilder im Kopf herumwirbelten. Es war ein Hunger, der sich in die Eingeweide fraß, bis er so unerträglich wurde, dass er unbedingt gestillt werden musste.

Genau das war es, was Jonah für Ally fühlte – Hunger. Nur dass da nichts schwelte. Es war ein lodernder Heißhunger, eine einzige Tortur.

Keine andere Frau hatte ihm je derartige Qualen verursacht.

Er trug ihren Geschmack mit sich herum, ohne zu wissen, wie er ihn loswerden konnte. Schon allein das machte ihn wütend. Es verschaffte ihr einen Vorteil, den er freiwillig nie zugelassen hätte. Dass ihr das nicht klar zu sein schien, machte die Sache nicht leichter.

Es war eine Schwäche, die sich da bei ihm zeigte.

Wenn man schwach war, war man auch verletzlich. Und Verletzlichkeit war gefährlich.

Die Ermittlungen mussten endlich abgeschlossen werden. Sobald Ally wieder in ihr eigenes Leben, in ihre Welt verschwand, konnte er auch sein Gleichgewicht wieder finden.

Doch wenn er daran dachte, wie leidenschaftlich sie seinen Kuss erwidert hatte, fürchtete er, womöglich nie wieder festen Boden unter den Füßen zu bekommen.

„Bloß gut, dass das kein Cop sieht."

Jonahs Finger legten sich fester um sein Glas, aber sein Blick war sanft, als er sich zu Frannie umwandte. „Was denn?"

Frannie hatte gerade ein Bier gezapft, das sie jetzt einem Gast vorsetzte. „Ein Kerl, der eine Frau so lüstern anstiert, macht sich strafbar, merk dir das."

„Tatsächlich? Dann werde ich wohl besser aufpassen müssen."

„Sie wohl auch", murmelte Frannie, als er sich abwandte und wegging.

„Der Boss hat Probleme", bemerkte Will. Er stellte sich gern hin und wieder an die Bar, in der Hoffnung, einen Hauch von Frannies Duft zu erhaschen oder ihr vielleicht ein Lächeln zu entlocken.

„Wegen einer Frau, die ihm mächtig zu schaffen

macht." Frannie zwinkerte Will zu und schenkte ihm seinen Lieblingssoftdrink ein, den er während der Arbeitszeit in rauen Mengen konsumierte.

„Hab noch nie erlebt, dass sich der Boss von einer Frau aus der Ruhe bringen lässt."

„Von der schon."

„Tja." Will trank einen Schluck und ließ dabei seinen Blick schweifen. „Sieht ja auch verdammt gut aus."

„Das hat nichts mit Aussehen zu tun. Sie geht ihm unter die Haut."

„Glaubst du?" Will zupfte an seinem kurzen Bart. Frauen waren ihm ein absolutes Rätsel, obwohl er sich bemühte, sich das nicht anmerken zu lassen. Für ihn kamen Frauen einfach von einem anderen Stern.

„Ich weiß es." Als sie Wills Hand flüchtig tätschelte, hämmerte ihm sofort das Herz im Hals.

„Zwei Margaritas, zwei Gezapfte und ein Clubsoda mit Limone." Jan stellte ihr Tablett ab und gab Will einen scherzhaften Klaps auf den Arm. „Hi, mein Großer."

Er wurde rot. Will wurde ständig rot. „Hi, Jan. Ich sollte wohl besser 'ne Runde drehen."

Nach diesen Worten ging er eilig davon, während Frannie Jan mit einem gutmütigen Kopfschütteln tadelte: „Bring ihn doch nicht immer so in Verlegenheit. Der arme Kerl."

„Ich kann nichts dafür, es überkommt mich einfach. Weil er echt süß ist." Jan schüttelte ihr Haar zurück. „Hör zu, ich geh später noch auf eine Fete. Willst du nicht mitkommen?"

„Danke für die Einladung, aber ich glaube, ich gehe lieber ins Bett und träume von Brad Pitt."

„Oh je, Träumen bringt doch nichts."

„Als ob ich das nicht selber wüsste", brummte Frannie und mixte den nächsten Drink.

Allison trug ein Tablett mit leeren Gläsern in Richtung Küche, in ihrer Schürzentasche den Block mit den Getränkebestellungen zweier Tische. Ihre Schicht hatte erst vor einer halben Stunde begonnen, und sie wusste, dass es auch heute wieder eine lange Nacht werden würde. Noch länger als erwartet, dachte sie, als sie Jonah auf sich zukommen sah.

„Allison, ich möchte kurz mit dir reden." *Ich wüsste nicht, was ich lieber täte, als mit dir zu reden, ganz egal worüber. Und wenn es nur fünf Minuten sind. Wie erbärmlich.* „Könntest du vielleicht in der Pause in mein Büro kommen?"

„Gibts ein Problem?" erkundigte sie sich.

„Nein. Überhaupt nicht."

„Okay. Du solltest es besser Will sagen. Er bewacht deine Höhle wie ein Wolf."

„Nimm deine Pause doch jetzt. Komm gleich mit mir rauf."

„Geht nicht, meine Gäste warten auf ihre Getränke. Aber ich bin so schnell wie möglich da." Sie ging eilig weiter, sein Tonfall drückte aus, dass sein Anliegen nicht das Geringste mit Arbeit zu tun hatte.

Ally blieb an der Getränkeausgabe neben Pete stehen und versuchte, sich zu beruhigen. Da Pete gerade dabei war, drei Gästen an der Bar einen langen komplizierten Witz zu erzählen, hatte sie Zeit, sich zu erholen und ihre Blicke schweifen zu lassen.

Sie sah ein Paar in den Zwanzigern, das wirkte, als ob es sich gleich heftig in die Haare kriegen würde. Drei Männer in Anzügen mit gelockerten Krawatten, die sich über Baseball unterhielten. Einen Flirt im Anfangsstadium zwischen einer Frau am Tisch und zwei Burschen an der Bar, mit viel Blickkontakt und Lächeln.

Ein weiteres Paar an einem Tisch, das Händchen haltend miteinander lachte und flirtete, obwohl beide Eheringe trugen. Offenbar waren sie glücklich verheiratet und lebten in gesicherten finanziellen Verhältnissen, wenn die teure Lederhandtasche an der Stuhllehne und die ebenso teuren Schuhe ein Hinweis waren.

Direkt am Nebentisch saß noch ein Pärchen, das

in eine leise Unterhaltung vertieft war, die beide zu genießen schienen. Auch hier spürte Ally eine Intimität, die sich durch die Art der Gesten und die lächelnden Blicke mitteilte.

Sie beneidete die beiden Paare um ihre Vertrautheit. Es musste ein gutes Gefühl sein, wenn man jemandem gegenübersaß, der einem wirklich zuhörte und auch zwischen den Zeilen zu lesen verstand.

Dies alles hatte sie bei ihren Eltern beobachtet. Es war schön, so etwas zu sehen, aber wie viel schöner musste es erst sein, diese Erfahrung selbst zu machen?

Noch während sie darüber nachsann, hörte sie die drei Gäste über die Pointe von Petes Witz lachen. Ally gab ihre Bestellungen auf und wartete, wobei sie dem Stimmengewirr um sich herum lauschte und unausgesetzt ihre Blicke schweifen ließ. Bewegungen, Gesichter, Mienenspiele beobachtete.

Sie sah, wie das Händchen haltende Ehepaar Jan ein Handzeichen gab. Als die Kellnerin an ihren Tisch kam, um die Bestellung aufzunehmen, deutete die Frau auf irgendetwas in der Speisekarte. Jan beugte sich zu ihr herunter, wedelte mit einer Hand vor ihrem Mund herum, als hätte sie sich die Zunge verbrannt und verdrehte die Augen, worüber die Frau lachen musste. Offenbar hatte Jan erklärt, dass das Gericht sehr scharf war.

Nachdem Jan die Bestellung aufgenommen hatte, sah Ally, wie der Mann in einer vertrauten Geste die Hand der Frau an die Lippen zog und ihre Fingerknöchel liebkoste.

Wäre da nicht dieses winzige Fünkchen Neid gewesen, das sie veranlasste, genauer hinzusehen, wäre es ihr vielleicht entgangen. Doch so dauerte es nur wenige Sekunden, bis ihr klar wurde, dass sich das Bild verändert hatte.

Die Tasche der Frau hing immer noch über der Stuhllehne, allerdings in einem anderen Winkel als vorher, und der Reißverschluss der Außentasche war nicht ganz zugezogen.

Als Ally klar wurde, was da passiert war, hatte sie spontan Jan in Verdacht. Doch dann sah sie es. Die Frau saß mit dem Rücken zu der anderen Frau, die ihren Begleiter immer noch anlächelte – während sie in aller Seelenruhe einen Schlüsselbund in der Tasche auf ihrem Schoß verstaute.

Volltreffer.

„He, Ally, wo bist du denn? Auf dem Mond?" Pete tippte ihr mit einem Finger auf die Schulter. „Ich glaube nicht, dass da oben jemand auf einen Wodka Tonic wartet."

„Nein, ich bin hier."

Als sich die Frau ihre Handtasche unter den Arm

klemmte und aufstand, langte Ally zielstrebig nach dem Tablett.

Einsachtundsechzig, schätzte sie. Hundertzwanzig Pfund. Braune Haare, braune Augen. Ende dreißig, olivfarbener Teint, energische Gesichtszüge. Und im Moment in Richtung Damentoilette unterwegs.

Darauf bedacht, keine Aufmerksamkeit zu erregen, ging Ally eilig nach nebenan in den Clubbereich. Als dort ihr Blick auf Will fiel, drückte sie ihm eilig das Tablett in die Hand und sagte: „Bitte entschuldige, aber Tisch acht wartet darauf. Und sag Jonah, dass ich ihn dringend sprechen muss. Ich muss nur ganz kurz was erledigen …"

„Aber … he!"

„Ich bin gleich wieder da." Ally eilte bereits im Laufschritt in Richtung Damentoilette.

Als sie sich dort umschaute, entdeckte sie unter einer Kabinentür die Schuhe, nach denen sie Ausschau gehalten hatte. Bestimmt macht sie von den Schlüsseln Abdrücke, überlegte Ally, während sie, ohne die Schuhe aus den Augen zu lassen, an ein Waschbecken trat und den Wasserhahn aufdrehte. Ein Wachsabdruck war schnell gemacht, allerdings musste man dafür ungestört sein, weshalb sich die Frau auf die Damentoilette zurückgezogen hatte.

Zufrieden mit dem Ergebnis ihrer Nachforschungen, verließ Ally den Raum. Die erste heiße Spur in diesem verflixten Fall – endlich.

„Ally? Es wird langsam voll. Wo ist dein Tablett?"

„Verzeih." Sie warf Beth ein entschuldigendes Lächeln zu. „Kleiner Notfall. Bin schon wieder einsatzbereit."

Sie bewegte sich schnell, während sie den Blick eines Polizeikollegen an einem der Tische suchte. Sie blieb neben ihm stehen und murmelte mit unterdrückter Stimme: „Weiß, weiblich, Ende dreißig, dunkle Haare, dunkle Augen. Kommt gleich aus der Damentoilette. Sie sitzt mit einem Weißen im Barbereich. Der Mann ist Anfang vierzig, graue Haare, blaue Augen, grüner Pullover. Kein Zugriff, nur im Auge behalten."

Ally ging zurück zur Theke und holte sich wieder ein Tablett, obwohl es jetzt nur eine Requisite war. Der Mann im grünen Pullover war eben dabei zu bezahlen. In bar. Auf den ersten Blick wirkte er vollkommen entspannt, aber Ally sah, dass er einen Blick auf die Uhr warf und dann in Richtung Damentoilette schaute.

Jetzt kehrte die Frau zurück. Sie setzte sich jedoch nicht mehr hin, sondern blieb zwischen den Tischen stehen und beugte sich über das kurze schwarze Cape, das sie über ihre Stuhllehne gehängt hatte. Ein paar Sekunden lang versperrte sie Ally die Sicht, bevor sie sich wieder aufrichtete, ihren Begleiter anlächelte und ihm das Cape reichte.

Geschickt, dachte Ally. Äußerst geschickt.

Als sie Jonah herankommen sah und seinen Blick auffing, deutete sie unauffällig mit dem Kopf auf das Paar, das sich gerade anschickte zu gehen. Ungezwungen gesellte sie sich dann zu ihm und fuhr ihm – weithin sichtbar – zärtlich über den Arm, während sie ihm ins Ohr flüsterte: „Zwei meiner Leute folgen ihnen. Vorerst beschatten wir sie nur. Ich will ihnen noch ein paar Momente Vorsprung lassen und eine günstige Gelegenheit abwarten, bevor ich die Zielpersonen informiere. Ich möchte in deinem Büro mit ihnen sprechen."

„Alles klar."

„Hier unten muss alles ganz normal weiterlaufen. Bleib in der Nähe, dann kann ich dir ein Zeichen geben, wenn es so weit ist. Du erklärst Beth am besten, dass du mich für irgendwas brauchst, damit sie die Tische anders einteilt. Niemand darf jetzt aufmerksam werden."

„Gut. Gib mir einfach Bescheid."

„Ich brauche nur noch den Code für den Aufzug. Falls ich die beiden nach oben bringen will und du nicht in der Nähe bist."

„Zwei, sieben, fünf, acht, fünf. Hast du's?"

„Ja. Und versuch, von mir abzulenken, bis ich die beiden aus der Bar gelotst habe."

Sie brannte darauf, endlich handeln zu können, aber sie wartete geduldig auf eine günstige Gelegenheit. Nach fünfzehn Minuten war es endlich so weit. Als die Frau aufstand, um zur Toilette zu gehen, folgte Ally ihr.

„Entschuldigen Sie." Nachdem sie sich vom Vorraum aus mit einem kurzen Blick davon überzeugt hatte, dass alle Kabinen leer waren, zog sie ihre Dienstmarke aus der Tasche. „Detective Fletcher, Polizeidezernat Denver."

Die Frau wich erschrocken einen Schritt zurück. „Was ist denn passiert?"

„Ich brauche Ihre Hilfe bei einer Ermittlung. Ich muss mit Ihnen und Ihrem Mann sprechen und möchte Sie bitten, mitzukommen."

„Ich habe mir nichts zuschulden kommen lassen."

„Nein, Ma'am. Ich werde Ihnen gleich alles erklären. Folgen Sie mir bitte unauffällig in den ersten Stock, in das Büro der Geschäftsleitung. Ich bitte Sie zu kooperieren."

„Ohne Don gehe ich nirgendwo hin."

„Ich werde Ihren Mann holen. Biegen Sie draußen auf dem Flur links ab, und warten Sie dort auf mich."

„Ich will erst wissen, worum es geht."

„Das werde ich Ihnen beiden erklären. Kommen Sie." Ally nahm die Frau am Arm und zog sie aus der Damentoilette. „Bitte tun Sie, was ich Ihnen sage. Es dauert nicht lange."

„Ich will aber keine Scherereien."

„Warten Sie hier. Ich werde Ihren Mann holen." Weil sie nicht darauf vertraute, dass die Frau die Anweisungen tatsächlich befolgte, beeilte sich Ally. Sie blieb an dem Tisch des Paares stehen und stellte leere Gläser auf ihr Tablett. „Sir? Würden Sie bitte so freundlich sein, mir zu folgen? Ihre Frau bittet Sie, kurz nach hinten zu kommen."

„Ja, sicher. Es ist doch alles in Ordnung mit ihr, oder?"

„Ja, es geht ihr gut."

Ally ging mit dem Mann im Schlepptau an der Theke vorbei, wo sie das Tablett abstellte, bevor sie unauffällig auf den Flur abbog.

„Detective Fletcher", stellte sie sich vor, nachdem der Mann sie eingeholt hatte, und präsentierte flüchtig ihre Dienstmarke. „Ich muss mit Ihnen und Ihrer Frau reden." Sie gab bereits den Code für den Aufzug ein.

Der Mann war immer noch sprachlos, während seine Frau jammerte: „Sie will nicht sagen, um was es geht, Don. Ich sehe überhaupt nicht ein, warum …"

„Ich weiß Ihre Kooperation wirklich sehr zu schätzen", fiel Ally ihr ins Wort und schob die beiden regelrecht in den Aufzug.

„Ich weiß es aber gar nicht zu schätzen, von der Polizei belästigt zu werden", erwiderte die Frau mit einem Anflug von Hysterie in der Stimme.

„Bitte, Lynn, beruhige dich. Es ist okay."

„Tut mir Leid, dass ich Sie so überfalle." Nachdem sich die Aufzugtüren im ersten Stock wieder geöffnet hatten, ging Ally vor in Jonahs Büro und bedeutete den beiden, Platz zu nehmen. „Bitte, setzen Sie sich, dann erkläre ich Ihnen alles."

Lynn blieb stehen und verschränkte trotzig ihre Arme vor der Brust. „Ich will mich aber nicht setzen."

Mach was du willst, Schwester, dachte Ally gereizt. „Ich ermittle in einer Einbruchsserie, die sich in den letzten Wochen in Denver und Umgebung ereignet hat."

Die Frau schnaubte empört. „Sehen wir vielleicht wie Einbrecher aus?"

„Nein, Ma'am. Sie sehen aus wie ein sympathisches, gut situiertes Ehepaar. Und genau auf solche Paare hat es diese Bande abgesehen. Vor weniger als zwanzig Minuten hat eine Frau, die wir verdächtigen, dieser Bande anzugehören, Ihre Schlüssel aus Ihrer Handtasche gestohlen."

„Das ist unmöglich. Ich hatte meine Handtasche den ganzen Abend über bei mir." Die Frau riss sich die Umhängetasche von der Schulter und machte den Reißverschluss auf, um zu beweisen, dass der Schlüssel immer noch an Ort und Stelle war. Ally packte sie am Handgelenk.

„Bitte, fassen Sie den Schlüssel nicht an."

„Wie kann ich ihn denn anfassen, wenn er nicht da ist?"

„Lynn, jetzt sei doch mal still", mischte sich der Mann ein. „Komm, beruhige dich." Er drückte die Schulter seiner Frau und wandte sich an Ally. „Also, was geht hier vor?"

„Wir können mit einiger Sicherheit behaupten, dass von den Schlüsseln Abdrücke angefertigt wurden. Anschließend wurden sie wieder an ihren Platz zurückgelegt, und zwar so geschickt, dass weder Sie noch Ihre Frau etwas davon mitbekommen haben. Wir befürchten, es handelt sich hier um ein Muster, dessen sich die Diebesbande schon mehrfach bedient hat. Wir möchten Sie lediglich davor bewahren, dass in Ihr Haus eingebrochen wird. Und jetzt setzen Sie sich."

Das war diesmal unüberhörbar ein Befehl. Die Frau sank sichtlich schockiert in einen Sessel.

„Wenn ich jetzt bitte Ihre Namen erfahren dürfte."

„Don und Lynn ... Mr. und Mrs. Barnes."

„Mr. Barnes, würden Sie mir bitte Ihre Anschrift geben?"

Er schluckte, dann setzte er sich auf die Lehne des Sessels, in dem seine Frau saß, und nannte Ally die Adresse. „Heißt das, dass da jetzt schon jemand in unserem Haus ist? Und es leer räumt?"

„Ganz so schnell sind sie wohl nicht." In Gedanken berechnete Ally die Fahrzeit. „Ist unter dieser Adresse im Moment jemand zu erreichen?"

„Nein. Außer uns wohnt dort niemand. Du lieber Himmel." Barnes raufte sich die Haare. „Das ist ja Wahnsinn."

„Ich werde ein paar Leute hinschicken. Bitte entschuldigen Sie mich kurz."

Sie war eben dabei, die Nummer zu wählen, als die Aufzugtüren auseinander glitten und Jonah hereinkam. „Ich bin gleich so weit", informierte sie ihn.

„In Ordnung. Mr. und Mrs. ...?"

„Barnes", antwortete der Mann. „Don und Lynn Barnes."

„Don, darf ich Ihnen und Ihrer Frau etwas zu trinken anbieten? Ich verstehe, dass dieser Vorfall für Sie mehr als ärgerlich ist."

„Ja, auf den Schreck könnte ich gut einen Schluck vertragen. Das ist ja alles unfassbar. Wir wollten nur einen schönen Abend verbringen. Ich hätte nichts gegen einen doppelten Whiskey einzuwenden."

„Das kann ich nachfühlen. Und was ist mit Ihnen, Lynn?"

„Ich ..." Sie hob eine Hand, ließ sie wieder sinken. „Ich kann einfach nicht ... also ... ich begreife das alles nicht."

„Vielleicht einen Cognac." Jonah wandte sich ab und öffnete eine Klappe in der Wand, hinter der sich eine kleine, gut ausgestattete Hausbar befand. „Sie können Ihr Schicksal vorerst bedenkenlos in Detective Fletchers fähige Hände legen", fuhr er fort, während er Flaschen und Gläser herausnahm. „Wir versuchen unterdessen, es Ihnen hier so angenehm wie möglich zu machen."

„Danke." Lynn nahm den Cognac entgegen. „Vielen Dank."

„Mr. Barnes." Ally, leicht verstimmt, weil es Jonah so schnell gelungen war, die Wogen zu glätten, eroberte sich die Aufmerksamkeit des Mannes zurück. „Die Streifenwagen sind bereits unterwegs. Könnten Sie mir jetzt bitte Ihr Haus beschreiben? Grundriss, Raumaufteilung, Lage der Türen und Fenster. Und alles so genau wie möglich."

„Ja, natürlich." Barnes lachte zittrig. „Himmel, ich bin schließlich Architekt."

Ally notierte sich alles und leitete die Beschreibung anschließend sofort an das Einsatzteam vor Ort weiter. „Haben Sie für heute hier im Club einen Tisch zum Essen reserviert?" erkundigte sie sich.

„Ja. Für acht. Wir wollten uns endlich mal wieder einen schönen Abend machen", erwiderte Barnes mit einem säuerlichen Lächeln.

Ally schaute auf die Uhr. „Die Einbrecher werden annehmen, dass sie noch viel Zeit haben." Ihr wäre es am liebsten gewesen, wenn die beiden wieder nach unten gehen, sich an ihren vorbestellten Tisch setzen und essen würden, so als ob nichts passiert wäre. Doch ein Blick in das Gesicht der Frau verriet ihr, dass das eine ziemlich aussichtslose Sache war.

„Mrs. Barnes. Lynn." Ally ging um den Schreibtisch herum und ließ sich auf der Kante nieder. „Wir werden diesen Leuten das Handwerk legen. Sie werden Ihnen nichts stehlen und auch keinen Schaden in Ihrem Haus anrichten. Aber Sie müssen mir helfen. Ich möchte, dass Sie und Ihr Mann wieder an Ihren Tisch zurückgehen und sich möglichst normal verhalten. Wenn Sie noch eine Stunde durchhalten, könnte uns das ein gutes Stück weiterbringen."

„Ich will nach Hause."

„Wir werden Sie nach Hause bringen, in einer Stunde. Bitte, tun Sie mir den Gefallen. Es ist möglich, dass immer noch jemand von der Bande hier ist und Sie beobachtet. Sie sind bereits knapp zwanzig Minuten von Ihrem Tisch weg. Für diese Zeitspanne können wir uns noch irgendetwas einfallen lassen, aber für länger nicht. Wir wollen nicht, dass diese Leute Verdacht schöpfen."

„Ich schon, dann brechen sie wenigstens nicht in mein Haus ein."

„Wahrscheinlich nicht, aber dafür dann beim nächsten Opfer."

„Warten Sie." Barnes stand auf und ergriff die Hände seiner Frau. „Lynn, hör mir zu. Himmel, das ist doch eine spannende Geschichte, die können wir noch jahrelang erzählen. Komm, wir gehen zurück nach unten und betrinken uns."

„Jonah, du begleitest sie. Ach, und am besten streust du aus, es sei Mrs. Barnes kurzzeitig nicht gut gegangen, aber jetzt sei alles wieder in Ordnung. Die Getränke gehen doch sicher aufs Haus, oder?"

„Selbstverständlich." Jonah hielt Lynn die Hand hin, um ihr beim Aufstehen behilflich zu sein. „Das Essen ebenfalls. Kommen Sie, ich bringe Sie hinunter. Ihnen war nicht gut, deshalb habe ich Ihnen angeboten, sich in meinem Büro ein paar Minuten hinzulegen. Sie haben mein Angebot angenommen, und Ihr Mann hat Sie begleitet. Klingt doch einleuchtend, oder?" fragte er an Ally gewandt, während er den Aufzug holte.

„Absolut. Ich muss noch zwei Anrufe machen, dann komme ich nach. Leider muss ich heute früher Feierabend machen. Ein familiärer Notfall."

„Na, dann alles Gute", erwiderte Jonah, während er mit dem Ehepaar Barnes in den Aufzug stieg.

6. KAPITEL

Ally hatte sich von Jonah den Schlüssel geben lassen und eilte im Laufschritt in den Aufenthaltsraum, um ihre Tasche zu holen. Wieder an der Bar, winkte sie Frannie auf ihrem Weg nach draußen nur flüchtig zu.

Sie verließ sich darauf, dass Jonah alle Fragen beantwortete. Niemand kann das besser als er, dachte sie, während sie die zwei Häuserblocks zu ihrem Auto hinunterrannte. Ein beiläufig hingeworfenes Wort, ein Schulterzucken von ihm würden ausreichen. Einen Mann wie Jonah Blackhawk versuchte man nicht auszuhorchen.

Sie musste in Federal Heights sein, bevor es zu spät war.

Zuerst glaubte sie, es sich nur einzubilden. Aber die Nacht war klar und ihre Augen adlerscharf. Deshalb konnte kein Zweifel daran bestehen, dass an ihrem Auto alle vier Reifen aufgeschlitzt waren.

Ally trat fuchsteufelswütend mit dem Fuß gegen einen der übel zugerichteten Reifen. Na, der kann sein blaues Wunder erleben, schäumte sie, überzeugt davon, dass sie diese reizende Überraschung Dennis Overton zu verdanken hatte. Ally war außer sich. Es war nicht zu fassen! Dennis, dieser gemeine Schuft.

Dann kramte sie ihr Handy aus ihrer Umhängetasche und rief einen Streifenwagen.

Was für eine idiotische Zeitverschwendung, ausgerechnet jetzt, wo sie es so eilig hatte! Während die Minuten sich dehnten – zwei, drei, schließlich fünf – lief Ally nervös auf dem Gehsteig auf und ab. Herrgott noch mal, wann kam denn endlich jemand? Sobald der Streifenwagen neben ihr stoppte, hielt sie dem Streifenbeamten zähneknirschend ihre Dienstmarke unter die Nase.

„Probleme, Detective?"

„Ja. Schalten Sie den Alarm ein und fahren Sie auf der 25 nach Norden. Ich sage Ihnen Bescheid, wann es Zeit wird, die Sirene abzuschalten."

„Alles klar. Was liegt an?"

Sie setzte sich hinter die beiden Streifenbeamten auf den Rücksitz, obwohl sie sich viel lieber selbst hinters Steuer geklemmt hätte. „Ich informiere Sie unterwegs." Sie nahm ihre Dienstwaffe aus der Umhängetasche und schnallte sich das Halfter um. So fühlte sie sich schon wieder viel mehr wie sie selbst.

„Rufen Sie einen Abschleppwagen, okay? Ich will mein Auto nicht auf der Straße herumstehen lassen."

„Eine Schande ist das. So ein schönes Auto."

„Ja." Aber als sie mit heulender Sirene über die Interstate rasten, hatte Ally ihr Auto längst vergessen.

Einen Häuserblock vom Haus der Barnes entfernt sprang Ally aus dem Wagen und schoss geradewegs auf Hickman zu. „Was läuft hier?"

„Auf dem Weg hierher haben sie sich Zeit gelassen. Balou und Dietz zufolge haben sie kein einziges Mal das Tempolimit überschritten, und beim Abbiegen haben sie jedes Mal brav geblinkt. Die Frau hat von ihrem Handy aus telefoniert. Auf der 36 haben Carson und ich übernommen. Sie haben getankt. Sie fahren einen niedlichen spießigen Minivan. Anschließend hat sich die Frau auf den Rücksitz gesetzt, aber wir konnten nicht sehen, was sie da getrieben hat."

„Die Schlüssel. Ich verwette eure nächsten Gehälter, dass sie die Schlüssel in dem Van nachmacht."

„Wofür hältst du mich? Glaubst du vielleicht, ich nehme eine Wette an, die ich garantiert verliere?" Hickman schaute die ruhige Straße hinunter. „Sie haben den Van einen Häuserblock vor ihrem Ziel geparkt. Dann sind sie seelenruhig die Straße bis zum Haus hinunterspaziert, haben die Haustür aufgeschlossen und sind reingegangen, als ob es ihr eigenes wäre."

„Barnes sagt, dass sie eine Alarmanlage haben."

„Von Alarm war nichts zu hören, und sie sind jetzt ungefähr zehn Minuten drin. Der Lieutenant wartet auf dich. Wir haben die Umgebung komplett abgeriegelt, das Haus ist umstellt."

„Okay, dann wollen wir mal."

Er grinste und reichte ihr ein Walkie-Talkie. „Aufsitzen, Kameraden."

„Gott, wie ich Cowboysprache liebe."

Sie rannten geduckt los. Ally sah die Polizisten, die sich auf der Straße postiert hatten, hinter Bäumen, in dunklen Ecken und Autos kauerten.

„Schön, dass Sie auch zur Party gekommen sind, Detective." Kiniki deutete mit dem Kopf auf das Haus. „Ziemlich unverfroren, was?"

Hinter den Fenstern im Erdgeschoss und im ersten Stock schimmerte Licht. Noch während Ally hinschaute, sah sie einen Schatten, der sich durch ein Zimmer im Erdgeschoss bewegte.

„Dietz und Balou sind auf der Rückseite. Das Haus ist umstellt. Was haben Sie vor?"

Ally schob die Hand in ihre Tasche, holte ein Schlüsselbund heraus. „Wir machen von allen Seiten dicht und gehen durch den Vordereingang rein. Ein Streifenwagen soll sich quer auf die Einfahrt stellen, um ihnen den Weg abzuschneiden."

„Geben Sie es durch."

Sie hob das Walkie-Talkie, um ihren Standort und die Anweisungen durchzugeben. Genau in diesem Moment brach die Hölle los.

Kurz nacheinander peitschten drei Schüsse auf. Als

Ally ebenfalls ihre Waffe zog, hörte man durchs Walkie-Talkie Stimmengewirr und Geschrei.

„Dietz am Boden! Officer angeschossen! Schütze, männlich, weiß, flüchtet zu Fuß Richtung Osten. Officer angeschossen!"

Polizisten rannten zum Haus. Ally war als Erste an der Eingangstür, schloss auf und betrat leise das Haus. Das Blut rauschte in ihren Ohren, während sie sich, die Pistole in beiden Händen, langsam im Kreis drehte und dabei umschaute. Hickman, der ihr Rückendeckung gab, rannte auf ihr Zeichen hin die Treppe hinauf, während sie sich nach rechts wandte.

Irgendjemand brüllte etwas Unverständliches. Ally hörte es wie ein Summen im Kopf, gleich darauf flammte Licht auf.

Das Haus war fächerförmig angelegt. Ally versuchte sich Barnes' Beschreibung in Erinnerung zu rufen, während sie zusammen mit dem Rest des Teams ausschwärmte. An jeder Türschwelle verharrte sie kurz, schwenkte dann mit der Pistole im Anschlag herum und schaute sich um.

Draußen wurde immer noch geschossen. Ally wollte sich gerade in diese Richtung wenden, als ihr auffiel, dass eine Schiebetür, die auf eine kleine Sonnenterrasse führte, nicht ganz geschlossen war.

Als ihr auch noch ein unverkennbar weiblicher

Duft in die Nase wehte, rannte sie durch die Tür ins Freie. Sie sah eine Frau – nur den schwarzen Schatten – davonrennen. „Halt! Polizei! Stehen bleiben!"

Ally wiederholte den Befehl mehrmals, aber die Frau rannte weiter. Mit gezogener Waffe sprintete Ally hinterher, während sie über Funk Standort und Lage durchgab.

Sie hörte Rufe hinter sich, schnelle Schritte.

Jetzt sitzt sie in der Falle, schoss es ihr durch den Kopf. Sie hatten der Frau den Weg abgeschnitten, noch ehe sie den zwei Meter hohen Zaun erreicht hatte, von dem das Haus umgeben war. Sie konnte nicht entkommen.

Ally holte auf, roch den in der Luft hängenden, mit Angstschweiß vermischten Parfümduft. Im Licht des Mondes war die flüchtende Frauengestalt zu erkennen, das fliegende dunkle Haar, die flatternden Schöße des kurzen Capes.

Und als sie sich im Rennen umdrehte, blitzte ein Revolver in ihrer Hand auf.

Ally sah, wie die Frau die Waffe hob, und spürte gleich darauf mit einem seltsam entrückten Gefühl des ungläubigen Erstaunens, wie die Kugel zischend an ihrem Kopf vorbeiflog. Die Frau rannte weiter.

„Lassen Sie die Waffe fallen! Sofort!"

Keine Reaktion. Im Gegenteil – die Frau wirbelte

ein weiteres Mal herum und riss erneut die Pistole hoch. In diesem Moment schoss Ally.

Die Frau taumelte. Ally hörte das dumpfe Geräusch, als die Pistole zu Boden fiel. Und während die Frau keuchend zu Boden glitt, sah Ally den dunklen Fleck, der sich auf ihrer Brust ausbreitete. Ein Bild, das sich in ihr Gedächtnis einfraß wie Säure.

Dass sie nach vorn rannte und einen Fuß auf die Pistole der Frau stellte, war nur jahrelangem, längst in Fleisch und Blut übergegangenem Training zuzuschreiben. Im selben Moment, in dem sie sich neben die Frau kniete, um nach einem Puls zu tasten, gab sie über Walkie-Talkie die Worte „Verdächtige am Boden" durch. Ihre Stimme war ruhig, auch ihre Hände zitterten nicht. Noch nicht.

Hickman war als Erster zur Stelle. Als er etwas sagte, hörte es sich an, als trüge der Wind seine Stimme über den Kamm einer hohen Welle. In Allys Ohren rauschte es laut.

„Bist du verletzt? Ally, bist du verletzt?" Er tastete sie nach Verletzungen ab und zerrte an ihrer Jacke.

„Ruf einen Krankenwagen." Ihre Lippen waren steif und gefühllos, wie aufgerissen. Sie streckte die Arme aus und versuchte, die Blutung zu stoppen, indem sie ihre Handballen fest auf die Brust der Frau presste.

„Schon passiert. Komm. Steh auf."

„Die Blutung muss gestoppt werden. Die Frau muss sofort ins Krankenhaus."

„Ally." Er schob seine eigene Waffe wieder in das Halfter. „Du kannst nichts mehr für sie tun. Sie ist tot."

Ally gestattete es sich nicht, zusammenzubrechen. Sie zwang sich zuzuschauen, wie der verletzte Polizist und der Komplize der Frau in einen Krankenwagen eingeladen wurden. Und sie zwang sich auch hinzusehen, als man die Frau in einen schwarzen Plastiksack legte und den Reißverschluss zuzog.

„Detective Fletcher."

Ebenso wie sie sich zwang, sich umzudrehen und ihrem Lieutenant ins Gesicht zu sehen. „Sir. Können Sie mir etwas über Dietz' Zustand sagen?"

„Ich bin auf dem Weg ins Krankenhaus. In Kürze werden wir mehr wissen."

Sie wischte sich mit dem Handrücken über den Mund. „Was ist mit dem Verdächtigen?"

„Die Sanitäter gehen davon aus, dass er es schaffen wird. Aber es wird wohl ein paar Stunden dauern, bis wir ihn vernehmen können."

„Kann ich ... wird man mir erlauben, bei der Vernehmung anwesend zu sein?"

„Es ist immer noch Ihr Fall." Kiniki nahm sie am

Arm und führte sie beiseite. „Ally, hör mir zu. Ich weiß, wie sich das anfühlt. Frag dich jetzt, hier, auf der Stelle, ob du etwas anderes hättest tun können."

„Ich weiß nicht."

„Hickman war hinter dir, Carson kam von links. Ich habe bisher nicht mit ihr gesprochen, aber Hickman hat ausgesagt, dass du dich zu erkennen gegeben und der Frau befohlen hast, stehen zu bleiben. Daraufhin drehte sie sich um und schoss. Als du ihr befahlst, die Waffe fallen zu lassen, war sie entschlossen, noch einmal zu schießen. Du hattest keine Wahl. Und genau das ist es, was ich morgen bei der Routineanhörung von dir zu hören erwarte. Soll ich deinen Vater anrufen?"

„Nein, bitte nicht. Ich gehe morgen nach der Anhörung zu ihm."

„Dann fahr jetzt nach Hause und versuch zu schlafen. Wegen Dietz sage ich dir Bescheid."

„Sir, wenn ich nicht vom Dienst suspendiert bin, würde ich lieber mitkommen ins Krankenhaus. Zum einen wegen Dietz und zum anderen, um den Verdächtigen zu vernehmen, sobald wir von den Ärzten grünes Licht bekommen."

Kiniki zögerte einen Moment, doch dann entschied er, dass es wahrscheinlich besser für Ally war, wenn sie einfach weitermachte. „Gut. Du kannst mit mir fahren."

Die Panik war wie ein wildes Tier, das sich in seinen Hals krallte. Jonah versuchte sich einzureden, dass es nur daran lag, weil er keine Krankenhäuser mochte. Er hatte sie schon immer verabscheut. Der Geruch, der in ihnen hing, erinnerte ihn an die letzten schrecklichen Monate im Leben seines Vaters und machte ihm mit erschreckender Deutlichkeit seine eigene Sterblichkeit bewusst.

Seine Quelle hatte ihm versichert, Ally sei unverletzt. Darüber hinaus hatte er nur in Erfahrung bringen können, dass bei dem Zugriff irgendetwas schrecklich schief gegangen und sie im Krankenhaus war. Diese Information hatte ihm ausgereicht, um sich ins Auto zu setzen und in die Klinik zu fahren. Um sich mit eigenen Augen davon zu überzeugen, dass ihr wirklich nichts passiert war.

Sie saß in sich zusammengesunken auf dem Flur der Intensivstation. Die Bestie, die ihre Klauen in seinen Hals geschlagen hatte, ließ von ihm ab.

Ally hatte ihre Haarspange gelöst, eine Angewohnheit, wenn sie erschöpft oder angespannt war. Die ihm zugewandte Gesichtshälfte war hinter dem blonden Haarvorhang verbogen. Aber die zusammengesackte Haltung, die Hände, krampfhaft um ihre Knie geklammert, bestätigten seine Befürchtungen.

Als Jonah vor ihr in die Hocke ging, sah er, was er

erwartet hatte: ein bleiches Gesicht, in dem dunkle, gepeinigt dreinschauende Augen standen.

„He." Er gab dem Drang nach, seine Hand auf ihre zu legen. „Schlimmer Tag?"

„Sehr schlimm." Sie schien sofort zu wissen, warum er hier war. „Ein Kollege befindet sich in kritischem Zustand. Es ist noch ungewiss, ob er es schafft."

„Das tut mir Leid."

„Ja, mir auch. Die Ärzte wollen uns noch nicht erlauben, mit dem Dreckskerl zu reden, der auf ihn geschossen hat. Der männliche Verdächtige wurde als Richard Fricks identifiziert. Er hat Beruhigungsmittel bekommen und schläft jetzt sanft und selig, während Dietz mit dem Tod ringt und seine Frau drüben in der Kapelle für sein Leben betet."

Sie wünschte sich, sie könnte die Augen schließen und sich ins Dunkel zurückziehen. Sie tat es nicht, sondern schaute Jonah weiterhin an. „Und ich habe heute eine Frau getötet. Mit einer Kugel mitten ins Herz." Ihre Hände zitterten unter seinen, dann ballte sie sie zur Faust.

„Das ist wirklich ein sehr schlimmer Tag", sagte er. „Komm mit."

„Wohin?"

„Nach Hause. Ich bringe dich nach Hause." Als sie ihn verständnislos ansah, zog er sie auf die Füße. Sie fühlte sich irgendwie schwerelos, so als hätte sie jegliche Bodenhaftung verloren. „Du kannst hier nichts tun, Ally."

Sie schloss die Augen, rang nach Atem. „Das hat Hickman am Tatort auch gesagt. Dass es nichts mehr zu tun gebe. Wahrscheinlich habt ihr beide Recht."

Sie erlaubte ihm, sie zum Aufzug zu führen. Es hatte keinen Zweck zu bleiben, und ebenso zwecklos war es vorzugeben, dass sie allein sein wollte. „Ich kann … mir eine Mitfahrgelegenheit besorgen."

„Du hast schon eine."

Ja, dachte sie. Es war sinnlos zu widersprechen oder sich gegen seinen Arm zu wehren, den er ihr um die Taille legte. „Woher wusstest du, wo du mich finden konntest?"

„Ein Streifenpolizist kam im Club vorbei, um die Barnes nach Hause zu fahren. Es war nicht ganz einfach, etwas aus ihm herauszubekommen, aber ich erfuhr immerhin, dass es Probleme gegeben hatte und wo du bist. Warum ist dein Vater nicht hier?"

„Er weiß noch nichts. Ich werde es ihm morgen erzählen."

„Was, zum Teufel, ist los mit dir?"

Ally blinzelte wie jemand, der aus einem dunklen Raum ins helle Licht tritt. „Was?"

Jonah zog sie aus dem Aufzug, lotste sie die Eingangshalle. „Soll er es von anderen erfahren? Sollte er nicht aus deinem eigenen Mund hören, dass du unverletzt bist? Was denkst du dir eigentlich dabei?"

„Ich ... habe gar nicht gedacht. Du hast Recht." Während sie über den Parkplatz gingen, kramte sie in ihrer Umhängetasche nach ihrem Handy. „Ich rufe sofort an. Nur noch einen Moment."

Sie stieg ins Auto und versuchte, ruhig und gleichmäßig zu atmen. „Okay", flüsterte sie, als Jonah den Wagen startete. Nachdem sie gewählt hatte, wartete sie auf das erste Klingeln, dann hörte sie die Stimme ihrer Mutter.

„Mom." Plötzlich glaubte sie ersticken zu müssen. Sie nahm das Telefon vom Ohr und legte eine Hand darüber, bis sie sich sicher sein konnte, dass ihre Stimme wieder trug. „Mir geht es gut. Ist bei euch alles okay? Hör zu, ich bin gerade auf dem Heimweg und müsste kurz mal mit Dad sprechen. Ja, genau. Nur Polizeikram. Danke."

Jetzt schloss sie die Augen, während sie hörte, wie ihre Mutter ihren Vater rief, wie sich deren warmes Lachen mit dem ihres Vaters vermischte, bevor die Stimme ihres Dads an ihr Ohr drang.

„Ally? Was gibts?"

„Dad." Ihre Stimme drohte zu brechen, aber sie ließ es nicht zu. Sie nahm alle Kraft, die sie noch hatte, zusammen. „Sag Mom nichts, was sie allzu sehr aufregen würde. Ich verlass mich auf dich."

Am anderen Ende der Leitung blieb es einen Moment still. „In Ordnung."

„Ich bin okay. Ich bin unverletzt und auf dem Heimweg. Heute ist der Zugriff erfolgt, aber leider ist es schrecklich schief gegangen. Einer unserer Leute wurde angeschossen, er ist im Krankenhaus. Und ein Verdächtiger ist ebenfalls verletzt. Wir werden morgen in beiden Fällen mehr wissen."

„Ist alles okay mit dir? Allison?"

„Ja, ich bin unverletzt, Dad. Dad … ich musste schießen. Sie war bewaffnet … Beide Verdächtigen waren bewaffnet und haben das Feuer eröffnet. Sie hat sich nicht … ich habe sie erschossen."

„Ich bin in zehn Minuten bei dir."

„Nein, bitte. Bleib bei Mom. Du wirst es ihr erzählen müssen, und sie wird sich schrecklich aufregen. Ich muss … ich muss einfach nur nach Hause und … morgen sehen wir weiter, okay? Können wir bitte morgen darüber reden? Ich bin so müde."

„Wenn du es wünschst."

„Ja, ganz bestimmt. Ich verspreche dir, dass ich okay bin."

„Ally, wer von deinen Leuten ist verletzt?"

„Dietz. Len Dietz." Sie hob ihre freie Hand, presste die Finger an die Lippen. Jetzt fühlte sich ihr Mund nicht mehr steif an, sondern weich. Quälend weich. „Sein Zustand ist kritisch. Der Lieutenant ist immer noch im Krankenhaus."

„Ich werde mich mit ihm in Verbindung setzen. Versuch erst mal ein bisschen zu schlafen, aber du kannst jederzeit anrufen, wenn du möchtest, dass ich komme. Ich bin dann sofort da. Wir können auch beide kommen."

„Ich weiß. Ich melde mich morgen früh. Ich glaube, morgen früh wird es leichter sein. Ich liebe dich."

Ally trennte die Verbindung und warf das Handy in ihre Tasche. Als sie die Augen öffnete, sah sie, dass sie bereits vor ihrem Haus angelangt waren. „Danke für ..."

Sie hatte noch nicht zu Ende gesprochen, da stieg Jonah bereits aus und ging um das Auto herum auf ihre Seite. Er öffnete ihre Tür und streckte Ally die Hand hin. „Ich bin total durcheinander. Wie spät ist es?"

„Egal. Gib mir deinen Schlüssel."

„Ach ja, der Traditionalist", spöttelte sie, wobei sie ihren Schlüsselbund suchte, ohne zu bemerken, dass sie mit ihrer Linken seine Hand wie einen Rettungsanker umklammerte. „Bestimmt muss ich bald auch noch mit Blumen rechnen."

Seite an Seite durchquerten sie die Eingangshalle und stiegen in den Aufzug.

„Ich habe das Gefühl, ich müsste irgendetwas tun. Ich weiß nur nicht, was. Wir haben sie identifiziert, sie hatte einen Ausweis dabei. Madeline Fricks. Madeline Ellen Fricks", murmelte Ally, während sie wie eine Schlafwandlerin aus dem Aufzug trat. „Alter sechsunddreißig, Wohnsitz ... Englewood. Irgendjemand sollte es überprüfen. Ich sollte es überprüfen."

Jonah schloss ihre Wohnungstür auf, zog sie in die Wohnung. „Setz dich, Ally."

„Ja, das könnte ich." Sie schaute sich mit leerem Blick im Wohnzimmer um. Hier sah es immer noch genauso aus wie heute Morgen. Nichts hatte sich verändert. Warum erschien ihr dann trotzdem alles so ganz anders?

Jonah löste das Problem, indem er sie kurzerhand hochhob und in ihr Schlafzimmer trug.

„Was hast du vor?"

„Du wirst dich jetzt hinlegen. Gibt es hier irgendwo etwas zu trinken?"

„Jede Menge."

„Schön. Dann werde ich mich mal auf die Suche machen." Er legte sie aufs Bett.

„Bald gehts mir wieder gut."

„Richtig." Jonah ließ sie allein und ging in die

Küche, wo er in einem Hängeschrank eine noch ungeöffnete Flasche Cognac fand. Er schenkte drei Finger breit in ein Glas. Als er damit ins Schlafzimmer zurückkehrte, saß Ally mit angezogenen Beinen im Bett, die Arme fest um die Knie geschlungen.

„Ich habe angefangen zu zittern." Sie presste ihr Gesicht an ihre Knie. „Wenn ich etwas zu tun hätte, wäre das nicht passiert."

„Hier hast du etwas zu tun." Er setzte sich neben sie, legte ihr die Hand unters Kinn und hob ihr Gesicht an. „Trink das."

Als er ihr das Glas an die Lippen hielt, trank sie gehorsam einen Schluck. Anschließend hustete sie und wandte den Kopf ab. „Ich hasse Cognac. Er schmeckt grauenhaft. Irgendwer hat ihn mir letztes Jahr zu Weihnachten geschenkt, weiß der Himmel, warum. Ich wollte ..." Sie brach ab, begann sich hin und her zu wiegen.

„Trink noch mehr. Komm, Fletcher, sei brav und schluck deine Medizin."

Er ließ ihr kaum eine andere Wahl, als noch einen großen Schluck zu trinken. Ihr schossen die Tränen in die Augen, und in ihre Wangen kam schlagartig Farbe.

„Wir hatten das Haus umstellt und die Umgebung weiträumig abgeriegelt. Sie wären nicht durchgekommen. Sie hätten nicht flüchten können."

Offenbar musste sie es sich von der Seele reden. Jonah stellte den Cognac beiseite. „Aber sie sind trotzdem weggerannt."

„Wir wollten eben reingehen, als er – Fricks – von irgendwo hinten ankam und wild um sich schoss. Er hat Dietz kaltblütig niedergestreckt. Daraufhin sind noch ein paar Kollegen nach hinten gegangen. Andere sind vorn rein. Ich habe den Anfang gemacht, Hickman war dicht hinter mir. Wir sind jeder in eine andere Richtung losgelaufen, um das Haus zu durchsuchen."

Sie sah es immer noch vor sich, wie sie sich leise und schnell durch das hell erleuchtete Haus bewegt hatten.

„Ich habe von draußen mehr Schüsse gehört und Gebrüll. Ich wollte schon fast wieder zurückgehen, weil ich glaubte, sie seien vielleicht beide nicht mehr im Haus und würden versuchen, irgendwie zu entkommen. Aber dann sah ich … es gibt da eine Art Sonnenterrasse, über die man in den Garten kommt, und ich sah, dass die Schiebetür nicht ganz geschlossen war. Im gleichen Moment, als ich hinaustrat, entdeckte ich sie. Sie rannte in die entgegengesetzte Richtung wie ihr Komplize davon. Wahrscheinlich wollten sie, dass wir uns aufteilen. Ich rief ihr zu, stehen zu bleiben, aber sie rannte weiter. Ich bin ihr gefolgt, und dann drehte sie sich plötzlich um und schoss. Aber sie hat schlampig gezielt. Ich befahl ihr wieder, stehen zu bleiben, die Waffe wegzuwerfen. Sie hatte ja gar keine andere Wahl, es gab nichts mehr, wohin sie hätte fliehen können. Aber sie wirbelte herum."

„Sie wirbelte herum", wiederholte Ally nach einem Moment des Schweigens. „Der Mond schien hell … extrem hell … er fiel auf ihr Gesicht und die Augen und … auf die im Mondlicht glänzende Pistole. Und dann … habe ich sie erschossen."

„Hattest du eine andere Wahl?"

Ihre Lippen zitterten. „Nein. Vom Verstand her weiß ich das. Ich bin die Situation wieder und wieder durchgegangen, in allen Einzelheiten, bestimmt schon ein Dutzend Mal. Aber auf so etwas bereitet einen niemand vor. Auf so etwas kann einen niemand vorbereiten. Es kann einem niemand sagen, wie es ist. Man muss es selbst durchmachen."

Als ihr die erste Träne über die Wange rollte, wischte Ally sie ungeduldig weg. „Ich weiß nicht mal, warum ich jetzt heule. Oder um wen."

„Es ist egal." Jonah legte seinen Arm um sie, zog ihren Kopf an seine Schulter und hielt sie, während sie weinte.

Vergegenwärtigte sich, was sie soeben erzählt hatte. Schlampig gezielt, hatte sie gesagt, wobei sie über die Tatsache hinwegging, dass jemand versucht hatte, sie zu töten. Und doch weinte sie, weil sie keine andere Wahl gehabt hatte, als ein Menschenleben zu beenden.

Cops. Jonah rieb seine Wange an Allys Haar. Sie würden ihm ein ewiges Rätsel bleiben.

Ally schlief zwei Stunden lang wie ein Stein. Als sie aufwachte und merkte, dass sie sich um Jonah gewickelt hatte, war es noch dunkel.

Um sich zu orientieren, blieb sie noch einen Moment still liegen, wobei sie sein Herz stark und gleichmäßig unter ihrer Handfläche pochen fühlte. Sie lag mit offenen Augen da und hakte in Gedanken eine Strichliste ab. Außer leichten Kopfschmerzen konnte sie bei sich nichts Ungewöhnliches feststellen – abgesehen von einem Katzenjammer, weil sie Jonah die Ohren voll geheult hatte. Aber damit konnte sie leben, obwohl es ihr peinlich war.

Als sie versuchsweise die Zehen bewegte, entdeckte sie, dass sie barfuß war. Und dass ihr Wadenhalfter weg war.

Dasselbe galt für ihr Schulterhalfter, wie sie gleich darauf feststellte.

Jonah hatte sie entwaffnet. In mehrfacher Hinsicht. Erst hatte sie ihm etwas vorgeheult, dann hatte sie sich in der Dunkelheit um ihn gewickelt. Weit schlimmer noch war allerdings die Entdeckung, dass sie sich sehnlichst wünschte, genau so wie jetzt liegen bleiben zu können.

In der Annahme, er schliefe, begann sie vorsichtig, von ihm abzurücken.

„Gehts dir besser?"

Sie erschrak dermaßen, dass sie zusammenzuckte.

„Viel besser. Ich schätze, ich schulde dir etwas."

„Ja, das schätze ich auch." Er suchte in der Dunkelheit ihren Mund und küsste sie.

Sanft, unerwartet sanft. Warm, köstlich warm. Ja, genau so wollte sie bleiben, deshalb erwiderte sie seinen Kuss und nahm ihre Hand von seinem Herzen, um sie an seine Wange zu schmiegen. Und protestierte nicht, als er sich drehte und sich auf sie legte.

Sein solides Gewicht zu spüren, die harten Flächen seines Körpers, seinen verführerisch heißen Atem, genau danach sehnte sie sich im Augenblick. Ally schlang die Arme um seinen Hals und hielt ihn fest, so fest, wie er sie vor ein paar Stunden gehalten hatte.

Jonah ergab sich der Köstlichkeit des Augenblicks, dem geheimnisvollen Geschmack ihres Mundes, den verschlafenen, lustvollen Seufzern, die an sein Ohr drangen, den weichen weiblichen Formen, die er unter sich spürte. Er hatte die ganze Zeit neben ihr gelegen, hellwach und bereit, während die Gedanken in seinem Kopf wild durcheinander gewirbelt waren. Er hatte sich vor Verlangen nach ihr verzehrt, hatte sich wie im Fieber gefühlt.

Doch jetzt, da sie aufgewacht war, merkte er, dass er fast in seiner Zärtlichkeit ertrank.

Dass er weder willens noch fähig war, das anzunehmen, was sie ihm anbot.

Er löste sich behutsam von ihr und fuhr ihr mit dem Daumen übers Kinn. „Schlechtes Timing", brummte er, während er sich aus dem Bett rollte.

„Ich …" Ally räusperte sich. Das Verlangen in ihrem Körper hatte schon eingesetzt, ihre Gedanken waren bereits ins Trudeln gekommen. Jetzt hing sie im luftleeren Raum. „Hör zu, falls du irgendwelche blödsinnigen Skrupel hast, du könntest einen schwachen Moment ausnutzen, irrst du dich."

„Meinst du?"

„Hundertprozentig. Ich weiß, wie man Nein sagt, verlass dich drauf. Und obwohl ich dir dankbar bin, dass du mich nach Hause gebracht hast und bei mir geblieben bist, ist meine Dankbarkeit doch nicht so groß, um dich dafür mit Sex zu bezahlen. Himmel, so was würde ich nie tun, dazu halte ich viel zu viel von mir."

Er lachte und setzte sich auf die Bettkante. „Offenbar geht es dir wirklich besser."

„Sag ich doch." Sie rückte näher an ihn heran, warf ihr Haar zurück und liebkoste seinen Hals.

Sein Puls begann schlagartig zu rasen, während in seinen Lenden ein gewaltiger Feuerball explodierte. „Es ist eine echte Versuchung." Er war froh, dass er wenigstens noch Luft bekam, und tätschelte ihr vor dem Aufstehen mit gespielter Beiläufigkeit die Hand. „Aber trotzdem vielen Dank."

Sie war so gekränkt über die Zurückweisung, dass ihr fast eine hitzige Bemerkung herausgerutscht wäre. Doch als ihr Dennis einfiel, schaffte sie es, sich zurückzuhalten. „Okay. Verrätst du mir auch, warum? Unter den gegebenen Umständen scheint mir das eine durchaus zulässige Frage."

„Aus zwei Gründen." Als Jonah die Nachttischlampe anknipste, kniff Ally geblendet die Augen zusammen. Beim Blick auf ihr Gesicht stockte ihm der Atem. „Gott, bist du schön."

Ihr rieselte ein kleiner Schauer über den Rücken. „Ist das einer der Gründe, weshalb du mich nicht willst?"

„Ich will dich. Ich will dich sogar wie verrückt. Und das macht mich wahnsinnig." Er fuhr ihr mit einer Hand durchs Haar und wickelte sich eine Strähne um den Finger. „Du bist in meinem Kopf, Ally, viel zu oft, als dass ich mich dabei wohl fühlen könnte. Ich will mich aber wohl fühlen. Das ist einer der Gründe, weshalb ich noch nicht richtig weiß, ob ich mich mit dir einlassen will. Mir fallen eine Menge interessanter Sachen ein, die ich mit dir anstellen könnte, gleichzeitig weiß ich, dass ich mich gnadenlos verheddern werde, sollte ich auch nur die Hälfte davon in die Tat umsetzen."

Ally lehnte sich zurück und musterte ihn abschätzend. „Ich könnte mir vorstellen, dass du kein Problem damit hast, die Reißleine zu ziehen."

„Normalerweise nicht. Aber bei dir ist das anders. So simpel ist das."

Ihre Gekränktheit verflog augenblicklich. „Interessant. Und dabei habe ich dich bisher für jemanden gehalten, der sich ohne groß nachzudenken nimmt, was er will."

„Irrtum. Ich stelle vorher stets eine Kosten-Nutzen-Analyse an. Erst anschließend nehme ich es mir – vorausgesetzt, ich will es dann noch."

„Mit anderen Worten, ich mache dich nervös."

„Richtig. Grins ruhig", fuhr er fort. „Ich kann es dir nicht verübeln."

Sie lachte. „Du hast von zwei Gründen gesprochen. Was ist der zweite?"

„Diese Antwort ist einfach." Er beugte sich zu ihr herunter und legte ihr die Hand unters Kinn. „Ich mag keine Cops", sagte er und streifte ihren Mund leicht mit den Lippen.

Als er sich zurückziehen wollte, ließ sie es nicht zu, sondern presste sich mit dem ganzen Körper an ihn. Dass er zusammenzuckte, verschaffte ihr eine tiefe Genugtuung.

„Du bringst wirklich Probleme", brummte er. „Ich verschwinde lieber."

„Feigling."

„Okay, das ist hart, aber ich werde darüber hinwegkommen." Er schnappte sich sein Sakko, das er auf einen Sessel geworfen hatte, schlüpfte hinein und anschließend in seine Schuhe.

Ally konstatierte, dass sie sich nicht nur einfach besser fühlte. Sie fühlte sich sogar großartig. Unbesiegbar. „Warum kommst du nicht her und kämpfst wie ein Mann?"

Er schaute zu ihr. Sie kniete im Bett, mit herausfordernd glitzernden Augen, das Haar ein Wasserfall aus purem Gold.

Ihm lag immer noch ihr Geschmack auf der Zunge.

Aber er schüttelte den Kopf, ging zur Tür. Bestrafte sich selbst mit einem letzten Blick zurück. „Morgen früh würde ich uns beide dafür nur hassen", erklärte er und ging, begleitet von ihrem Auflachen, davon.

7. KAPITEL

Ally war um sechs Uhr auf, um sieben war sie abmarschbereit. Als sie eilig ihre Wohnung verließ, überrannte sie fast ihre Eltern, die gerade bei ihr klingeln wollten.

„Mom." Sie warf ihrem Vater einen Blick zu und wollte gerade etwas sagen, als ihre Mutter sie auch schon in die Arme zog. „Mom", wiederholte sie. „Mir geht es gut, wirklich."

„Das musst du jetzt schon noch ein bisschen ertragen." Cilla drückte Ally fest an sich, Wange an Wange, Herz an Herz.

Wie albern, dachte Cilla. Wie albern, sich die ganze Nacht zusammenzureißen, um nun, da sie ihr Kind, ihre geliebte Tochter, endlich in den Armen hielt, fast zusammenzubrechen.

Doch das würde, das durfte sie sich nicht gestatten.

„Okay." Sie erlaubte ihren Lippen, noch einen Moment an Allys Schläfe zu verweilen, dann lehnte sie sich zurück, um ihre Tochter anzuschauen.

„Ich musste mit eigenen Augen sehen, dass es dir wirklich gut geht. Dein Glück, dass mich dein Vater so lange aufgehalten hat."

„Ich wollte nicht, dass du dir Sorgen machst."

„Es ist mein Job, mir Sorgen zu machen. Und seinen Job sollte man immer so gut wie möglich machen, davon bin ich überzeugt."

Ally sah, dass ihre Mutter mit den Tränen kämpfte. „Du brauchst dich nicht zu rechtfertigen."

Cilla O'Roarke Fletcher hatte dieselben goldbraunen Augen wie ihre Tochter, ihr sanft schwingendes, kurz geschnittenes schwarzes Haar passte gut zu ihren ausgeprägten Gesichtszügen und der rauchigen Stimme.

„Ich habe mir aber trotzdem Sorgen gemacht."

Da die beiden Frauen fast gleich groß waren, brauchte Ally sich nur vornüber zu lehnen, um Cilla einen Kuss auf die Wange zu geben. „Na, jetzt kannst du damit aufhören. Ich bin in Ordnung, wirklich."

„Du siehst auch nicht schlecht aus."

„Kommt rein. Ich mache euch einen Kaffee."

„Nein, du wolltest eben gehen. Ich musste dich einfach nur kurz sehen." Und anfassen, dachte Cilla. Meine Kleine. „Ich muss in den Sender. Ich habe gleich am Morgen einen Interviewtermin. Dein Dad setzt mich dort ab, du kannst also heute mein Auto haben, wenn du willst."

„Woher weißt du, dass ich ein Auto brauche?"

„Das haben mir meine Kundschafter überbracht", warf Boyd ein. „Deins müsste eigentlich bis zum Spätnachmittag fertig sein."

„Ich wäre auch so klargekommen." Ally zog mit einem Stirnrunzeln die Tür hinter sich ins Schloss.

„Selbst wenn das so sein sollte, will ich trotzdem nicht hoffen, dass ich eine undankbare Tochter großgezogen habe, die von ihrem Vater verlangt, untätig zu bleiben, statt ihr zu helfen", warf Cilla ein, während sie ihre Tochter eingehend musterte. „Dann wäre ich nämlich sehr enttäuscht."

Boyd grinste, legte Cilla einen Arm um die Schultern und drückte ihr einen Kuss aufs Haar.

„Sehr witzig", brummte Ally. „Danke, Dad."

„Nichts zu danken, Allison."

„So, und wer von uns wird Dennis Overton jetzt das Fell über die Ohren ziehen?" Cilla rieb sich freudig erregt die Hände. „Oder planen wir eine Gemeinschaftsaktion? In diesem Fall würde ich den Anfang machen."

„Sie hat einen Hang zur Gewalttätigkeit", erklärte Ally.

„Das brauchst du mir nicht zu sagen. Nichts da, Mädchen." Boyd warf Cilla einen strengen Blick zu. „Wir leben in einem Rechtsstaat, falls du das vergessen haben solltest. Und nun ... Detective." Während sie zum Aufzug gingen, legte Boyd seiner Tochter einen Arm um die Schultern. „Du fährst zuerst ins Krankenhaus. Da liegt ein Verdächtiger, der vernommen werden muss."

„Wann ist denn der Termin für die Anhörung wegen ... der Schießerei?"

„Heute Vormittag. Du wirst eine Aussage machen und einen Bericht schreiben müssen. Detective Hickman hat seinen gestern noch verfasst, so dass wir bereits ein recht klares Bild von dem Vorfall haben. Du brauchst dir keine Sorgen zu machen."

„Ich mache mir auch keine. Jetzt nicht mehr, jedenfalls. Inzwischen weiß ich, ich hatte keine andere Wahl, obwohl ich zugeben muss, dass ich das gestern Abend noch nicht so klar gesehen habe." Ally atmete laut aus. „Gar nicht eigentlich. Es war wirklich schlimm. Aber jetzt ist es okay. So okay, wie es unter den gegebenen Umständen sein kann."

„Du hättest letzte Nacht nicht allein bleiben sollen", bemerkte Cilla.

„War ich auch nicht, jedenfalls nicht die ganze Zeit. Ein ... ein Freund war bei mir."

Boyd machte den Mund auf und wieder zu. Nach Allys Anruf hatte er postwendend Kontakt mit Kiniki aufgenommen. Er wusste, dass Jonah Ally vom Krankenhaus nach Hause gefahren hatte, deshalb brauchte er nicht viel Vorstellungskraft, um sich auszumalen, wer dieser „Freund" war.

Allerdings wusste er nicht so recht, wie ihm bei diesem Gedanken zu Mute war.

Ally fuhr auf den Besucherparkplatz des Krankenhauses und musste erst eine Runde drehen, bevor sie einen freien Parkplatz fand. Während sie ihr Auto abschloss, entdeckte sie Hickman.

„Toller Schlitten." Er hatte die Hände in den Taschen und blinzelte mit zusammengekniffenen Augen in die Sonne. „Nicht jeder Cop hat einen Mercedes als Zweitwagen."

„Er gehört meiner Mutter."

„Und was für eine Mutter!" Das konnte er mit voller Überzeugung behaupten, weil er Cilla kannte. „Wie geht es dir?"

„Ganz gut." Sie gesellte sich zu ihm. „Hör zu, ich weiß, du hast deinen Bericht über den Vorfall bereits geschrieben. Danke, dass du so schnell warst und zu meinen Gunsten ausgesagt hast."

„Ich habe mich nur an die Tatsachen gehalten. Du hast lediglich einen Sekundenbruchteil vor mir abgedrückt. Wenn ich der Einsatzleiter gewesen wäre, hätte ich sie erschossen."

„Danke. Schon was von Dietz gehört?"

„Sein Zustand ist noch immer kritisch." Hickmans Gesicht verdüsterte sich. „Immerhin hat er die Nacht überstanden, das lässt hoffen. Aber dem Dreckskerl, der ihn hierher gebracht hat, würde ich's trotzdem gern zeigen."

„Dann mach dich bereit."

„Weißt du schon, wie du es angehen willst?"

„Noch nicht genau." Sie liefen zusammen durch die Eingangshalle zu den Aufzügen. „Die Frau hat von ihrem Handy aus telefoniert, das heißt, dass da mindestens noch eine weitere Person beteiligt war. Vermutlich zwei. Jemand aus dem Club und jemand, der die Fäden gezogen hat. Unser Freund hier hat einen Polizisten niedergeschossen, er weiß, dass er sich auf einiges gefasst machen muss. Seine Frau ist tot, die Aktion schief gegangen, und er kann sich schon mal an den Gedanken gewöhnen, dass er bald in der Todeszelle sitzt."

„Das dürfte für ihn kein schlechter Anreiz sein zu reden. Hast du vor, ihn mit einem Deal für ‚lebenslänglich' zu ködern?"

„Das ist der Weg. Jetzt müssen wir nur noch dafür sorgen, dass er ihn auch geht."

Sie hielt dem Uniformierten, der vor Fricks' Tür postiert war, ihre Dienstmarke hin und betrat das Krankenzimmer.

Fricks lag im Bett, er war bleich, aber die Augen hatte er offen. Er streifte Ally und Hickman mit einem kurzen Blick, dann schaute er wieder an die Decke.

„Ohne Anwalt sage ich nichts."

„Das erleichtert uns die Sache." Hickman trat ans

Bett und verzog den Mund. „Sieht gar nicht aus wie ein Polizistenmörder, was, Fletcher?"

„Das ist er auch nicht. Noch nicht. Vielleicht packt Dietz es ja doch noch. Aber unser lieber Freund hier sollte sich trotzdem schon mal darauf einstellen, auf einen Tisch geschnallt und wie ein kranker Hund eingeschläfert zu werden. Nächtlicher Einbruch, Besitz einer nicht registrierten Schusswaffe, Mordversuch an einem Polizisten." Ally rollte die Schultern. „Und das ist noch längst nicht alles."

„Ich sage gar nichts."

„Dann eben nicht. Warum sollten Sie auch versuchen, sich selbst zu helfen?" fragte Ally. „Dafür ist schließlich Ihr Anwalt da. Das Problem ist nur, ich bin momentan nicht in Stimmung, mit Anwälten Deals auszuhandeln. Wie siehst du das, Hickman?"

„Ganz genauso."

„Na, gehört? Wir sind nicht in der Stimmung", wiederholte Ally. „Nicht, solange ein Kollege von uns auf der Intensivstation mit dem Tod ringt. In einer solchen Situation haben wir einfach keine Lust, uns mit Anwälten herumzuärgern, die nur daran interessiert sind, ihre Mandanten freizubekommen, ganz gleich, was die auf dem Kerbholz haben. Ist doch so, Hickman, oder?"

„Absolut. Ich kann beim besten Willen keinen

Grund erkennen, warum wir diesem Kerl hier auch nur im Geringsten entgegenkommen sollten. Soll er zusehen, wo er bleibt."

„Ich finde, wir sollten trotzdem ein bisschen Mitgefühl zeigen. Immerhin hat er gestern Abend seine Frau verloren." Sie sah den gequälten Ausdruck, der über Fricks' Gesicht huschte, bevor er die Augen schloss.

Ah, das also war seine Achillesferse.

„Ist schon hart. Die Frau tot, und er liegt hier verletzt und wartet auf sein Todesurteil." Ally hob die Schultern, ließ sie wieder fallen. „Vielleicht ist ihm gar nicht klar, dass die anderen, die ihn überhaupt erst in diese Situation gebracht haben, ungeschoren davonkommen. Ungeschoren und mit einem Haufen Geld, während seine Frau begraben wird und man ihm einen Strick um den Hals legt." Sie beugte sich übers Bett. „Aber vielleicht hat er seine Frau ja gar nicht geliebt."

„Hören Sie auf, so über Madeline zu reden." Seine Stimme zitterte. „Sie war mein Leben."

„Oh je, mir kommen die Tränen. Wirklich. Auch wenn Hickman wahrscheinlich gar nichts darauf gibt, aber ich habe eine Schwäche für Liebesgeschichten. Und deshalb werde ich Ihnen jetzt sagen, wie Sie sich selbst helfen können. Weil Ihre Frau, vorausgesetzt, Sie haben sich wirklich geliebt, bestimmt nicht gewollt hätte, dass Sie die Suppe allein auslöffeln."

Seine Augen flackerten, schlossen sich.

„Sie sollten darüber nachdenken. Wir könnten zum Staatsanwalt gehen und um einen gewissen Strafnachlass bitten, wenn Sie kooperieren. Zeigen Sie aktive Reue, Richard. Das könnte Sie davor bewahren, auf einem Tisch festgeschnallt zu werden."

„Okay, ich rede. Ich bin sowieso schon tot."

Ally warf Hickman einen Blick zu. „Sie werden Personenschutz erhalten."

Fricks hielt die Augen immer noch geschlossen, und jetzt quollen unter seinen Lidern Tränen hervor. „Ich habe meine Frau geliebt."

„Das weiß ich." Ally ließ die Schutzvorrichtung am Bett herunter, so dass sie sich auf die Bettkante setzen konnte. Es war intimer so und signalisierte Mitgefühl. Und sie passte ihre Stimme der Situation an, als sie fortfuhr: „Ich habe Sie beide im ‚Blackhawk' beobachtet. An der Art, wie Sie sich angesehen haben, konnte man erkennen, dass zwischen Ihnen etwas Besonderes ist."

„Sie ... sie ist tot."

„Aber Sie haben versucht, sie zu retten, Richard, oder? Sie sind zuerst aus dem Haus gerannt, um ihr Deckung zu geben. Deshalb sind Sie jetzt in diesem Schlamassel. Sie hat Sie geliebt. Sie würde wollen, dass Sie weiterleben, dass Sie alles tun, um weiterzuleben.

Richard, Sie wollten Ihre Frau gestern Abend retten, indem Sie die Polizei ablenkten, damit sie entkommen kann. Sie haben getan, was Sie konnten. Jetzt müssen Sie sich selbst retten."

„Niemand sollte verletzt werden. Die Waffen waren nur eine Vorsichtsmaßnahme, wir wollten sie bloß zur Abschreckung, falls irgendwas schief geht."

„Richtig, Sie haben das nicht geplant. Das glaube ich Ihnen. Das wird beim Prozess eine nicht unwesentliche Rolle spielen. Die Dinge sind einfach außer Kontrolle geraten."

„Es war das erste Mal, dass etwas schief gegangen ist. Sie hat einfach Panik bekommen, das ist alles. Sie hat Panik bekommen, deshalb hat sie geschossen. Und ich auch."

„Sie hatten nie vor, irgendwem Gewalt anzutun." Ally sprach immer noch leise und mitfühlend, obwohl sie plötzlich vor ihrem geistigen Auge wieder Dietz blutend auf dem Boden liegen sah. „Sie wollten ihr nur Zeit geben zu entkommen." Sie schwieg einen Moment, während er leise in sich hineinweinte.

„Wie haben Sie die Alarmanlage ausgeschaltet?"

„Mit so was kenne ich mich aus." Er nahm die Papiertücher, die sie ihm reichte, und trocknete sich die Tränen. „Ich habe im Sicherheitsdienst gearbeitet. Davon abgesehen, vergessen die Leute auch oft, ihre Alarmanlagen einzuschalten. Wenn die Anlagen an waren, schaffte ich es normalerweise, sie abzustellen. Und wenn es wider Erwarten doch mal nicht klappte, war es eben Pech, und wir sind wieder gegangen. Wohin hat man Madeline gebracht? Wo ist sie?"

„Dazu kommen wir noch. Wenn Sie mir bei dieser Sache helfen, werde ich mich dafür einsetzen, dass Sie sie sehen können. Wer hat Sie vom Club aus angerufen, um Ihnen zu sagen, dass bei den Barnes etwas faul ist? War es dieselbe Person, die Madeline vom Auto aus angerufen hat?"

Er atmete schluchzend aus, schüttelte den Kopf. „Ich will Straffreiheit."

Hickman schnaubte verächtlich und machte einen Schritt auf Ally zu, um sie, seiner Rolle gemäß, ungeduldig vom Bett hochzuziehen. „Straffreiheit, das gibts doch nicht! Du tust alles, um ihm zu helfen, und er verlangt, ungeschoren davonzukommen. Gib ihm einen Tritt, mehr hat er nicht verdient."

„Jetzt sei doch mal still. Siehst du denn nicht, was los ist? Der Mann ist völlig am Ende. Er liegt hier und kann nicht mal Vorbereitungen für das Begräbnis seiner Frau treffen."

„Sie …" Fricks wandte den Kopf ab und atmete schwer auf. „Sie wollte unbedingt verbrannt werden. Es war wichtig für sie."

„Wir können helfen, es zu arrangieren. Wir können helfen, dass sie bekommt, was sie wollte. Aber Sie müssen sich revanchieren."

„Ich will Straffreiheit."

„Hören Sie, Richard. Sie können nicht den Mond und die Sterne gleichzeitig verlangen. Ich könnte Ihnen jetzt das Blaue vom Himmel herunter versprechen, aber ich will ehrlich zu Ihnen sein. Das Beste, was ich für Sie erreichen kann, ist Strafmilderung."

„Wir brauchen ihn nicht, Ally." Hickman griff nach der Patientenkartei, die am Fußende des Bettes hing, und studierte sie. „Ich schlage vor, wir vergessen ihn einfach und kümmern uns allein weiter um die Sache. Ich garantiere dir, innerhalb von zwei Tagen haben wir alles, was wir brauchen."

„Er hat Recht." Ally stieß einen Seufzer aus und schaute wieder zu Fricks. „Zwei Tage, vielleicht weniger, und wir haben die Antworten. Aber wenn Sie helfen, uns ein bisschen Zeit und ein paar Probleme zu ersparen, verspreche ich Ihnen, dass ich mich für Sie einsetze. Wir wissen, dass noch andere Leute in die Sache verwickelt sind. Es ist nur eine Frage der Zeit, bis wir sie haben. Wenn Sie mir helfen, revanchiere ich mich. Und ich sehe zu, dass Madeline eine würdige Beerdigung bekommt."

„Es war ihr Bruder", presste er zwischen zusammengebissenen Zähnen heraus. Als er Ally jetzt anschaute, waren seine Augen staubtrocken und loderten vor Hass. „Er hat sie überredet. Er konnte sie zu allem überreden. Es sollte ein Abenteuer sein, etwas Aufregendes. Er war die treibende Kraft, bei allem. Er ist schuld daran, dass sie tot ist."

„Wo wohnt er?"

„Er hat unten in Littleton ein Haus. Ein großes Haus am See. Sein Name ist Matthew Lyle, er wird sich an mir rächen, wenn er erfährt, was mit Madeline passiert ist. Er ist verrückt. Ich sage Ihnen, er ist wahnsinnig und völlig besessen von ihr. Er wird mich umbringen."

„Okay, machen Sie sich keine Sorgen. Er wird Ihnen nicht zu nahe kommen." Ally zückte ihr Notizbuch. „Erzählen Sie mir noch ein bisschen mehr über Matthew Lyle."

Um vier an diesem Nachmittag saß Jonah an seinem Schreibtisch und versuchte zu arbeiten. Er war wütend auf sich selbst, weil er drei Anrufe gemacht hatte, um Ally zu erreichen, zweimal auf ihrem Handy und einmal auf dem Revier. Und genauso wütend war er auf sie, weil sie nicht zurückgerufen hatte.

Er war mittlerweile zu der Überzeugung gelangt, dass es falsch gewesen war, heute Morgen in aller Herrgottsfrühe von ihr wegzugehen, statt zu bleiben und zu nehmen, was sie ihm angeboten hatte.

Ein Fehler, mit dem er leben musste. Gleichzeitig er war sicher, dass ihm das besser gelingen würde als mit jeder anderen Alternative.

Allerdings erwartete er trotz allem, von ihr wenigstens über ihre nächsten Schritte informiert zu werden. Das war sie ihm schuldig, verdammt noch mal! Er hatte sie in sein Leben, in seinen Club gelassen, hatte erlaubt, dass sie Seite an Seite mit seinen Freunden arbeitete, während sie ihn hintergangen hatte. Während sie alle hintergangen hatte. Während er sie alle hintergangen hatte.

Nein, bei Gott, er wollte Antworten.

Er streckte eben ein weiteres Mal die Hand nach dem Telefonhörer aus, als die Aufzugtüren auseinander glitten. Und Ally hereingerauscht kam.

„Ich hatte den Code noch."

Schweigend legte er den Hörer zurück. Er sah, dass sie für die Arbeit angezogen war. Für die Polizeiarbeit. „Ich werde mir vormerken, ihn ändern zu lassen."

Sie zog die Augenbrauen hoch, während sie weiterging und sich ihm gegenüber in einen Sessel setzte. „Das dachte ich mir."

Ihm ist eine Laus über die Leber gelaufen, überlegte sie. Allerdings hatte sie keine Ahnung, welche.

Nun, das würden sie später klären. „Fricks hat seinen Schwager verpfiffen", berichtete sie. „Matthew Lyle alias Lyle Matthews alias Lyle Delany. Größtenteils Computerkriminalität, ein paar Überfälle. Er hat ein langes Strafregister, aber die meisten Anklagen wurden abgeschmettert. Wegen unzureichender Beweislage, oder weil mit der Staatsanwaltschaft Deals zu Stande kamen. Er war auch mal in psychiatrischer Behandlung. Jetzt ist er auf der Flucht. Wir sind vor zwei Stunden zu seiner Wohnung gefahren, aber er war schon fort."

Ally machte eine Pause und rieb sich die Augen. „Hatte keine Zeit, irgendwas mitzunehmen. Das Haus war bis obenhin voll gestopft mit Diebesgut. Allem Anschein nach haben sie ganz wenig weiterverkauft, wenn überhaupt. In dem Haus sieht es aus wie in einer Auktionshalle. Ach, übrigens, dir wird heute Abend eine Bedienung fehlen."

„Ich hatte nicht damit gerechnet, dass du heute Abend zur Arbeit erscheinst."

„Ich rede nicht von mir, sondern von Jan. Nach Fricks' Aussage hatte sie mit Lyle ein Verhältnis. Sie war die Verbindungsfrau im Innern. Sie hat die potenziellen Opfer ausspioniert und Lyle über Handy die Kreditkartennummern mitgeteilt. Dann kamen die Fricks ins Spiel und zogen die Nummer mit den Schlüsseln ab. Und wenn die Gäste nach der Rechnung verlangten, alarmierte Jan die beiden. Falls nötig, hat sie alles getan, um die Bezahlung so lange hinauszuzögern, bis die Fricks es geschafft hatten, das Weite zu suchen. Alles in allem ist die Rechnung jedes Mal aufgegangen."

„Befindet sich Jan in Gewahrsam?"

„Nein, offenbar war sie letzte Nacht überhaupt nicht zu Hause. Ich nehme an, sie ist direkt zu Lyle gegangen, und dann sind sie zusammen untergetaucht. Aber wir schnappen sie schon noch. Alle beide."

„Daran zweifle ich keine Sekunde. Ich nehme an, damit ist deine Zusammenarbeit mit dem ‚Blackhawk' beendet."

„Sieht ganz danach aus." Ally stand auf und ging zum Fenster. Da die Jalousien heute geschlossen waren, schob sie einen Finger zwischen die Lamellen und drückte sie hinunter, um hinausschauen zu können. „Ich werde deine Angestellten befragen müssen. Hast du etwas dagegen, wenn ich dein Büro benutze?"

„Nein."

„Gut. Ich fange am besten gleich mit dir an. Dann haben wir das schon mal hinter uns." Sie setzte sich wieder und zückte ihr Notizbuch. „Erzähl mir alles, was du über Jan weißt."

„Sie war ungefähr ein Jahr hier. Sie ist zuverlässig , kollegial und tüchtig, viele Stammgäste haben sie ausgesprochen geschätzt. Sie hat außerdem ein ausgezeichnetes Namengedächtnis."

„Hattest du jemals etwas mit ihr?"

„Nein."

„Aber du wusstest, dass sie mit Frannie in einem Haus wohnt?"

„Ist das verboten?"

„Warum hast du sie eingestellt?"

„Sie hat sich beworben. Frannie hatte nichts damit zu tun."

„Das habe ich auch nicht gesagt." Ally holte ein Foto aus ihrer Tasche. „Hast du diesen Mann jemals hier im Club gesehen?"

Jonah schaute auf das Polizeifoto, das einen etwa dreißigjährigen dunkelhaarigen Mann zeigte. „Nicht, dass ich wüsste."

„Hast du ihn sonst schon mal irgendwo gesehen?"

„Nein. Ist das Lyle?"

„Ja. Warum bist du wütend auf mich?"

„Verärgert", korrigierte er kühl. „Ich würde es als verärgert bezeichnen. Ich werde nun mal nicht gern von der Polizei verhört."

„Ich bin Polizistin, Jonah. Das ist eine Tatsache." Ally verstaute das Foto in ihrer Tasche. „Ich muss meine Arbeit machen, das ist eine weitere Tatsache. Und ich habe nicht zurückgerufen, das ist Tatsache

Nummer drei. Es mag sein, dass dir das alles nicht passt, aber so ist es nun mal. Und jetzt würde ich gern mit der Vernehmung deiner Angestellten anfangen."

Er stand im selben Moment auf wie sie. „Du hast Recht. Es passt mir nicht."

„Dann tut es mir Leid. Trotzdem wäre ich dir dankbar, wenn du mir jetzt Will raufschickst. Und bleib in der Nähe. Kann sein, dass ich noch irgendwas von dir brauche."

Er ging um den Schreibtisch herum. Ihre Augen verengten sich warnend, als er auf sie zukam. Und blieben ruhig und kühl, als er sie an den Aufschlägen packte und auf die Zehenspitzen zog.

Ein Dutzend Wünsche schossen ihm durch den Kopf. „Du drückst einfach zu viele Knöpfe bei mir", brummte er, dann ließ er sie los und ging weg.

„Gleichfalls." Sie sagte es leise und erst, nachdem er weg war.

„Aha ..." Frannie zündete sich eine Zigarette an und spähte Ally durch die Rauchwolke hindurch an. „Sie sind also bei der Polizei. Wäre mir gleich aufgefallen, wenn nicht Jonah was mit Ihnen hätte."

Ally nickte. „Schön, dann wissen Sie es jetzt. Wir sollten es für alle Beteiligten möglichst einfach machen. Sie haben von der Diebesbande gehört, die den

Club als Angelbecken missbraucht hat, und dass Jan dabei offenbar ebenfalls beteiligt war?"

„Ich habe das gehört, was Sie mir jetzt, da Sie Ihre Dienstmarke zum ersten Mal offen tragen, zu erzählen beschlossen haben."

„Richtig. Mehr brauchen Sie nicht zu wissen. Wie lange kennen Sie Jan schon?"

„Ungefähr anderthalb Jahre. Wir wohnen im selben Haus und sind irgendwann im Keller bei den Waschmaschinen ins Gespräch gekommen. Sie hat in einer Bar gearbeitet und ich auch. Da gab es genug Gesprächsstoff." Frannie zuckte die Schultern. „Ab und zu machen wir was zusammen. Und als Jonah den Club eröffnete, habe ich ihr geraten, sich zu bewerben. Bin ich jetzt eine Komplizin der Einbrecherbande?" fragte sie aufsässig.

„Nein, aber eine dumme Gans, wenn Sie sich weiter so albern benehmen. Hat sie jemals einen Freund erwähnt?"

„Sie mag die Männer, und die Männer mögen sie."

„Frannie." Ally versuchte es anders. „Kann ja sein, dass Sie keine Cops mögen, aber ein Kollege und Freund von mir schwebt in Lebensgefahr. Bis jetzt können die Ärzte noch keine Prognose stellen, ob er es schafft oder nicht. Er hat eine Frau und zwei Kinder, die ihn lieben. Eine andere Frau ist tot. Auch sie wurde von jemandem geliebt. Ich verstehe, dass Sie sich von mir getäuscht fühlen, und das können Sie mir auch gern zeigen. Aber lassen Sie uns erst das hier hinter uns bringen."

Etwas versöhnlicher gestimmt, zuckte Frannie kaum wahrnehmbar die Schultern. „Na ja, ab und zu hat sie von einem Typen gesprochen, aber sie hat nie gesagt, wie er heißt. Auf jeden Fall behauptete sie, bald keine schweren Tabletts mehr schleppen und auf Trinkgelder spekulieren zu müssen." Sie stand auf und ging zu der in die Wand eingelassenen Hausbar hinüber, um sich einen Softdrink herauszuholen, ganz so, als ob sie es schon unzählige Male gemacht hätte. „Ich habe es nie wirklich ernst genommen. Jan hat viel und oft über Männer gesprochen. Eroberungen, verstehen Sie?"

„Haben Sie sie irgendwann mal mit diesem Mann hier gesehen?" Ally schob das Polizeifoto über den Schreibtisch.

Frannie trank einen Schluck, dann kam sie zurück, betrachtete das Foto. „Kann sein. Ja, schon möglich." Sie kratzte sich nachdenklich am Kinn. „Ich hab sie zweimal mit ihm zusammen ins Haus gehen sehen. Aber ich wäre nie auf die Idee gekommen, dass das ihr Freund ist. Er ist nicht besonders groß und leicht dicklich. Wirkt irgendwie spießig. Wo Jan doch eher auf Zuchthengste mit Platinkreditkarte steht."

Nachdem Frannie ihren eigenen Worten kurz nachgelauscht hatte, schüttelte sie den Kopf, dann setzte sie sich. „Das klingt hart. Dabei mag ich sie. Hören Sie, sie ist jung und vielleicht auch ein bisschen töricht. Aber sie ist nicht schlecht."

„Vielleicht sollten Sie nicht vergessen, dass sie Sie, Jonah und dieses Lokal missbraucht hat. Also, hat sie jemals erwähnt, was sie vorhatte? Irgendwelche Pläne?"

„Nein ... na ja, möglich, dass sie irgendwann mal was von einem Haus an einem See gesagt hat. Ich habe nie richtig zugehört, wenn sie loslegte. Weil man das meiste sowieso nicht ernst nehmen konnte."

Ally setzte die Befragung noch zehn Minuten fort, aber mehr erfuhr sie nicht.

„Okay, wenn Ihnen noch was einfällt, würde ich mich über einen Anruf freuen." Ally stand auf und reichte Frannie eine Visitenkarte.

„Klar." Frannie schaute prüfend auf die Visitenkarte. „Detective Fletcher."

„Würden Sie mir jetzt bitte Beth raufschicken?"

„Warum, zum Teufel, lassen Sie sie nicht in Ruhe? Sie weiß nichts."

„Na, weil es mir so viel Spaß macht, Leute zu schikanieren." Ally ging um den Schreibtisch, setzte sich auf die Kante. „Okay, legen Sie los. Sie wollten mir doch noch die Meinung sagen."

„Genau. Weil ich es wirklich das Allerletzte finde, uns alle hier so zu benutzen und zu hintergehen. Ich weiß doch, wie so was läuft. Sie überprüfen die einzelnen Lebensläufe und verschaffen sich Informationen über jeden möglicherweise Beteiligten. Wahrscheinlich sind Sie jetzt enttäuscht, dass es Jan ist und nicht die Exhure."

„Irrtum. Ich mag Sie, auch wenn Sie sich das vielleicht nicht vorstellen können."

Aus dem Gleichgewicht gebracht, setzte Frannie sich wieder. „Quatsch."

„Und wieso sollte ich Sie nicht mögen? Sie haben es geschafft, aus einem Teufelskreis auszubrechen. Sie haben einen ordentlichen Job, und Sie machen ihn gut. Mein einziges Problem mit Ihnen ist Jonah."

„Was soll das denn jetzt heißen?"

„Sie haben eine Beziehung mit ihm, und ich fühle mich von ihm angezogen. Das bedeutet, dass Sie ein Problem für mich sind, ganz einfach."

Frannie zündete sich verblüfft eine neue Zigarette an. „Jetzt kapier ich überhaupt nichts mehr. Meinen Sie das ernst mit Jonah?" fragte sie, nachdem sie einen Moment geschwiegen hatte. „Sind Sie wirklich verliebt in ihn?"

„Kann gut sein, aber das ist mein Problem. Also, wie schon gesagt, ich mag Sie. Genau gesagt, bewundere ich Sie dafür, dass Sie Ihr Leben wieder so gut in den Griff bekommen haben. Ich musste nie solche Sachen machen oder diese Art von Entscheidungen treffen, trotzdem würde ich gerne von mir denken, dass ich meine Sache auch so gut mache wie Sie."

„Verdammt." Frannie stand auf und lief aufgeregt auf und ab. „Verdammt", wiederholte sie. „Okay. Also ... erstens habe ich nichts mit Jonah, jedenfalls nicht so, wie Sie denken. Ich habe nie etwas mit ihm gehabt. Er hat mich nie gekauft, als ich noch käuflich war, und auch später hat er mich nie angefasst. Nicht einmal, als ich es ihm anbot."

Obwohl sie Erleichterung in sich aufsteigen spürte, versuchte Ally, sich nichts anmerken zu lassen. „Warum nicht? Ist er blind?"

Frannie hörte auf, hin und her zu laufen. „Ich will Sie nicht mögen, obwohl Sie einem das schwer machen. Ich liebe ihn. Vor langer Zeit habe ich ihn ... anders geliebt als jetzt. Wir sind zusammen aufgewachsen ... mehr oder weniger. Ich meine, wir kennen uns schon seit unserer Kindheit. Ich und Jonah und Will."

„Ich weiß. Das merkt man."

„Früher, als ich noch auf den Strich ging, kam Jonah manchmal vorbei und hat mir für eine ganze Nacht Geld gegeben. Und dann sind wir einfach nur irgendwo essen gegangen." Frannies Blick wurde zärtlich. „Er war schon immer total lieb. Anders als die ganzen Idioten damals."

„Reden wir von ein und demselben Mann?"

„Wenn er einen mag, ist er das. Er hebt dich auf, selbst wenn du noch so oft hinfällst, und auch wenn du ihn dabei in die Hand beißt. Gegen so viel Freundlichkeit kann man sich nicht lange wehren. Aber ich habe es ihm nie leicht gemacht." Mit einem Aufseufzen setzte sie sich wieder und trank ihren Softdrink aus. „Vor ein paar Jahren war ich am Ende. Ich bin auf den Strich gegangen, seit ich fünfzehn war. Mit zwanzig war ich fertig. Ich konnte einfach nicht mehr und beschloss, mir – so richtig schön dramatisch – die Pulsadern aufzuschneiden." Sie hielt die Linke hoch und zeigte Ally die vernarbte Innenseite ihres Handgelenks. „Aber weiter bin ich nicht gekommen."

„Was hat Sie aufgehalten?"

„Vor allem das viele Blut. Das hat mich echt abgetörnt." Frannie lachte überraschend fröhlich auf. „Da stand ich nun in diesem verdreckten Badezimmer, voll gepumpt mit Drogen, blutüberströmt, und hatte Angst. Todesangst. Da habe ich Jonah angerufen. Ich weiß nicht, was passiert wäre, wenn ich ihn nicht erreicht hätte oder wenn er nicht gekommen wäre. Er hat mich ins Krankenhaus gefahren. Später hat er mich überredet, auf Entzug zu gehen."

Sie lehnte sich zurück und fuhr sich nachdenklich mit einem Finger über die Narbe. „Dann fragte er mich, ob ich ein Leben will, so wie er es mich schon tausendmal vorher gefragt hatte, und dieses Mal sagte ich Ja. Also half er mir, eins aufzubauen."

Frannie schöpfte kurz Atem und fuhr fort: „Irgendwann zu jener Zeit glaubte ich, mich revanchieren zu müssen und bot ihm an, was ich Männern normalerweise anbot. Es war das einzige Mal, dass ich ihn richtig wütend erlebt habe." Sie lächelte schwach. „Er hielt mehr von mir als ich selbst. Niemand hatte bisher so viel von mir gehalten. Wenn ich etwas über Jan oder diese Sache wüsste, würde ich es Ihnen sagen, das können Sie mir glauben. Ich würde es schon deshalb tun, weil es ihm wichtig wäre, und es gibt nichts, was ich nicht für ihn tun würde."

„Soweit ich es beurteilen kann, profitieren Sie offenbar beide davon."

„Das einzig Traurige dabei ist, dass mich ein Mann noch nie so angesehen hat, wie er Sie ansieht."

„Dann sollten Sie schleunigst mal die Augen aufmachen." Diesmal war es Ally, die lächelte. „Zum Beispiel, wenn Will sich am Ende der Schicht einen Brandy von Ihnen einschenken lässt."

„Will? So ein Quatsch. Der will ganz bestimmt nichts von mir."

„Passen Sie einfach mal auf", riet Ally. „Sind wir quitt?"

„Ja, doch, ich schätze schon." Frannie erhob sich verwirrt.

„Und schicken Sie mir bitte Beth nach oben. Aber geben Sie mir fünf Minuten Zeit, meine Unverfrorenheit wieder zu finden."

Mit einem leisen Auflachen ging Frannie zum Aufzug. Nachdem sie den Knopf gedrückt hatte, drehte sie sich noch einmal um. „Will weiß aber, was ich früher war."

„ Er weiß auch, was Sie heute sind."

Die letzte Vernehmung war um sieben beendet. Ally lockerte die verspannten Schultern und überlegte, wann sie wohl etwas zu essen bekommen würde.

Ein Blick auf die Uhr verriet ihr, dass sie offiziell nicht mehr im Dienst war, und da sich nichts Neues ergeben hatten, konnte das Abfassen der Vernehmungsprotokolle auch bis morgen warten.

Trotzdem rief Ally auf dem Revier an, um sich vom Dienst abzumelden und um sich zu erkundigen, ob es Neuigkeiten gab. Als Jonah hereinkam, saß sie noch immer an seinem Schreibtisch.

„Dietz", berichtete sie. „Der Cop, der letzte Nacht angeschossen wurde. Sein Zustand wird nicht mehr als kritisch, sondern nur noch als ernst bezeichnet." Sie schloss die Augen und presste ihre Fingerspitzen gegen die Lider. "Sieht aus, als würde er es schaffen."

"Freut mich zu hören."

"Ja." Sie löste ihre Haarspange und fuhr sich mit den Fingern durchs Haar. "Mir fällt ein Riesenstein vom Herzen. Danke, dass du mir dein Büro zur Verfügung gestellt hast. Immerhin habe ich für dich die frohe Botschaft, dass derzeit niemand von deinen restlichen Angestellten unter Verdacht steht, etwas mit der Sache zu tun zu haben."

"Derzeit."

"Mehr ist im Moment nicht drin, Blackhawk. Bis jetzt deutet alles darauf hin, dass Jan keine Komplizen innerhalb des Clubs hatte. Mehr kann ich dazu nicht sagen." Sie warf die Haarspange auf den Schreibtisch. "Aber ich möchte etwas anderes sagen."

"Schieß los."

"Ich bin nicht mehr im Dienst. Du hast nicht zufällig etwas zu trinken für mich?"

"Ich habe zufällig im Erdgeschoss einen Club."

"Ich dachte eigentlich eher an einen Drink in privater Atmosphäre. Aus deiner Hausbar. Vielleicht spendierst du mir ja ein Glas Wein." Sie deutete auf seine Bar. "Ich habe da drin einen schönen Sauvignon Blanc gesehen."

Er öffnete die Wandvertäfelung und schaute die Flaschen durch.

„Willst du nicht ein Glas mit trinken?"

„Ich arbeite noch. Ich trinke nicht während der Arbeitszeit."

„Ist mir bereits aufgefallen. Du trinkst nicht und rauchst nicht und flirtest nicht mit den weiblichen Gästen. Während der Arbeitszeit", fügte sie hinzu.

Er drehte sich um, in der Hand die Flasche mit dem blassgoldenen Wein. Und sah, dass sie dabei war, ihre Jacke auszuziehen.

„Ich hoffe, du hast nichts dagegen", bemerkte sie, während sie das Schulterhalfter abnahm. „Es ist mir irgendwie unangenehm, einen Mann zu verführen, wenn ich mein Halfter noch trage."

Nachdem sie Pistole und Halfter auf seinem Schreibtisch deponiert hatte, ging sie auf ihn zu.

8. KAPITEL

Jonah hielt Ally keineswegs für unbewaffnet, obwohl sie ihre Pistole abgelegt hatte. Eine Frau mit whiskeyfarbenen Augen und einer betörend rauchigen Stimme war nie unbewaffnet.

Viel schlimmer war, dass sie das auch wusste. Ein kleines süffisantes Lächeln umspielte diesen großen Mund, was Jonah an eine Katze erinnerte, die das offene Türchen des Vogelkäfigs entdeckt hat. Allerdings bedauerte er es nicht besonders, dass ihm in diesem Spiel die Rolle des Opfers zufiel.

„Hier, dein Wein." Um sie nicht zu nah an sich heranzulassen, hielt er ihr das Glas mit ausgestrecktem Arm hin. „Obwohl ich die Idee prinzipiell durchaus zu schätzen weiß, habe ich im Moment leider keine Zeit für erotische Spielereien."

„Oh, diese hier dürften nicht allzu lange dauern."

Sie konnte sich gut vorstellen, dass er mit dieser beiläufigen Ablehnung zahllose Frauen zur Verzweiflung getrieben hatte. Aber für sie war es eine Herausforderung, der sie zuversichtlich entgegensah.

Sie langte nach dem Glas, das er ihr hinhielt, und packte ihn gleichzeitig mit der anderen Hand am Hemdkragen. „Du gefällst mir wirklich, Blackhawk.

Heißer Mund, kühler Blick." Sie trank einen Schluck Wein, während sie ihn über den Rand ihres Glases beobachtete. „Ich will mehr sehen."

Alle seine Sinne waren plötzlich hellwach. „Du gehst gleich in die Vollen, was?"

„Du hast gesagt, dass du es eilig hast." Sie stellte sich auf die Zehenspitzen und knabberte an seiner Unterlippe, ein Gefühl, das ihm durch und durch ging. „Deshalb gebe ich ein bisschen Gas."

„Ich mag keine sexuell aggressiven Frauen."

Ihr Lachen klang tief und spöttisch. „Und Cops magst du auch nicht."

„Du sagst es."

„Dann wird das jetzt ein höchst unangenehmes Erlebnis für dich werden. Wie schade." Sie beugte sich vor und leckte ihm mit der Zungenspitze über den Hals. „Ich will, dass du mich anfasst."

Er machte keinerlei Anstalten, ihrer Aufforderung zu folgen, aber in Gedanken zerrten seine Hände bereits an ihrer Bluse. „Wie schon gesagt, es ist ein nettes Angebot, aber ..."

„Ich fühle dein Herz klopfen." Als sie ihre Haare zurückschüttelte, roch er ihren betörenden Duft. „Ich spüre, dass du mich genauso willst wie ich dich."

„Manchmal muss man sich gewisse Wünsche verkneifen, auch wenns schwer fällt."

Seine Augen sind dunkler geworden, ein todsicherer Beweis, dachte sie. „Und manchmal nicht." Sie nippte an ihrem Glas und trat noch näher an ihn heran, wodurch er sich veranlasst sah, zurückzuweichen. „Dann muss ich offenbar zu anderen Mitteln greifen."

Gedemütigt, weil sie ihn zum Rückzug gezwungen hatte, blieb er abrupt stehen, und hätte fast laut aufgestöhnt, als sie mit ihm zusammenprallte. „Du wirst dich noch in eine sehr peinliche Situation bringen. Trink deinen Wein aus und geh nach Hause, Detective Fletcher."

Wahrscheinlich glaubt er, das ist Befehlston, überlegte sie. Doch seine Stimme klang einfach nur heiser und gepresst. Und sein Herz hämmerte wild unter ihrer Hand. „Warum sagst du ständig Nein, wo du doch Ja meinst? Los, sag mal Ja." Sie trank ihr Glas in einem Zug leer, damit der Wein seine ganze ungestüme Kraft entfalten konnte. „Es heißt Ja", wiederholte sie, während sie ihr Glas abstellte, um ihre Rechte in seinen Hosenbund schieben zu können.

Erregt und wütend wich er noch einen Schritt zurück. „Hör sofort auf damit."

„Zwing mich doch." Sie warf den Kopf in den Nacken, dann sprang sie an ihm hoch und klammerte sich mit Armen und Beinen an ihm fest. „Na los, mach schon, zwing mich, aufzuhören. Du hast jede Menge Möglichkeiten. Mach mich fertig."

Als sie ihren Mund auf seinen legte, schmeckte sie eine betörende Mischung aus Verlangen und Wut. „Mach mich fertig", wiederholte sie flüsternd, während sie ihm mit der Hand durchs Haar fuhr.

Sein Blut kochte. Ihr Geschmack, heiß und weiblich, vermischt mit Wein, lag ihm auf der Zunge. „Du wirst dich in Schwierigkeiten bringen."

„Nur zu ...", sie rieb ihre Lippen an seinen, fast so, als ob sie ihm ihren Geschmack aufprägen wollte, „... mach mir welche."

Etwas in ihm explodierte. Er hörte das Echo wie Donnerhall in seinem Kopf. Er packte Ally bei den Haaren und riss ihren Kopf so heftig zurück, dass sie nach Luft schnappte. „Genug!" Seine Augen waren nicht mehr kühl, sondern sprühten wütende Blitze. „Du wirst mir alles geben, was ich will. Was du mir nicht freiwillig gibst, hole ich mir mit Gewalt. Das ist der Deal."

Ihr Atem ging schnell und unregelmäßig. „Abgemacht, Blackhawk."

Sein Blick landete auf ihrem langen makellosen Hals. Dann schlug er seine Zähne in das weiße Fleisch.

Angesichts der Androhung von Schmerz zuckte sie zusammen, wie durchbohrt von einer Lanze der

Lust. Um gleich darauf ins Taumeln zu geraten, zu fallen, sich an Jonah zu klammern, während sie in die Dunkelheit stürzte.

Allys Puls raste, als sie aufs Bett fiel. Sie verlor jeden Bezug zur Realität, als sie seinen Körper schwer auf ihrem spürte. Und als er ihre Bluse so gewaltsam aufriss, dass die Knöpfe in alle Himmelsrichtungen auseinander spritzten, konnte sie keinen zusammenhängenden Gedanken mehr fassen.

Um ihr Gleichgewicht wieder zu finden, warf sie einen Arm über den Kopf, ihre Finger krallten sich in die Tagesdecke. „Warte."

„Nein."

Sein Mund war auf ihrer Brust und machte sich mit Lippen, Zähnen und Zunge über zartes Fleisch her. Ally rang keuchend nach Atem und versuchte, sich die Macht zurückzuerobern, über die sie eben noch verfügt hatte. Aber sie merkte nur, wie ihr die Kontrolle immer weiter entglitt.

Seine Hände waren auf ihr, genau wie sie verlangt hatte. Hart und schnell förderten sie rücksichtslos Vorlieben und Geheimnisse zu Tage, von deren Vorhandensein Ally nicht einmal etwas geahnt hatte.

Dann lag sein Mund wieder auf ihrem, heiß und gierig. Der kehlige Laut, den Ally ausstieß, war eine Mischung aus Erschrecken und Triumph. Und gleich darauf sprang sie ohne Rücksicht auf Verluste ins hell auflodernde Feuer, um Forderung mit Forderung zu vergelten.

Jetzt legte sie ihrer Leidenschaft keinerlei Zügel mehr an. Sie wand sich, bäumte sich unter ihm auf, wölbte sich ihm entgegen. Es war genau das, was er hatte erreichen wollen. Wenn er schon sündigte, wollte er es wenigstens richtig tun und bis zur Neige auskosten, bevor er zur Rechenschaft gezogen wurde.

Ihre Haut schien unter seinen Händen, seinem Mund zu brennen. Diese langen klaren Linien ihres Körpers! Diese geballte Kraft und Energie. Diese köstliche Elastizität und Nachgiebigkeit der Kurven.

Er rollte mit ihr über das breite Bett und nahm sich, was und wie er wollte.

Sie riss sein Hemd auf und stieß einen wilden Laut der Verzückung aus, als sich Fleisch an Fleisch rieb. Als er sie auf die Knie zwang, zitterte sie. Aber ihre Angst war gänzlich verflogen.

Das aus dem Nebenzimmer hereinfallende Licht fing das räuberische Glitzern in seinen Augen ein. Ally atmete laut aus, während sie ihm mit den Händen über die Brust, durchs Haar fuhr.

„Ich will mehr", keuchte sie und presste ihren Mund wieder auf seinen.

Und sie bekam, wonach sie so sehr lechzte.

Blitze aus schier unerträglicher Ekstase. Sturmböen aus erschauernder Verzweiflung. Und eine Flut der Begierde, von der sie beide hinweggeschwemmt wurden.

Jonah zerrte ihr die Hose über die Hüften, wobei er dem Pfad freigelegter Haut mit seinem Mund folgte, bis Ally mit dieser heiseren erotischen Stimme, die sich unauslöschlich in seine Erinnerung eingebrannt hatte, erschauernd seinen Namen flüsterte.

Seine Zähne schrammten an der Innenseite ihres Oberschenkels entlang, was die kräftigen Muskeln dort in Schwingungen versetzte. Als sie sich ihm entgegenwölbte, versank er in der köstlichen Weichheit ihres Fleischs am Scheitelpunkt ihrer Schenkel.

Während ihr Körper von immer neuen Wellen der Ekstase überschwemmt wurde, krallte sie ihre Finger in die Tagesdecke.

„Jetzt, Jonah, jetzt."

„Nein."

Er konnte nicht genug von ihr bekommen. Jedes Mal, wenn er fürchtete, von seiner Leidenschaft überwältigt zu werden, entdeckte er etwas Neues an ihr, das seine Tantalusqualen verlängerte. Der Schwung ihrer Hüften, die Einkerbung ihrer Taille. Er wollte spüren, wie ihre Nägel seinen Rücken zerkratzten, wollte ein weiteres Mal diesen erstickten Schrei der Erlösung hören, wenn er sie über die nächste Klippe zerrte.

Ihr Atem ging stoßweise, sein eigener Atem steckte irgendwo fest, sodass er Angst bekam, seine Lungen könnten jeden Moment bersten. Er legte sich wieder auf sie und kostete es aus zu spüren, wie ihre Hände unablässig über seinen Rücken fuhren, wie Ally sich ihm in ungezügelter Ekstase entgegenwölbte.

Er konnte nur ihre Augen sehen, sonst nichts. Allein das dunkle Glitzern, während sie beobachtete, wie er sich über ihr erhob. Er hielt sich noch einen zitternden Moment zurück, dann drang er kraftvoll in sie ein.

Hier war alles. Dieser Gedanke schoss ihm durch den Kopf und zerstob, sobald sie ihn heiß und fest umschloss.

Sie hob sich ihm entgegen, nahm ihn tief in sich auf. Entließ ihn und hob sich ihm wieder entgegen. Schweißnasse Körper, vereinigt im Liebestaumel, schimmernd vor Lust. Ihr Herz hämmerte an seinem, Schlag um Schlag. Ihr Atem vermischte sich mit seinem, während sie seinen Kopf zu sich hinunterzog.

Als sich das Tempo steigerte, verwandelten sich wollüstige Seufzer in Keuchen und Stöhnen. Ally wölbte Jonah immer wieder verlangend die Hüften entgegen, während er sich in schier blinder Raserei auf ihr bewegte. Kurz vor dem Höhepunkt schlug sie ihm ihre Fingernägel in den Rücken und klammerte sich an seine Hüften. Trieb ihn selbst dann noch zur Eile, als sie bereits vom zweiten und dritten Orgasmus überschwemmt wurde.

Er spürte, wie ihm die Kontrolle restlos entglitt – wie herrlich war es doch, sich zu ergeben –, dann stürzte er ins Bodenlose, das Gesicht vergraben in der wilden Flut ihrer herrlich duftenden Haare.

Es war vorbei. Das wusste er, sobald sich sein Kreislauf stabilisiert hatte und sein Gehirn wieder zu arbeiten begann. Er würde nie über sie hinwegkommen. Er würde sie nie vergessen können. Mit einem einzigen Handstreich hatte sie eine lebenslange und sorgfältige Vermeidungsstrategie zunichte gemacht.

Er hatte sich törichterweise hoffnungslos in sie verliebt.

Nichts war unmöglicher oder gefährlicher.

Er war ihr verfallen, sie konnte ihn in Stücke reißen. Noch nie in seinem ganzen Leben hatte er einem Menschen erlaubt, eine derartige Macht über ihn zu erlangen. Und er würde es auch jetzt nicht zulassen. Wenn er jetzt keine Grenze zog, wäre das fatal.

Er musste sich eine Verteidigungsstrategie aufbauen. Entschlossen, sofort damit zu beginnen, rollte Jonah sich von ihr herunter.

Ally rollte einfach mit, so dass sie jetzt auf ihm lag.

Dann streckte sie lasziv diese langen muskulösen Glieder und murmelte träge: „Mmmm."

Zu jedem anderen Zeitpunkt hätte er wahrscheinlich gelacht oder zumindest diese idiotische männliche Genugtuung verspürt. Doch das Einzige, was er im Moment verspürte, war ein Anflug von Panik.

„Du hast nur bekommen, was du unbedingt wolltest, Fletcher."

Statt eingeschnappt zu sein, was ihm ein bisschen Zeit verschafft hätte, knabberte sie hingebungsvoll an seinem Hals. „Stimmt."

Mit gespreizten Beinen setzte sie sich auf seinen Bauch und schüttelte sich das Haar zurück. „Ich mag deinen Körper, Blackhawk. Er ist schön, hart und sehnig und straff." Sie fuhr mit einem Finger über seinen Brustkorb und erfreute sich an dem Kontrast zwischen ihrer eigenen Haut und seiner. „Du hast Indianerblut in den Adern, stimmts?"

„Apache. Allerdings ziemlich verwässert."

„Es steht dir gut." Das war ein kleines Kompliment, aber immerhin gut versteckt.

Er wickelte sich eine Haarsträhne von ihr um den Finger. „Bleichgesicht", konterte er trocken. „Aber es steht dir gut."

Sie beugte sich zu ihm herunter, bis sie Nase an Nase waren. „Was hältst du davon, wenn du mir einen

Gefallen tust, wo wir gerade so schön traut vereint beieinander liegen?"

„Und was wäre das für einer?"

„Essen. Ich bin am Verhungern."

„Willst du die Speisekarte?"

„Nein." Sie beugte sich über ihn und biss ihn spielerisch. „Nur irgendetwas, das draufsteht. Vielleicht kannst du dir ja was raufbringen lassen." Sie tupfte ihm kleine Küsse auf Kinnpartie und Wange und küsste ihn dann wieder auf den Mund. „Unterdessen können wir uns ein bisschen erholen, finde ich. Hast du etwas dagegen, wenn ich kurz dusche?"

„Grundsätzlich nicht." Er rollte sie auf den Rücken. „Allerdings wirst du schon warten müssen, bis ich mit dir fertig bin."

„Ach ja?" Sie lächelte amüsiert. „Na gut, abgemacht ist abgemacht."

Als er schließlich mit ihr fertig war, konnte sie nur noch ins Bad taumeln. Sie machte die Tür hinter sich zu, lehnte sich mit dem Rücken dagegen und atmete lange und tief aus.

Noch nie in ihrem Leben hatte sie größere Mühe gehabt, von sich ein unbekümmertes, weltgewandtes Bild aufrechtzuerhalten. Andererseits war sie vorher auch noch nie jemandem begegnet, der ihr Inneres nach außen gestülpt hatte. Es kam ihr vor, als würde in dieser Sekunde eine neue Zeitrechnung beginnen.

Nicht, dass ich Grund zur Klage hätte, dachte Ally, während sie sich mit dem Handballen die Stelle rieb, wo ihr Herz klopfte. Aber ihre Vorstellung, dass Sex nicht mehr als ein angenehmer Zeitvertreib zwischen zwei gleich gesinnten Erwachsenen war, war wohl für immer dahin.

Angenehm war nicht einmal annähernd das richtige Wort, um zu beschreiben, wie es war, mit Jonah Blackhawk Liebe zu machen.

Während sie darauf wartete, dass sich ihr Kreislauf stabilisierte, schaute Ally sich in dem Bad um. Sie sah, dass Jonah sich einen großen, einladend wirkenden Whirlpool in dem von ihm bevorzugten Schwarz gegönnt hatte, aber sie entschied sich trotzdem für die Dusche.

Das große Waschbecken war in einen schwarz glänzenden, gänzlich leeren Tresen eingelassen, was sie daran erinnerte, dass es auch in seinem Büro und seinem Schlafzimmer weder Andenken noch persönliche Fotos oder Ähnliches gab.

Sie hätte gern einen Blick in das Badezimmerschränkchen und ein paar Schubladen geworfen – welchen Rasierschaum benutzte er? Welche Zahnpastamarke? –, aber das erschien ihr dann doch zu erbärmlich.

Stattdessen lief sie über weiße Fliesen und betrachtete sich im Spiegel. Ihr Blick war weich, die Lippen immer noch geschwollen. Auf ihrer Haut schimmerten schwach ein paar blaue Flecke.

Alles in allem sah sie genauso aus, wie sie sich fühlte. Wie eine Frau, die sich mit allergrößtem Vergnügen hatte benutzen lassen.

Was mochte er wohl sehen, wenn er sie anschaute? Wenn er sie auf diese kühle, distanzierte Art musterte? Daran, dass er sie begehrte, war nicht zu zweifeln. Doch war Begehren alles, was er für sie empfand?

Bildete er sich wirklich ein, sie hätte nicht gemerkt, wie er sich nach jedem Liebesakt von ihr zurückgezogen hatte? Als ob sich bei ihm das Bedürfnis nach Nähe mit einem Bedürfnis nach Distanz die Waage hielte.

Und warum erlaubte sie ihm, sie zu verletzen? Es war so typisch Frau.

„Tja, ich bin eben eine Frau, verdammt", brummte sie und drehte die Dusche auf.

Und dennoch, wenn er glaubte, sie würde ihn damit davonkommen lassen, hatte er sich gehörig verrechnet. Sie war wild entschlossen zu verhindern, dass der Mann sie erst bis in ihre Grundfesten erschütterte und sich dann klammheimlich davonstahl.

In ihre Zwiesprache vertieft, hielt sie ihr Gesicht in den Duschstrahl.

Sie erwartete in einer Beziehung gegenseitiges Geben und Nehmen. Und wenn er es nicht schaffte, ihr außer seiner Leidenschaft auch ein bisschen Liebe zu geben, dann konnte er ihr gestohlen ...

Sie zuckte zusammen.

Halt, stopp, das klang verdächtig nach Dennis. Sehr verdächtig sogar.

Nun, wenigstens war es ihr aufgefallen, bevor sie sich in den eigenen Fallstricken verheddert hatte.

Das, was sie mit Jonah verband, war eine rein körperliche Beziehung, welche sie darüber hinaus auch noch selbst initiiert hatte. Sie kannten beide die Grundregeln und waren klug genug, diese nicht laut auszusprechen.

Wenn sie das Bedürfnis hatte, ihr Verlangen mit Gefühlen anzureichern, so war nichts dagegen zu sagen. Allerdings war das dann ganz allein ihre Sache.

Zufrieden damit, dieses Problem für sich geklärt zu haben, drehte Ally das Wasser ab und langte nach einem Badelaken.

Und schrie erschrocken auf, als sie die Hand sah, die ihr eines hinhielt.

„Ich habe von Leuten gehört, die unter der Dusche singen", bemerkte er. „Eine Frau, die beim Duschen Selbstgespräche führt, ist mir in meinem ganzen Leben noch nicht untergekommen."

„Selbstgespräche, so ein Blödsinn", gab sie zurück und riss ihm das Badetuch aus der Hand.

„Also gut, es war natürlich nur unverständliches Gemurmel."

„Die meisten Leute klopfen an, bevor sie ein besetztes Badezimmer betreten."

„Ich habe geklopft, aber du konntest nichts hören, weil du Selbstgespräche geführt hast. Ich dachte mir, das hier würdest du vielleicht brauchen." Er hielt einen schwarzen Seidenmorgenrock hoch.

„Ja, danke." Sie wickelte sich in das Badelaken und steckte es zwischen ihren Brüsten fest.

„Das Essen kommt in einer Minute." Müßig fuhr er ihr mit einer Fingerspitze über den Arm.

„Gut. Meine Pistole liegt immer noch auf deinem Schreibtisch. Ich muss sie wegräumen."

„Schon passiert." Er zeichnete die Linie ihrer Schulter nach. „Ich habe sie mit ins Schlafzimmer genommen. Die Tür ist zu. Sie werden das Tablett auf dem Schreibtisch abstellen."

„Alles klar." Sie ließ das Badelaken fallen. „Suchst du das hier?"

„Ich sollte dich eigentlich nicht schon wieder wollen." Während er ihr tief in die Augen schaute, drängte er sie gegen die Wand. „Ich sollte dich eigentlich nicht schon wieder brauchen."

„Dann geh doch einfach raus." Er trug eine Hose, deren Reißverschluss sie jetzt nach unten zog. „Wer hält dich auf?"

Er umschloss mit den Händen ihren Hals. Obwohl sich ihr Puls unter seinen Fingern beschleunigte, hob sie ganz leicht das Kinn und schaute ihn herausfordernd an.

„Sag mir, dass du mich begehrst", verlangte er. „Sag laut meinen Namen und dass du mich willst."

„Jonah." Ally tat den ersten Schritt auf eine schwankende Brücke, von der sie nicht wusste, ob sie hielt. „Ich habe noch nie jemanden so begehrt wie dich." Als sie Luft holen wollte, stockte ihr der Atem, aber ihre Stimme blieb ruhig. „So, jetzt bist du dran."

„Allison." Er lehnte seine Stirn gegen ihre, so erschöpft und ausgelaugt, so süß, dass sie ihn tröstlich streichelte. „Ich kann keinen klaren Gedanken mehr fassen, so sehr will ich dich. Immer nur dich", murmelte er, bevor er erst ihren Mund und anschließend ihren Körper nahm. Verzweifelt.

„Ich muss schon sagen", bemerkte Ally, während sie mit Heißhunger aß, „du hast wirklich eine gute Küche. Ich kenne viele Clubs, in denen es gutes Essen gibt, aber das hier ist …", sie leckte sich Barbecue-Soße vom Daumen, „… vom Feinsten."

Als Jonah ihr Wein nachschenken wollte, schüttelte sie den Kopf. „Nein, ich muss noch fahren."

„Bleib hier." Schon wieder eine Regel gebrochen, schoss es ihm durch den Kopf. Er hatte noch nie eine Frau aufgefordert, bei ihm zu übernachten.

„Ich würde ja gern, aber es geht nicht." Lächelnd zerrte sie am Revers des geliehenen Morgenrocks. „Weil ich keine Kleider zum Wechseln dabei habe und außerdem Dienst von acht bis vier. So wie es aussieht, werde ich mir für den Heimweg von dir ein Hemd borgen müssen. Du hast nämlich meine Bluse ruiniert."

Obwohl er nur die Hand nach seinem Glas ausstreckte, spürte sie, wie er innerlich auf Abstand ging. „Sag, dass ich morgen wiederkommen und bei dir übernachten soll", verlangte sie.

Er schaute sie an. „Ich will, dass du morgen wiederkommst und bei mir übernachtest."

„Gut. Oh nein, das gibts doch nicht! Hast du das gesehen? Dieser Runner war safe!"

„Nein, out. Mit dem halben Fuß", widersprach Jonah, der amüsiert bemerkt hatte, wie Ally während des Essens kaum den Blick vom Fernseher losreißen konnte.

„Falsch. Schau es dir in der Wiederholung an, da siehst du es ganz genau. Sie waren beide gleichzeitig auf dem Base. Der Punkt geht an den Runner. Siehst du? Da kommt auch schon der Manager. Das wird Ärger geben."

Zufrieden, dass ihn diese Fachsimpelei daran gehindert hatte, seine Einladung noch einmal zu überdenken, rieb sie lächelnd ihren Fuß an seiner Hüfte. „Da habe ich heute ja wirklich Glück. Guter Sex, gutes Essen und obendrein auch noch ein großartiges Baseballspiel."

„Für manche ist das …", er streckte die Hand aus und fuhr ihr mit dem Zeigefinger über den Fußspann, „… der Himmel auf Erden."

„Kann ich dir, da wir im Himmel sind, eine wirklich wichtige Frage stellen?"

„In Ordnung."

„Hast du vor, deine Pommes alle aufzuessen?"

Er grinste sie an und schob ihr seinen Teller hin. Als in diesem Moment das Telefon klingelte, beugte er sich vor und nahm ab. „Blackhawk. Ja." Er hielt ihr das schnurlose Gerät hin. „Für dich, Detective."

„Ich habe auf dem Revier deine Nummer hinterlassen", erklärte sie, bevor sie das Gespräch entgegennahm. „Fletcher." Sie setzte sich aufrechter hin und schaute ins Leere. „Wo? Bin schon unterwegs."

Ally war blitzschnell aufgesprungen und legte das Telefon auf die Basisstation zurück. „Sie haben Jan gefunden."

„Wo ist sie?"

„Auf dem Weg in die Gerichtsmedizin. Ich muss sofort los."

„Ich komme mit."

„Das brauchst du nicht."

„Sie war meine Angestellte." Mit diesen Worten ging er ins Schlafzimmer, um sich anzuziehen.

Jonah hatte in seinem Leben bereits vieles gesehen und erlebt. Auch der Tod war ihm schon begegnet, allerdings noch nie so nackt und in einer so kalten, sterilen Umgebung.

Er fühlte sich hundeelend, als er durch die Glasscheibe auf die junge Frau schaute.

„Ich hätte sie notfalls auch identifizieren können", sagte Ally neben ihm. „Obwohl es so korrekter ist. Also, ist das Janet Norton?"

„Ja."

Sie nickte dem Laborangestellten hinter der Glasscheibe zu, woraufhin dieser die Jalousien herunterließ. „Ich weiß noch nicht, wie lange ich brauche."

„Ich warte."

„Weiter unten links auf dem Flur gibt es Kaffee. Er schmeckt zwar grauenhaft, aber wenigstens ist er heiß und stark." Bevor sie den Raum verließ, drehte sie sich noch einmal um und sagte: „Wenn du es dir anders überlegst und gehen willst, geh einfach."

„Nein, ich warte", versicherte er.

Es dauerte nicht lange. Als Ally zurückkam, saß Jonah auf einem der Plastikstühle am Ende des Flurs. Ihre Schritte hallten auf dem Linoleumfußboden.

„Es gibt hier nichts mehr zu tun, bis der Autopsiebericht fertig ist."

„Wie ist sie gestorben?" Als Ally nur stumm den Kopf schüttelte, stand er auf. „Wie? Ich will es wissen. Es kann nicht so ein großes Dienstvergehen sein, es mir zu erzählen."

„Sie wurde erstochen. Sie hat mehrere Stichverletzungen von einem langen Messer mit gezackter Klinge. Ihre Leiche wurde ein paar Meilen südlich von Denver am Straßenrand abgelegt. Zusammen mit ihrer Handtasche. Offenbar wollte der Mörder, dass sie schnell gefunden und identifiziert wird."

„Und das ist alles für dich? Sie einfach nur identifizieren, damit ein weiteres Puzzleteilchen an seinen Platz fällt?" schnauzte er sie an.

Ally schnauzte nicht zurück. Sie sah ihm an, dass er mit den Nerven am Ende war, aber sie selbst war ebenso erschöpft. „Lass uns hier verschwinden." Sie brauchte dringend frische Luft. „Ihren Verletzungen nach zu urteilen, muss der Täter in rasender Wut auf sie eingestochen haben."

„Wo bleibt deine Wut?" Jonah hielt ihr die Tür auf.

„Oder bist du nicht wütend? Bist du immer so ruhig, wenn ein Mensch ermordet wird?"

Sie ging an ihm vorbei. „Hör auf, auf mich einzuprügeln."

Er packte sie am Arm und riss sie herum. Daraufhin schoss blitzschnell ihre Faust vor und zischte gefährlich dicht an seinem Kinn vorbei. „Du willst Wut sehen." Sie schob ihn von sich weg. „Ich werde dir einen Grund geben. Es sieht ganz so aus, als ob sie exakt in der Zeitspanne erstochen wurde, in der ich mich mit dir im Bett gewälzt habe. Muss ich dir immer noch sagen, wie ich mich fühle?" Sie stürmte im Laufschritt davon.

Jonah holte sie gerade noch ein, bevor sie in ihr Auto steigen konnte. „Tut mir Leid."

Ally versuchte, seine Hand abzuschütteln und ihn wegzustoßen, aber als sie wütend herumwirbelte, nahm er sie einfach in den Arm.

„Es tut mir Leid", wiederholte er und drückte seine Lippen in ihr Haar. „Das war voll daneben. Aber wir wissen beide, dass es egal ist, was wir in der Zeitspanne, in der sie ermordet wurde, getan haben. Wir hätten ihr so oder so nicht helfen können."

„Nein, wir hätten ihr nicht helfen können. Trotzdem, mittlerweile sind schon zwei Menschen tot. Ich kann mir Wut nicht leisten, verstehst du?"

„Ja." Er machte ihren Pferdeschwanz auf und massierte ihr den Nacken. „Ich will mit dir fahren. Ich bleibe heute Nacht bei dir."

„Also schön, aber nur, weil ich es auch will."

Ally setzte sich hinters Steuer und wartete, bis Jonah ebenfalls eingestiegen war. Sie wusste, dass sie beide ihre Wut loswerden mussten. Und die Schuldgefühle. „Ich muss morgen früh raus."

Er grinste sie an. „Ich nicht."

„Okay." Sie fuhr aus der Parklücke. „Das bedeutet, dass du das Bett machst und das Geschirr spülst. Das ist die Bedingung."

„Und bedeutet es auch, dass du Kaffee machst?"

„Richtig."

„Gut, einverstanden."

Als sie bei sich zu Hause in die Tiefgarage fuhr, sagte sie: „Morgen werde ich wahrscheinlich einen langen Tag haben. Ist es wichtig, wann ich zu dir komme?"

„Nein." Er stieg aus, ging um das Auto herum und streckte die Hand nach ihren Schlüsseln aus.

„Hast du einen Benimmkursus besucht oder so etwas Ähnliches?"

„Ja, und zwar mit Auszeichnung. Ich war der Beste in meinem Kurs." Er holte den Aufzug. „Manche Frauen fühlen sich stark verunsichert, wenn ich vorgehe, um ihnen die Tür aufzuhalten, oder wenn ich ihnen bei Tisch einen Stuhl herausziehe, obwohl das nur normale Gesten der Höflichkeit sind. Aber du bist natürlich viel zu selbstbewusst, um dich von so etwas nervös machen zu lassen."

„Selbstverständlich", stimmte sie zu und verdrehte die Augen, als er ihr mit einer angedeuteten Verbeugung beim Einsteigen in den Aufzug den Vortritt ließ. Doch als er ihre Hand nahm, lächelte sie.

„Ich mag deinen Stil, Blackhawk. Ich kann zwar immer noch nicht genau sagen, worin er eigentlich besteht, aber ich mag ihn trotzdem." Sie neigte den Kopf und musterte Jonah eingehend. „Du hast früher Baseball gespielt, stimmts?"

„Baseball war außer deinem Vater das Einzige, was mich auf der High School gehalten hat."

„Mein Spiel war immer Basketball. Hast du es schon mal gespielt?"

„Ab und zu."

„Hast du vielleicht Lust, am Sonntag mit mir zu spielen?"

„Schon möglich." Er verließ mit ihr den Aufzug. „Um welche Uhrzeit?"

„Sagen wir, gegen zwei. Ich hole dich ab. Dann können wir ..." Sie hielt abrupt inne, stellte sich blitzschnell vor ihn und zog in der gleichen Sekunde ihren Dienstrevolver. „Bleib hinter mir. Und fass ja nichts an."

Jetzt sah er es auch. An der Wohnungstür waren frische Kratzer und Brecheisenspuren. Ally drehte mit zwei Fingern den Türknauf, schob die Tür mit dem Fuß auf und schlich geduckt in die Wohnung. Nachdem sie Licht gemacht hatte, schaute sie sich, mit der Pistole noch immer im Anschlag, um, als Jonah sich vor sie stellte.

„Zurück! Bist du verrückt?"

„In meinem Benimmkurs habe ich unter anderem gelernt, dass man nie hinter einer Frau in Deckung gehen soll."

„Diese Frau hier ist zufällig eine mit einem Polizeiausweis und einer Pistole."

„Ich weiß. Trotzdem." Er hatte das Chaos in der Wohnung bereits gesehen. „Er ist schon lange weg."

Sie wusste, spürte, dass Jonah Recht hatte, aber es gab Vorschriften, die unter allen Umständen eingehalten werden mussten. „Du hältst dich da raus. Und fass ja nichts an", wiederholte sie, während sie über eine zerbrochene Stehlampe stieg, um sich in den übrigen Zimmern umzusehen.

Schließlich ging sie fluchend zum Telefon.

„Dein guter alter Freund Dennis?" erkundigte sich Jonah.

„Kann sein, aber das glaube ich nicht. Lyle hat die Stadt in südlicher Richtung verlassen." Sie gab am

Telefon eine Kurzwahl ein. „Hier Detective Fletcher. Bei mir ist eingebrochen worden."

Noch ehe die Spurensicherung eingetroffen war, streifte sich Ally dünne Einweghandschuhe über und begann mit der Bestandsaufnahme. Fernseher, Videorekorder und Stereoanlage, lauter teure Geräte, waren nicht gestohlen, aber zerschlagen worden. Notebook und ein kleiner Ersatzfernseher hatten dasselbe Schicksal erlitten.

Jede Lampe, einschließlich der antiken Buchhalterlampe auf ihrem Schreibtisch, war kaputt. Die Polsterung der Couch war aufgeschlitzt, die Füllung quoll heraus.

Mitten auf ihrem Bett war ein Eimer Farbe, den sie irgendwann gekauft, aber noch nicht gebraucht hatte, ausgekippt worden.

Über dem Bett an der Wand stand in derselben Farbe:

Hoffentlich kannst du nachts ruhig schlafen.

„Er gibt mir die Schuld am Tod seiner Schwester. Offenbar weiß er, dass ich sie erschossen habe. Aber woher?"

„Von Jan", sagte Jonah hinter ihr. „Wahrscheinlich hat sie die beiden damals gewarnt", fuhr er fort, als

Ally sich umdrehte. „Ich nehme an, sie hat trotz unserer Ausrede Verdacht geschöpft, weil die Barnes ungewöhnlich lange von ihrem Tisch weg waren. Und als sie zurückkamen, waren sie nervös und aufgeregt. Das ist Jan aufgefallen."

„Gut möglich." Ally nickte. „Auf jeden Fall ist sie misstrauisch geworden. Erst recht, nachdem sie von Frannie hörte, dass ich in Eile weggegangen bin."

Sie bahnte sich durch das Durcheinander ihren Weg zurück ins Wohnzimmer und in die Küche. „Dann hat sie wahrscheinlich versucht, die ganze Sache abzublasen, aber es war bereits zu spät. Sieht nicht so aus, als ob er sich hier viel Mühe gemacht hätte", fuhr sie fort, während sie sich in der Küche umsah. „Aber da ist auch nicht viel, was sich lohnen würde, kaputt zu …" Sie unterbrach sich und ging zum Tresen. „Großer Gott."

Mit entsetzt geweiteten Augen drehte sie sich um. „Mein Brotmesser." Sie legte ihren Finger auf den leeren Schlitz im Küchenmesserblock. „Ein Messer mit einer langen gezackten Klinge. Gott, Jonah, er hat sie mit meinem Messer erstochen."

9. KAPITEL

Ally war entschlossen, sich von dieser Erkenntnis nicht aus dem Gleichgewicht bringen zu lassen. Sie durfte es nicht. Die Nerven zu verlieren, konnte sich ein Cop ebenso wenig leisten wie Wut, beides konnte ihm gleich gefährlich werden. Auch wenn die Verwüstung ihrer Wohnung ein direkter persönlicher Angriff war, musste sie darüber stehen und weiterhin objektiv ihrer Arbeit nachgehen.

Nachdem die Spurensicherung das von Lyle hinterlassene Chaos noch vergrößert und sich dann verabschiedet hatte, packte Ally auf Jonahs Aufforderung hin bereitwillig ein paar Sachen zusammen.

Sie hatten kurzerhand entschieden, dass Ally bei ihm wohnen sollte, bis alles vorbei war.

Keiner von ihnen sprach über diesen Riesenschritt; und beide versuchten sich mit großer Hartnäckigkeit einzureden, dass es in einer solchen Situation einfach das Naheliegendste und Vernünftigste war.

Sie gingen sofort ins Bett und schliefen eng umschlungen ein.

„Wir haben die Bewachung für Fricks verdoppelt", berichtete Kiniki beim Briefing am nächsten Morgen.

„Lyle wird nicht zu ihm durchkommen, selbst wenn er es versuchen sollte."

„Dafür ist er zu schlau." Die Hände in den Taschen, stand Ally im Büro ihres Lieutenants. Mittlerweile hatte sie sich beruhigt. „Er kann warten, und das wird er auch tun. Er hat keine Eile, Fricks das heimzuzahlen, was er als dessen Schuld am Tod seiner Schwester ansieht."

Ally schaute durch die Glaswand von Kinikis Büro auf das hektische Treiben, das im Großraumbüro herrschte. Ständig läutete auf irgendeinem Schreibtisch ein Telefon, während sich die Detectives auf ihre Tagesaktivitäten vorbereiteten. Sie versuchte, sich vorzustellen, was im Kopf einer Toten vorgegangen sein mochte, die sie nur ein paar Tage gekannt hatte.

„Janet Norton war leichtsinnig. Alles war nur ein spannendes Abenteuer für sie. Sie hat sich bei ihm sicher gefühlt. Zwei meiner Nachbarn haben gesehen, wie ein Paar, auf das die Beschreibung von Lyle und Jan passt, gegen acht das Gebäude betreten hat. Hand in Hand", fügte sie hinzu. „Sie hat ihm geholfen, meine Wohnung zu verwüsten, und später hat er sie mit meinem Brotmesser getötet. Weil er keine Verwendung mehr für sie hatte."

Darüber hatte sie nachgedacht, während sie in den dunkelsten Stunden der Nacht in Jonahs Bett wach gelegen hatte. „Er tut nichts ohne Absicht. Er hasst Menschen, die er als privilegiert betrachtet. Bei seinen früheren Straftaten gibt es ein immer wiederkehrendes Muster, aus dem ersichtlich wird, dass er es stets auf so genannte Reiche abgesehen hatte." Sie nahm die Hände aus den Taschen. „Wohlhabende, einflussreiche Leute. Weil er sich für intelligenter hält als sie. Warum sollten sie ein gutes Leben haben?"

In Gedanken ging sie Lyle Matthews Strafakte durch. „Er kommt aus der unteren Mittelschicht. Es ging ihm nie wirklich schlecht, aber auch nie richtig gut. Der Vater war oft arbeitslos. Hat ständig die Jobs gewechselt. Sein Stiefvater war arrogant und herrschsüchtig. Diese Verhaltensmuster hat Lyle übernommen. Seine Vorgesetzten und Kollegen haben alle dasselbe ausgesagt. In technischer Hinsicht ist er brillant, im Umgang allerdings schwierig. Ein aggressiver Einzelgänger. Kommt aus einer desolaten Familie, beide Eltern sind tot. Der einzige Mensch, der ihm je nahe stand, war seine Schwester."

Ally trat an die Glaswand, schaute nach draußen. „Seine Schwester war sein Ein und Alles, sie hat seinem aufgeblasenen Ego Zucker gegeben. Sie haben sich gegenseitig gestützt. Und jetzt ist sie tot, und er kann sich nur noch an sich selbst halten."

„Wo mag er stecken?"

„Nicht weit weg jedenfalls", vermutete Ally. „Er ist hier noch nicht fertig. Weder mit mir noch mit den Barnes oder mit Blackhawk."

„Das stimmt wahrscheinlich. Wir werden Mr. und Mrs. Barnes in ein sicheres Haus bringen. Damit bleiben nur noch Sie und Blackhawk übrig."

Sie drehte sich wieder zu Kiniki um. „Ich habe nicht vor, unnötige Risiken einzugehen. Trotzdem muss ich präsent bleiben und eine bestimmte Routine aufrechterhalten, während er einfach untertauchen und abwarten kann. Er kennt meinen Namen, meine Adresse. Und er wollte, dass ich das weiß. Er will mir Angst machen."

„Wir werden Ihr Haus überwachen."

„Vielleicht stattet er mir ja noch mal einen Besuch ab. Allerdings glaube ich nicht, dass er plant, mir einfach eine Kugel in den Kopf zu schießen. Das ist ihm nicht persönlich genug. Davon abgesehen, bezweifle ich, dass ich sein primäres Ziel bin. Mir wollte er einfach nur eine Warnung zukommen lassen."

„Nein? Wer dann? Blackhawk?"

„Ja, er ist der Nächste. Allerdings wird er, was den Club anbelangt, nicht kooperieren." Es wurmte sie immer noch, dass Jonah die von ihr vorgeschlagenen Sicherheitsmaßnahmen abgelehnt hatte.

„Wir können ihn von zwei Leuten bewachen lassen, die ihn aus der Ferne im Auge behalten."

„Unmöglich. Er würde sie zehn Meilen gegen den Wind riechen. Dann würde er schon aus Prinzip versuchen, sie loszuwerden. Lieutenant, ich ... stehe ihm nah. Er vertraut mir. Ich könnte mich um dieses Problem kümmern."

„Kommt gar nicht in Frage. Sie leiten eine Ermittlung, und außerdem müssen Sie auf sich selbst aufpassen, Detective."

„Ich könnte meine Arbeit größtenteils vom Club aus machen. Was ich auch aus anderen Gründen für sinnvoll halte. Ich kann mir vorstellen, dass wir Lyle aus seinem Versteck locken und dazu bringen können, einen Schritt zu machen, wenn er mich regelmäßig im ‚Blackhawk' sieht."

„Er kann nicht mit letzter Sicherheit davon ausgehen, dass Sie seine Schwester getötet haben. Wir haben sofort nach dem Vorfall eine totale Nachrichtensperre verhängt."

„Aber er weiß, dass ich innerhalb des Clubs an der Aktion mitgewirkt habe. Und dass Blackhawk und ich die Dinge ins Rollen gebracht haben, die letztendlich zum Tod seiner Schwester führten."

„Also gut. Ich setze trotzdem für die nächsten zweiundsiebzig Stunden zwei Leute auf Blackhawk an, dann sehen wir weiter."

„In Ordnung, Sir."

„Was diese andere Angelegenheit anbelangt ... Sie sollten wissen, dass Dennis Overtons Fingerabdrücke auf den Radkappen Ihres Wagens gefunden wurden. Bei einer Durchsuchung seines Autos wurde ein erst kürzlich erstandenes Jagdmesser sichergestellt. Ich habe den Laborbericht zwar noch nicht auf dem Schreibtisch, aber die Gummispuren an der Klinge konnte man mit bloßem Auge erkennen. Seinen Job bei der Bezirksstaatsanwaltschaft ist er jedenfalls los. Sie würden gern Anklage gegen ihn erheben."

„Sir ..."

„Trainieren Sie Ihr Rückgrat, Fletcher. Wenn Sie keine Anzeige erstatten, lässt man ihn laufen. Aber wenn doch, wird der Bezirksstaatsanwalt eine psychologische Untersuchung empfehlen, und die hat Overton, weiß Gott, dringend nötig. Oder wollen Sie warten, bis sich seine Obsession auf jemand anders verlagert?"

„Nein, nein, ganz bestimmt nicht. Ich werde mich darum kümmern."

„Tun Sie es sofort. Mir reicht ein Verrückter da draußen."

Obwohl sie ihm wohl oder übel Recht geben musste, fiel ihr die Entscheidung schwer. Ally verließ Lieutenant Kinikis Büro, setzte sich an ihren Schreibtisch und fand es angemessen, wenigstens noch dreißig Sekunden über das Problem zu brüten.

Sie hatte bei Dennis von Anfang an Fehler gemacht. Hatte nicht genug aufgepasst, Warnsignale übersehen. Auch wenn nichts davon sein Verhalten entschuldigen konnte, wäre es wahrscheinlich gar nicht so weit gekommen, wenn sie anders reagiert hätte.

„Na, was gibts für Probleme, Fletcher? Hat dich der Boss gefaltet?"

Als sie den Kopf hob, hatte Hickman es sich mit einer Hinterbacke auf ihrer Schreibtischkante bequem gemacht. „Nein. Aber ich bin drauf und dran, jemand anders zu falten."

Er biss in sein Spätvormittags-Blätterteigteilchen. „Das macht Laune."

„So kannst du nur reden, weil du ein herzloser Mistkerl bist."

„Ich liebe es, wenn du mir Honig ums Maul schmierst."

„Wenn ich dir sage, dass du ein total bescheuerter Schwachkopf bist, würdest du mir dann einen großen Gefallen tun?"

Er biss mit Appetit in das Teigstückchen, ohne sich daran zu stören, dass er den ganzen Schreibtisch voll krümelte. „Für dich würde ich alles tun, Baby."

„Ich muss gegen Dennis Overton Anzeige erstatten. Würdest du es vielleicht übernehmen, ihn zum Verhör aufs Revier zu bringen? Dich kennt er, und ich könnte mir vorstellen, dass es dann ein bisschen leichter ist für ihn."

„Alles klar. Hör zu, Ally, er ist es nicht wert, sich seinetwegen so verrückt zu machen."

„Ich weiß." Sie stand auf, nahm ihre Jacke von der Stuhllehne. Und stibitzte sich grinsend ein Stück Blätterteiggebäck. „Und obendrein bist du auch noch oberhässlich."

„Du Frau meiner Träume. Heirate mich!"

Von Hickman aufgemuntert, verließ Ally eilig die Polizeistation.

Kaum zwei Stunden später betrat sie das Büro ihres Vaters.

Diesmal kam ihr der Polizeichef entgegen und umfasste ihre Oberarme, während er sie eingehend musterte. Dann zog er sie stumm an sich.

„Schön, dich zu sehen", sagte er leise.

Sie drückte ihr Gesicht an seinen Hals und kostete es einen Moment aus, sich an seiner starken Schulter geborgen zu fühlen. „Du und Mom, ihr wart immer für mich da. Das wollte ich zuerst einmal sagen."

„Sie hat sich Sorgen um dich gemacht."

„Ich weiß. Es tut mir Leid. Hör zu." Sie umarmte ihn noch einmal, bevor sie sich zurücklehnte, um ihm ins Gesicht sehen zu können. „Ich weiß, dass du auf dem Laufenden bist, aber ich wollte dir persönlich sagen, dass mit mir alles okay ist. Und dass ich zurechtkomme. Lyle kann nicht mehr lange warten, er muss bald handeln. Er hat jetzt niemanden mehr, aber soweit wir wissen, braucht er dringend eine Person – vorzugsweise eine Frau –, die ihn aufbaut und seine Spielchen mitspielt. Allein wird er untergehen."

„Stimmt. Hinzu kommt, dass es eine Frau ist, die zu bestrafen er sich am meisten wünscht. Und in diesem Fall bist du die Auserwählte."

„Stimmt ebenfalls. Sein erster großer Fehler war es, in meine Wohnung einzubrechen. Damit hat er sich zu erkennen gegeben. Er hat überall Fingerabdrücke hinterlassen. Seine Trauer und seine Wut haben ihn dazu getrieben, die Karten offen auf den Tisch zu legen. Indem er Jan mit meinem Küchenmesser erstochen hat, wollte er mir mitteilen, dass ich genauso gut das Opfer hätte sein können."

„Immer noch kein Einspruch. Warum hast du niemanden zu deinem Schutz bei dir?"

„Tagsüber wird er mich in Ruhe lassen. Er arbeitet nachts. Aber keine Angst, Dad, ich werde kein Risiko eingehen. Ehrenwort. Ich wollte dir nur sagen, dass ich gegen Dennis Anzeige erstattet habe."

„Das ist gut. Ich will nicht, dass er dir ständig nachstellt, und erst recht will ich nicht, dass du abgelenkt wirst. Ich war heute Morgen in deiner Wohnung."

„Da werde ich wohl einige größere Renovierungsarbeiten vornehmen müssen."

„Du kannst unmöglich dort wohnen. Komm für ein paar Tage nach Hause. Wenigstens bis dieser Fall abgeschlossen ist."

„Ich habe bereits ein Ausweichquartier." Sie schob ihre Hände in die Taschen und wippte unruhig vor und zurück. Was jetzt kam, war heikel. „Ich wohne im ‚Blackhawk'."

„Du kannst dich doch nicht in einem Nachtclub einquartieren", protestierte Boyd. Doch schon eine Sekunde später wurde ihm der Sinn ihrer Worte klar. Es war wie ein hinterhältiger Faustschlag in den Solarplexus. „Oh." Er fuhr sich mit einer Hand durchs Haar, während er zu seinem Schreibtisch ging. Dort angelangt, schüttelte er den Kopf, änderte die Richtung und marschierte konsterniert zur Kaffeemaschine. „Du ... ah ... Teufel."

„Ich schlafe mit Jonah."

Boyd, der immer noch mit dem Rücken zu ihr stand, hob eine Hand und wedelte damit herum. Ally verstand, schwieg und wartete.

„Du bist eine erwachsene Frau. Du kannst tun und lassen, was du willst Ally.", brachte er schließlich mühsam heraus, während er die Kaffeekanne auf die Warmhalteplatte zurückstellte. „Verdammt."

„Ist das eine Bemerkung über mein Alter oder über mein Verhältnis zu Blackhawk?"

„Beides." Er drehte sich zu ihr um. Sie war so hübsch, diese Frau, sein Fleisch und Blut.

„Hast du irgendwas gegen ihn?"

„Du bist meine Tochter. Er ist ein Mann. Das ist alles. Und grins gefälligst nicht so, wenn ich eine Vaterkrise habe."

Gehorsam verkniff sie sich ihr Lachen. „Ich bitte um Verzeihung."

„Ich glaube, ich ziehe es vor, mir vorzustellen, wie ihr am Kamin sitzt und euch über die großen Werke der Weltliteratur unterhaltet oder Rommee spielt, wenn du nichts dagegen hast."

„Wenn es dir dann besser geht, Dad. Ich würde ihn gern am Sonntag zum Grillen mitbringen."

„Er wird nicht kommen."

„Oh doch." Ally lächelte dünn. „Er wird."

Den Rest ihrer Schicht ging Ally Hinweisen nach, die den Fall betrafen, und befasste sich mit zwei weiteren Fällen, die man ihr übertragen hatte. Die eine Akte konnte sie schließen, während sie bei einem bewaffneten Raubüberfall noch ganz am Anfang stand.

Nach Feierabend stellte sie ihr Auto auf einem bewachten Parkplatz ab und ging anschließend die anderthalb Häuserblocks bis zum „Blackhawk" zu Fuß.

Den Streifenwagen, in dem die Kollegen saßen, die Jonahs Bewachung übernommen hatten, entdeckte sie schon vom anderen Ende des Häuserblocks aus, und sie zweifelte nicht daran, dass Jonah ihn ebenfalls längst erspäht hatte.

Als Ally den Club betrat, fiel ihr Blick als Erstes auf Hickman, der völlig in sich zusammengesunken an der Bar saß. Und sein blaues Auge hätte sie wahrscheinlich auch schon auf einen Häuserblock Entfernung gesehen.

Sie ging zu ihm, legte ihm einen Finger unters Kinn und studierte eingehend sein beleidigtes Gesicht. „Wer hat dich denn vermöbelt?"

„Dein lieber Freund und Riesenhornochse Dennis Overton."

„Soll das ein Witz sein? Hat er sich geweigert, mit aufs Revier zu kommen?"

„Hat Haken geschlagen wie ein gottverdammter Hase." Er warf Frannie einen Blick zu und signalisierte ihr, dass er noch ein Bier wollte. „Ich musste ihn einfangen. Und bevor ich dazu kam, ihm Handschellen anzulegen, hat er mir das Ding da verpasst." Er langte nach seinem Bierglas, trank verdrießlich den letzten Schluck. „Und jetzt glaubt jeder, er könnte sich über mich lustig machen. Verdammt noch mal, Overton verdient einen gehörigen Denkzettel!"

„Tut mir echt Leid, Hickman." Zum Beweis beugte sie sich vor und gab ihm einen Luftkuss auf das blaue Auge. Nachdem sie sich wieder zurückgezogen hatte, sah sie Jonah herankommen. Als er entdeckte, dass sie Hickman einen Arm um die Schultern gelegt hatte, hob er nur ganz leicht die Augenbrauen und winkte Will zu.

„Ich hätte nie geglaubt, dass er einfach abhaut." Hickman stieß einen schweren Seufzer aus und warf sich eine Hand voll Erdnüsse in den Mund. „Und als ich ihn schnappen wollte, habe ich mir noch das hier geholt." Er rutschte mit seinem Barhocker zurück, um ihr den Riss in seiner Hose zu zeigen. „Als ich ihn endlich erwischte, hat er gezappelt wie eine Forelle an der Angel und geheult wie ein Baby."

„Oh Gott."

„Wenn du jetzt auch nur das geringste Mitleid mit ihm hast, verpass ich dir auch so ein Ding, Fletcher, das schwör ich dir." Hickman stopfte sich noch mehr Erdnüsse in den Mund. „Er schwingt zurück, und dabei erwischt er mich mit seinem Ellbogen, genau da, auf dem Backenknochen. So ein Idiot! Na, heute Nacht kann er heulend an seinen Gitterstäben rütteln. Wie, zum Teufel, konntest du bloß jemals was mit ihm haben?"

„Keine Ahnung. Frannie, die Biere hier gehen auf meine Rechnung, okay?"

„Na, dann kann ich ja zu Import übergehen."

Ally lachte und schaute über die Schulter, als Will hinter sie trat.

„Na so was, ist ja eine ganz neue Erfahrung, Cops an der Bar sitzen zu haben." Aber er sagte es mit einem entspannten Lächeln und zwinkerte Frannie dabei zu. „Brauchen Sie vielleicht ein bisschen Eis für dieses Auge, Officer?"

Hickman schüttelte nachdrücklich den Kopf. „Nein." Aus seinem guten Auge musterte er Will eingehend vom Scheitel bis zur Sohle. „Haben Sie Probleme mit Cops?"

„In den letzten fünf Jahren nicht mehr. Sagen Sie, ist Sergeant Maloney immer noch auf dem dreiundsechzigsten? Er hat mich zweimal hopp genommen. Obwohl ich zugeben muss, dass er immer mustergültig war."

Hickman drehte sich belustigt um. „Ja, der ist noch da. Und arbeitet immer noch bei der Sitte."

„Wenn Sie ihn sehen, sagen Sie ihm einen schönen Gruß von Will Sloan. Hat mich immer echt korrekt behandelt."

„Ich sags ihm."

„Also, der Boss meint, dass ich unseren Freunden

da draußen in dem Ford was zu essen rausbringen soll. Er glaubt, dass sie Hunger kriegen, wenn sie die ganze Nacht im Auto sitzen und Däumchen drehen."

„Ich bin sicher, sie wissen das zu schätzen", warf Ally trocken ein.

„Es ist das Mindeste, was wir für die Polizei tun können." Nachdem er Hickman freundlich auf die Schulter geklopft hatte, ging Will in Richtung Küche.

„Ich habe noch ein paar Dinge zu erledigen." Ally betrachtete sich Hickmans blaues Auge noch einmal genauer. „Leg Eis drauf", riet sie ihm, bevor sie sich auf der Suche nach Beth ihren Weg in die Clubebene bahnte.

„Haben Sie einen Moment Zeit?"

Beth fuhr fort, irgendetwas in die Kasse einzutippen, und schaute nicht einmal auf. „Es ist Freitagabend, und das Lokal ist gerammelt voll. Außerdem fehlen uns zwei Kellnerinnen."

Ally war getroffen, aber sie verzichtete darauf, sich zu revanchieren. „Ich kann warten, bis Sie eine Pause machen."

„Keine Ahnung, wann ich dazu komme. Wir haben alle Hände voll zu tun."

„Ich warte hier. Im Übrigen wird es nicht lange dauern."

„Machen Sie, was Sie wollen." Immer noch ohne

ihr einen Blick zu gönnen, marschierte Beth an ihr vorbei.

„Das macht ihr ganz schön zu schaffen", bemerkte Will.

Ally drehte sich um. „Sind Sie eigentlich überall?"

Er hob die Schultern. „Das ist mein Job. Sie hat Jan eingearbeitet und Sie auch. Was da passiert ist, macht uns allen zu schaffen, nehm ich mal an."

„Und macht man es mir zum Vorwurf?"

„Ich nicht. Sie erledigen nur Ihre Arbeit. So läuft es eben. Beth wird schon drüber wegkommen. Sie hat eine viel zu hohe Meinung vom Boss, um nicht darüber wegzukommen. Was ist, soll ich zusehen, ob ich noch einen Tisch für Sie finde? In einer Stunde fängt die Band an zu spielen. Sie ist sehr gut, deshalb wird es hier bald keinen Quadratzentimeter freien Platz mehr geben."

„Nein, danke, ich brauche keinen Tisch."

„Melden Sie sich, wenn Sie es sich noch anders überlegen."

„Will." Bevor er weggehen konnte, berührte sie ihn am Arm. „Danke."

Er lächelte sie freundlich an. „Kein Problem. Ich hab echte Hochachtung vor den Cops. Schon seit fünf Jahren."

Beth ließ sie eine geschlagene Stunde warten, und

beim zweiten Stück der Band hatte Ally größte Befürchtungen, ihr könnten die Trommelfelle platzen, als die Oberkellnerin mit schnellen Schritten auf sie zukam.

„Ich habe zehn Minuten Zeit, fünf davon können Sie haben. Das wird reichen müssen."

„Prima." Ally musste schreien, um die Musik zu übertönen. „Können wir rüber in den Aufenthaltsraum gehen?"

Beth drehte sich wortlos um und marschierte auf den Aufenthaltsraum zu. Sie schloss die Tür auf, ging schnurstracks zur Couch, setzte sich und zog die Schuhe aus.

„Haben Sie noch irgendwelche Fragen, Detective Fletcher?"

Nachdem Ally die Tür hinter sich zugemacht hatte, wurde es endlich leiser. „Ich will es kurz machen. Sie wissen, was mit Jan passiert ist?"

„Oh ja, das weiß ich sehr gut."

„Wir haben ihre nächsten Angehörigen informiert", fuhr Ally in demselben sachlichen Tonfall fort. „Ihre Eltern werden morgen in Denver ankommen, ich nehme an, dass sie Jans Habseligkeiten mitnehmen wollen. Ich möchte Sie bitten, mir die Sachen aus Jans Spind zu holen, damit ich sie den Eltern übergeben kann."

Beths Lippen zitterten, sie schaute hastig weg. „Ich kenne die Zahlenkombination nicht."

„Aber ich. Sie hat den Code in ihr Adressbuch geschrieben."

„Dann holen Sie sich die Sachen eben. Dazu brauchen Sie mich nicht."

„Doch. Ich brauche noch einen Zeugen und wäre Ihnen sehr dankbar, wenn Sie dabeibleiben, damit nicht später jemand behaupten kann, ich hätte irgendetwas gestohlen."

„Und das wars dann? Heißt das, Sie gehen so einfach wieder zur Tagesordnung über?"

„Je eher ich zu meiner Tagesordnung übergehe, desto schneller finden wir ihren Mörder."

„Sie hat Ihnen nichts bedeutet. Genauso wenig wie wir anderen auch. Sie haben uns belogen."

„Ja, ich habe gelogen. Doch da ich unter denselben Umständen wieder so handeln würde, kann ich mich nicht mal dafür entschuldigen."

Ally ging zu dem Spind und öffnete das Zahlenschloss. „Wissen Sie, ob diese Zahlenkombination außer Janet Norton sonst noch jemand kannte?"

„Nein."

Ally nahm das Schloss ab, öffnete die Tür. Während sie ihren Blick über den Inhalt schweifen ließ, nahm sie eine große Beweismitteltüte aus ihrer Umhängetasche.

„Es riecht nach ihr." Beth' Stimme zitterte, bevor

sie brach. „Ich rieche ihr Parfüm. Egal, was sie gemacht hat, auf jeden Fall hat sie es nicht verdient, getötet und wie Abfall an den Straßenrand geworfen zu werden."

„Nein, das hat sie ganz bestimmt nicht. Ich wünsche mir genauso sehr wie Sie, dass ihr Mörder dafür bezahlt. Wahrscheinlich sogar noch mehr als Sie."

„Warum?"

„Weil es Gerechtigkeit geben muss. Weil ihre Eltern sie geliebt haben und ihr Tod ihnen das Herz bricht. Weil ich ihr Parfüm riechen kann. Kosmetiktäschchen." Ally zog die kleine grell pinkfarbene Tasche aus dem Spind, öffnete den Reißverschluss. „Zwei Lippenstifte, Kompaktpuder, Wimperntusche, Eyeliner ..."

Sie unterbrach sich, weil Beth sie am Arm berührte. „Warten Sie, ich helfe Ihnen. Sie holen die Sachen raus, und ich schreibe."

Beth zog ein Papiertaschentuch aus ihrer Tasche, trocknete sich die Tränen, dann stopfte sie das Taschentuch wieder weg und zog ihren Block hervor. „Ich habe Sie gemocht, wissen Sie. Ich habe die Frau gemocht, für die ich Sie gehalten habe. Ich bin mir ganz schön blöd vorgekommen, als ich erfahren habe, wer Sie in Wirklichkeit sind."

„Jetzt wissen Sie es. Vielleicht können wir ja noch mal von vorn anfangen."

„Vielleicht." Beth nahm einen Kugelschreiber und begann zu schreiben.

Ohne Jonah aus den Augen zu lassen, bestellte Ally sich ein leichtes Essen an der Bar. Im Club war es so gerammelt voll und laut, dass man sein eigenes Wort nicht verstehen konnte. Und je länger sie so dasaß, beobachtete und ab und zu irgendwelche Gesprächsfetzen aufschnappte, desto schwieriger erschien es ihr, Jonah zu beschützen.

Ebenso schwierig, wie ihn davon zu überzeugen, dass er einige Änderungen an seinen Gewohnheiten vornehmen musste, bis Matthew Lyle in Gewahrsam war.

Da sie im Dienst war, blieb sie bei Kaffee. Und als das Coffein ihren Kreislauf zu belasten begann, ging sie zu Mineralwasser über.

Als die erzwungene Untätigkeit Ally verrückt zu machen drohte, erklärte sie Frannie, dass sie im Barbereich helfen würde, und schnappte sich ein Tablett.

„Wenn ich mich richtig erinnere, habe ich dich gefeuert", sagte Jonah, als sie mit einem voll beladenen Tablett an ihm vorbeikam.

„Irrtum. Ich habe gekündigt. Pete, ein Gezapftes, einen Campari Soda, einen Merlot mit Eis daneben und ein Ginger Ale für den Fahrer."

„Wird sofort erledigt, Blondie."

„Geh rauf und leg die Beine hoch. Du siehst fix und fertig aus."

Ally zuckte mit keiner Wimper. „Pete, dieser Kerl hier macht beleidigende Bemerkungen über mein Äußeres. Außerdem hat er mir eben den Hintern begrabscht."

„Sobald ich eine Hand frei habe, poliere ich ihm die Fresse, Honey."

„Mein neuer Freund hier hat Bizepse so groß wie Öltanker, also sieh dich gut vor, du Sonnyboy", warnte Ally Jonah.

Jonah legte ihr eine Hand unters Kinn und zog sie auf die Zehenspitzen, dann küsste er sie, bis ihr die Luft wegblieb. „Ich bezahle dich nicht", sagte er sanft und schlenderte davon.

„Für diese Art Trinkgeld würde ich jederzeit und überall arbeiten", bemerkte die Frau auf dem Barhocker neben Ally.

„Oh ja." Ally atmete tief und lange aus. „Wer nicht?"

Sie arbeitete bis zur letzten Runde, dann setzte sie sich an einen freien Tisch im Clubbereich und legte die Beine hoch, während Band und Personal zusammenpackten.

Und sobald sie saß, schlief sie ein.

Jonah setzte sich in einen Sessel ihr gegenüber und wartete darauf, dass im Club Ruhe einkehrte.

„Kann ich noch irgendwas für dich tun, bevor ich gehe?"

Jonah schaute zu Will auf. „Nein. Danke."

„Sie scheint ganz schön fertig zu sein."

„Wird sich schon wieder erholen."

„Na gut …" Will klimperte mit dem Kleingeld in seiner Hosentasche. „Ich trinke noch einen Schluck, dann mache ich den Abflug. Ich nehme Frannie mit und schließe ab. Bis morgen dann."

Das gibts doch nicht, den Boss hats voll erwischt, war alles, was Will auf dem Weg zur Bar denken konnte. War denn das zu fassen? Der Boss hatte sich bis über beide Ohren verknallt – und dann auch noch in eine Polizistin.

„Eine Polizistin." Will rutschte auf einen Barhocker. Wie auf Stichwort stellte Frannie seinen Feierabendbrandy hin. „Der Chef hat sich in den Cop verknallt."

„Fällt dir das jetzt erst auf?"

„Eigentlich schon." Er strich sich nachdenklich den Bart. „Glaubst du, es klappt mit den beiden?"

„Mit Liebesbeziehungen kenn ich mich nicht so aus. Auf jeden Fall sind sie ein schönes Paar, außerdem kriegt keiner den anderen klein, weil sie beide Betonköpfe haben."

„Sie schläft da drin in einem Sessel." Er deutete mit dem Daumen auf den Clubraum, dann trank er nachdenklich einen Schluck von seinem Brandy. „Sie ist eingeschlafen. Und er sitzt einfach nur da und schaut sie an. Irgendwie glaub ich, das sagt alles."

Und weil er sich dabei ertappte, wie er Frannie beobachtete, während sie die Theke abwischte, wurde er rot und schaute schnell in sein Glas, als ob sich dort die Lösung für ein höchst kompliziertes Problem finden ließe.

Aber Frannie hatte seinen Blick bereits gesehen. Diesmal war er ihr aufgefallen, weil sie darauf geachtet hatte. Sie fuhr fort, die Theke zu wienern, während sie ihre eigene Reaktion genauer untersuchte. Sie verzeichnete ein angenehmes kleines Kribbeln im Unterleib und sogar eine kleine Hitzewallung.

Sie hatte schon sehr, sehr lange nichts mehr für einen Mann empfunden – oder zumindest hatte sie sich schon sehr, sehr lange nicht mehr gestattet, etwas zu empfinden.

„Du gehst jetzt wahrscheinlich nach Hause, nehme ich mal an", bemerkte sie beiläufig.

„Schätze schon. Und du?"

„Ich überlege, ob ich mir nicht eine Pizza bestelle, eine Flasche Rotwein aufmache und einen dieser Horrorfilme auf Kabel anschaue."

Er lächelte sie an. „Da stehst du allen Ernstes drauf, was? Auf Horrorfilme, meine ich."

„Ja, und wie! Es gibt kein besseres Heilmittel gegen Sorgen als Riesenspinnen oder Vampire. Trotzdem … allein macht es einfach nicht so viel Spaß. Was ist, hast du nicht Lust?"

„Lust …?" Der Brandy schwappte über den Glasrand auf die Theke, die Frannie eben blank gewienert hatte. „Ah, tut mir Leid. Verdammt. Echt zu blöd."

„Gar nicht." Sie fuhr mit dem Lappen über die Pfütze, dann schaute sie ihm ruhig in die Augen. „Willst du dir eine Pizza mit mir teilen, alte Schwarz-Weiß-Horrorfilme mit mir anschauen und ein bisschen auf meinem Sofa kuscheln?"

„Ich … du …" Wenn er seine Füße gespürt hätte, wäre er bestimmt aufgesprungen. „Meinst du mich?"

Sie lächelte und breitete ihr Tuch über dem Rand der Spüle zum Trocknen aus. „Ich bin gleich da, ich hole nur schnell meine Jacke."

„Nein, warte, ich hol sie dir." Er stand auf, froh, dass seine Beine ihn trugen. „Frannie?"

„Ja, Will?"

„Ich finde dich wunderbar. Das wollte ich schon mal sagen, nur für den Fall, dass ich es später vor lauter Aufregung vergesse."

„Ich erinnere dich, falls du es vergisst."

„Ja. Okay. Gut. Ich hol deine Jacke", sagte er und ging mit einem breiten Grinsen davon.

Jonah wartete, bis die anderen weg waren, dann stand er auf, um zu überprüfen, ob alles richtig abgeschlossen und die Alarmanlage eingeschaltet war. Seine Schritte hallten auf dem silbernen Boden, als er hinter die Bühne ging, um das passende Licht und die passende Musik auszuwählen.

Anschließend ging er zu Ally zurück und küsste sie wach.

Sie trieb auf seinem Geschmack aus den Tiefen des Schlafs an die Oberfläche. Warm, ein bisschen rau und sehr bereit. Als sie die Augen öffnete, glaubte sie in einen mit Abermillionen Sternen bestickten Nachthimmel zu schauen.

„Jonah."

„Tanz mit mir." Ohne seine Zärtlichkeiten zu unterbrechen, zog er sie aus ihrem Sessel hoch.

Sie tanzte bereits. Noch ehe ihr Kopf klar war, bewegte sie sich mit ihm, ihre Körper verschmolzen im Takt der Musik.

„Das sind ja die Platters." Sie schmiegte ihre Wange an seine. „Wahnsinn."

„Magst du sie nicht? Ich kann auch etwas anderes auflegen."

„Nein, ich liebe sie." Sie legte den Kopf in den Nacken, damit er leichter ihren Hals liebkosen konnte. „*Only You.* Das ist das Lied meiner Eltern. Du weißt sicher, dass meine Mutter früher nachts bei KHIP als DJ gearbeitet hat. Dieses Lied hat sie in der Nacht gespielt, in der sie den Heiratsantrag meines Vaters angenommen hat. Es ist eine hübsche Geschichte."

„Zum Teil kenne ich sie bereits."

„Du solltest die beiden mal sehen, wie sie sich anhimmeln, wenn sie zu diesem Lied tanzen. Es ist einfach himmlisch."

Ally schob ihre Finger in sein Haar, während sie über die im Boden eingelassenen Sterne schwebten. „Sehr geschmeidig", flüsterte sie. „Du tanzt wirklich sehr geschmeidig, Blackhawk. Das hätte ich mir gleich denken können." Sie wandte das Gesicht ab und schaute ins glitzernde Licht. „Sind alle weg?"

„Ja", sagte er. Alle bis auf dich, dachte er, während er mit den Lippen ihr Haar streifte. Nur du.

10. KAPITEL

Dies war seit Wochen der erste Morgen, an dem Ally aufwachte und nicht sofort aus dem Bett in einen hektischen Tag springen musste.

Gesegneter Sonntag.

Da in der Nacht von Samstag auf Sonntag im „Blackhawk" noch mehr Trubel geherrscht hatte als in der Nacht zuvor, war Ally fast die ganze Zeit auf den Beinen gewesen und in Gedanken die ganze Zeit im Dienst.

Auch wenn Jonah seine Bewacher draußen vor dem Club mit einem Schulterzucken abgetan hatte, würde er es sicherlich nicht so leicht hinnehmen, wenn er wüsste, dass sie zu seinem Schutz hier drin war.

Manche Dinge behielt man einfach besser für sich.

Außerdem taten sie sich auf diese Art gegenseitig einen Gefallen. In ihr Apartment konnte Ally erst zurück, wenn das Chaos beseitigt war. Jonah bot ihr ein komfortables Dach überm Kopf, und sie revanchierte sich dafür, indem sie ihn beschützte. In ihren Augen ein faires und durchaus vernünftiges Geschäft.

Davon abgesehen, hatte die Angelegenheit einen ungeheuer positiven Nebeneffekt. Entschlossen, diesen bis zur Neige auszukosten, fuhr sie ihm mit ihrer Hand über den Brustkorb und begann den Körper zu liebkosen, den sie mehr als gern beschützte.

Jonah fuhr aus dem Schlaf auf, voll erregt, und spürte ihre heißen hungrigen Lippen auf seinen.

„Lass mich, lass mich", flüsterte sie, während sie sich bereits rittlings auf ihn setzte. Sie hatte nicht damit gerechnet, dass ihr Körper so schnell reagieren, dass ihr Blut so heftig in Wallung kommen, dass ihr eigenes Begehren innerhalb eines Herzschlags von träge lasziv in verzweifelt umschlagen würde.

Ally nahm ihn in sich auf, umschloss ihn ganz fest, wobei sie sich erschauernd zurückbog, als die Lust ihre scharfen Krallen in sie schlug.

Jonah hatte das Schlafzimmer verdunkelt. So sah man nur eine schattenhafte Bewegung, als er sich aufbäumte und die Arme um sie schlang. Gegenseitige Besitzergreifung. Davon waren sie beide getrieben. Sein Mund suchte ihre Lippen, ihren Hals, ihre Brüste, um den Hunger zu stillen, den sie in ihm entfacht hatte, noch ehe er dazu gekommen war, auch nur einen einzigen klaren Gedanken zu fassen.

Ihre Erlösung kam wie ein Peitschenhieb, hinterrücks und blitzartig. Und noch während sie mit ihm verschmolz, drückte er sie wieder zurück. Begann sie erneut zu lieben.

Ein Kuss, samtweich wie Schatten in der Dunkelheit. Eine Berührung, zärtlich wie die Nacht. Als Ally die Arme nach ihm ausstreckte, nahm Jonah ihre Hände und führte sie an seine Lippen, eine Geste, der etwas unendlich Reiches, Üppiges innewohnte, das sich durch das wirre Knäuel ihres immer noch sehnsuchtsvollen Verlangens schlängelte.

„Jetzt lass mich."

Dies hier war anders. Dies hier war geduldig und süß und langsam. Ein glimmendes Feuer, schimmernd im Licht.

Sie lieferte sich aus, mit einer Hingabe, die ebenso stark war wie eine Verführung. Er murmelte ihr etwas ins Ohr, leise Worte, die ihre Seele aufwühlten und ihr Blut zum Kochen brachten. Als sich ihre Atemzüge in Keuchen verwandelten, schwebte sie auf den köstlich zarten Lagen seidiger Empfindungen dahin.

Fingerspitzen, die sie streiften, weiches Haar, warme Lippen und eine sanft gleitende Zunge hoben sie höher und höher. Und als Verlangen in glitzerndes Sehnen und schließlich in schmerzhafte Begierde umschlug, stöhnte sie laut seinen Namen.

Da schob er sie über den ersten seidigen Rand.

Er musste sie so berühren, er musste sie so nehmen. Er wollte, zumindest hier in den Schatten, das Recht dazu haben. Hier gehörte sie ganz und gar zu ihm.

Sie schlang ihre Arme um ihn, während er in einem Kuss versank und tiefer, immer tiefer hinabgezogen wurde, bis er sich darin verlor. Und so verloren drang er schließlich in sie ein, verzweifelt und hoffnungslos liebend, um die Verbindung zwischen ihnen nicht abreißen zu lassen.

Als sie anschließend still dalagen, schmiegte sie ihr Gesicht an seinen Hals, begierig, seinen Geruch noch länger auszukosten. „Nein, beweg dich nicht", flüsterte sie. „Noch nicht."

Ihr Körper war Gold, alles war pures schimmerndes Gold. Ally hätte schwören mögen, dass sogar die Dunkelheit goldene Ränder hatte.

„Es ist noch Nacht." Sie fuhr ihm mit den Händen über den Rücken. „Solange wir so beisammen sind, ist es immer noch Nacht."

„Es kann Nacht sein, so lange wir es wollen."

Sie hob ihm ihre Lippen entgegen. „Nur noch ein bisschen." Sie seufzte wieder, glücklich zu halten und gehalten zu werden. „Ich wollte eigentlich aufstehen und deinen Fitnessraum benutzen, aber dann warst du da und … na ja, da erschien es mir einfach eine bessere Idee, dich zu benutzen."

„Recht so." Er schloss die Augen und hielt sie weiterhin fest. Gegen ihre klugen und überaus einleuchtenden Agumente hatte er keinerlei Einwände.

Ally ließ den Morgen vorbeigleiten, genoss es, schnell und hart in seinem Fitnessraum zu trainieren, während sie über die sportlichen Höhepunkte diskutierten, die auf dem transportablen Fernseher an ihnen vorbeiflimmerten.

Anschließend teilten sie sich, wieder träge im Bett ausgestreckt, Bagels, Kaffee und die Sonntagszeitung. Ganz normale, fast häusliche Gewohnheiten, dachte Ally, als sie sich für den Tag fertig machten.

Nicht, dass ein Mann wie Blackhawk domestiziert werden könnte oder sollte. Aber ein ruhiger, unkomplizierter Sonntagmorgen war doch eine nette Veränderung der Gangart.

Ally saß auf der Bettkante und band sich die Schnürsenkel ihrer uralten Hightops. Jonah, der sich gerade ein T-Shirt anzog, studierte ihre endlos langen Beine.

„Trägst du diese knappen Shorts, um mich auf dem Spielfeld abzulenken?"

Sie hob die Augenbrauen. „Na hör mal! Mit meinem angeborenen Talent bin ich doch nicht auf solche faulen Tricks angewiesen."

„Gut so, weil ich mich nämlich sowieso durch nichts ablenken lasse, bis mein Gegner am Boden liegt."

Sie stand auf und rollte die muskulösen, von dem ärmellosen Muskelshirt vorteilhaft zur Geltung gebrachten Schultern. „Wir werden schon sehen, wer letztendlich am Boden liegt, Blackhawk. Und jetzt hör auf, hier herumzustehen und große Töne zu spucken. Was ist, bist du bereit?"

„Mehr als bereit, Detective Honey."

Sie wartete, bis sie in seinem Auto saßen. Das war ihrer Meinung nach der beste Zeitpunkt. Da konnte er wenigstens nicht mehr weglaufen.

Sie streckte lässig die Beine aus und stellte sich darauf ein, die Fahrt zu genießen. Und grinste süffisant – nur ein kleines bisschen –, als sie sah, dass sein Blick an ihren Beinen auf- und abglitt.

„Hast du eigentlich vor, mich diesen Schlitten jemals fahren zu lassen?"

Jonah startete. „Nein."

„Ich käme damit zurecht."

„Dann kauf dir selbst einen Jaguar. Wo ist denn das Spielfeld, auf dem du deiner unrühmlichen Niederlage entgegengehen willst?"

„Du meinst das Spielfeld, auf dem ich dich so schlagen werde, dass du am Ende auf Knien liegst und um Gnade winselst?"

Er warf ihr nur flüchtig einen mitleidigen Blick zu, bevor er seine Sonnenbrille aufsetzte. „Also, wo ist das Spielfeld, Fletcher?"

„In der Nähe von Cherry Lake."

„Warum, zum Teufel, willst du unbedingt so weit draußen spielen, wo es hier in der Nähe mindestens ein halbes Dutzend Sporthallen gibt?"

„Das Wetter ist viel zu schön, um in einer Halle zu spielen. Aber wenn du natürlich Angst vor frischer Luft hast …"

Er stieß zurück und fuhr aus der Parklücke.

„Was machst du eigentlich, wenn du freihast, außer in diesem tollen Fitnessraum zu trainieren?" erkundigte sie sich.

„Mir irgendein Spiel ansehen, in Ausstellungen gehen." Er warf ihr ein träges Lächeln zu. „Frauen aufreißen."

Sie schob ihre Sonnenbrille ein Stück nach unten, musterte ihn über den Rand. „Was denn für Spiele?"

„Kommt ganz auf die Saison an. Wenn es ein Ballspiel oder Eishockey gibt, schaue ich es mir wahrscheinlich an."

„Ich auch. Da kann ich einfach nicht widerstehen. Und in was für Ausstellungen gehst du?"

„Worauf ich gerade Lust habe."

„Du hast ein paar tolle Bilder und Skulpturen. Unten im Club und oben in deinem Apartment auch."

„Mir gefallen sie jedenfalls."

„Und … was für Frauen reißt du auf?"

„Die leicht zu handhabende Sorte."

Ally lachte und schob ihre Sonnenbrille wieder hoch. „Würdest du mich als leicht handhabbar bezeichnen?"

„Nein, du bist Arbeit. Aber ab und zu habe ich ganz gern mal ein wenig Abwechslung."

„Glück für mich. Du hast eine Menge Bücher", bemerkte sie. Sie betrachtete sein markantes Profil, das so sexy wirkte, die dunkle Sonnenbrille, hinter der sie die hellgrünen Augen, die in einem faszinierenden Kontrast zu seinen rabenschwarzen Haaren standen, nur erahnen konnte. „Trotzdem schwer vorstellbar, dass du zusammengerollt mit einem guten Buch in der Hand auf der Couch liegst."

„Ausgestreckt", korrigierte er sie. „Frauen rollen sich zusammen, Männer strecken sich aus."

„Oh, ich verstehe. Das ist natürlich etwas ganz anderes. Da vorn musst du raus, auf die 225. Und pass auf wegen der Geschwindigkeitsbegrenzung. Die Verkehrspolizei ist nämlich ganz scharf darauf, hübsche Jungs in ihren heißen Schlitten zu schnappen."

„In diesem Fall müsste ich wohl bei der Polizeibehörde vorstellig werden."

„Du glaubst doch nicht im Ernst, dass ich dich vor einem Strafzettel bewahre, wenn du mich diesen Schlitten nicht mal fahren lässt?"

„Ich kenne zufälligerweise den Polizeichef." Sobald Jonah die Worte ausgesprochen hatte, dämmerte es ihm. „Hast du gesagt, draußen in Cherry Lake?"

„Richtig."

Er fuhr bei der nächsten Ausfahrt raus und hielt auf einem Supermarktparkplatz an.

„Ist irgendwas?"

„In Cherry Lake wohnt deine Familie."

„Stimmt. Und sie haben ein Spielfeld – na ja, ein halbes, genauer gesagt. Zu mehr konnten wir Kinder unsere Eltern damals nicht überreden, obwohl wir mächtig Druck gemacht haben. Außerdem gibt es dort einen Grillplatz, auf dem sich mein Vater mit größter Begeisterung nützlich macht. Wir versuchen, uns immer an zwei Sonntagen im Monat zu treffen."

„Warum hast du mir nicht gesagt, dass wir zu deinen Eltern fahren?"

Sie hörte, dass er wütend war. „Was hätte das denn geändert?"

„Ich dringe nicht in deine Familie ein." Er legte den Rückwärtsgang ein, um aus der Parklücke zu fahren. „Ich setze dich dort ab. Zurückfahren kannst du dann mit jemand anders."

„He, he, immer mit der Ruhe." Sie streckte die Hand aus und schaltete den Motor wieder aus. Na schön, wenn er wütend war, würden sie eben kämpfen. Aber so einfach ausbremsen lassen würde sie sich von ihm nicht. „Was meinst du denn mit eindringen? Wir spielen ein bisschen Ball, essen ein paar leckere Steaks. Dafür braucht man doch keine schriftliche Einladung."

„Ich hatte nie vor, meinen Sonntagnachmittag mit deiner Familie zu verbringen, und daran hat sich auch jetzt nichts geändert."

„Mit der Familie eines Cops."

Er nahm seine Sonnenbrille ab, warf sie vor sich auf die Konsole. „Das hat nichts damit zu."

„Und womit dann? Du schläfst zwar mit mir, aber mit meiner Familie willst du nichts zu tun haben? Ist sie dir nicht gut genug?"

„Lachhaft." Er stieg abrupt aus, stiefelte zum Ende des Parkplatzes und starrte wütend auf eine kleine Rasenfläche.

„Dann sag mir etwas, das nicht lachhaft ist." Sie ging zu ihm, stieß ihm mit dem Zeigefinger in die Schulter. „Was spricht dagegen, ein paar Stunden mit meiner Familie zu verbringen? Was macht dich daran so wütend?"

„Du hast mich getäuscht, Allison. Das ist schon mal das Erste."

„Wieso getäuscht, was meinst du damit? Mich würde vielmehr interessieren, wie es kommt, dass du meinen Vater mehr als ein halbes Leben lang kennst und keine einzige Einladung zu uns nach Hause angenommen hast."

„Weil es sein Zuhause ist, in dem ich nichts zu suchen habe. Weil ich es ihm schuldig bin. Immerhin schlafe ich schon mit seiner Tochter, um Himmels willen. Ich finde wirklich, das reicht."

„Dann ist also mein Vater der Grund. Aber was glaubst du eigentlich von ihm? Dass er dich vom Fleck weg verhaftet, wenn du zur Tür reinspazierst?"

„Hör auf, dich über mich lustig zu machen. Für dich ist das alles ganz einfach, stimmts?"

Ah, jetzt kommts, dachte sie und wappnete sich.

„In deiner Welt war immer alles in Ordnung. Du hattest ein behütetes Zuhause, wo alles im Gleichgewicht war. Aber du hast nicht die leiseste Ahnung, wie es in meiner Welt ausgesehen hat, bevor er kam, und wie es jetzt aussähe, wenn er nicht gekommen wäre. So habe ich jedenfalls nie vorgehabt, mich bei ihm zu revanchieren."

„Nein, du revanchierst dich lieber, indem du ihn beleidigst. Du beleidigst ihn nämlich, wenn du dich weigerst, zu dem, was zwischen uns ist, zu stehen. Als wäre es etwas, für das man sich schämen müsste. Glaubst du wirklich, ich wüsste nicht, wie dein Leben früher war? Und dass ich in einer heilen Welt aufgewachsen bin, ist leider ein Trugschluss, Blackhawk.

Ich bin die Tochter eines Cops, und es gibt nichts, was ich durch seine Augen noch nicht gesehen hätte. Und inzwischen durch meine eigenen."

Ein erneuter Stich mit dem Zeigefinger, diesmal in die Brust. „Versuch nicht, mir etwas einzureden, und dir auch nicht. Ganz egal, von wo aus jeder von uns gestartet ist, jetzt sind wir auf gleicher Höhe. Und daran solltest du dich besser erinnern."

Er stieß ihre Hand weg. „Hör sofort auf, in mir rumzubohren."

„Ich würde dich am liebsten platt machen."

„Danke gleichfalls."

Nachdem er sich ein Stück von ihr entfernt hatte, wartete er, bis er sich etwas beruhigt hatte. Ihre Behauptung, er würde sich seiner Beziehung zu ihr schämen, hatte ihn schwer getroffen. Er war vielleicht wütend auf sich selbst, weil er sich in sie verliebt hatte, aber schämen würde er sich dafür ganz bestimmt nicht.

„Also gut, ich mache dir einen Vorschlag. Du schickst jetzt erst mal unsere Wachhunde da hinten weg." Er deutete auf die dunkle Limousine, die eine Minute später hinter ihnen eingeparkt hatte. „Und dann fahren wir für zwei Stunden zu deinen Eltern."

„Alles klar. Bin gleich wieder da."

Sie ging zu dem Wagen, beugte sich durchs geöffnete Fenster und redete ein paar Worte mit dem Fahrer. Wenig später kam sie mit den Händen in den Hosentaschen zurück.

„Ich habe ihnen den restlichen Nachmittag freigegeben. Mehr kann ich nicht tun." Sie rollte die Schultern. Entschuldigungen waren immer etwas Anstrengendes. „Hör zu, es tut mir Leid. Ich hätte dir von vornherein reinen Wein einschenken sollen, und dann hätten wir uns gleich bei dir streiten können."

„Du hast nichts gesagt, weil du genau wusstest, dass ich mich nie darauf einlassen würde."

„Okay, du hast Recht." Sie gab sich geschlagen und hob die Hände. „Ich bitte hiermit um Entschuldigung. Aber meine Familie ist mir wichtig, und ich habe mit dir etwas angefangen. Da ist es nur verständlich, wenn ich mir wünsche, dass du dich mit ihnen wohl fühlst."

„Wohl fühlen wäre wohl ein bisschen zu viel verlangt. Trotzdem will ich festhalten, dass ich mich für das, was zwischen uns ist, nicht schäme."

„Gut, Jonah. Es würde mir dennoch viel bedeuten, wenn du es heute Nachmittag wenigstens mal versuchst."

„Meinetwegen, aber nur kurz. Man kann sich wirklich leichter mit dir streiten, wenn du rechthaberisch bist und boshaft."

„Genau dasselbe sagt mein Bruder Bryant auch immer. Ihr werdet euch blendend verstehen." Um es ihm ein bisschen leichter zu machen, hängte sie sich bei ihm ein. „Da ist noch etwas", begann sie, während sie zusammen zum Auto zurückgingen.

„Was denn noch?"

„Na ja, dieses Treffen heute ... Es ist nämlich ein bisschen mehr, als ich vielleicht angedeutet habe. Also, es ist so eine Art Familientreffen, aber das heißt eigentlich nur, dass außer meiner unmittelbaren Familie noch ein paar Leute da sind, das ist alles", sprudelte sie heraus. „Nur so ein paar Tanten und Onkels und Cousins aus dem Osten. Und die ehemalige Partnerin meines Vaters mit ihrer Familie. Aber im Grunde ist es sogar besser für dich", beharrte sie, als Jonah ihr eine drohend geballte Faust unter die Nase hielt. „Es ist nämlich ein eher wilder Haufen, und deshalb wird man dich kaum bemerken. He, warum lässt du mich nicht die restliche Strecke fahren?"

„Warum schlage ich dich nicht k. o. und lade dich für den Rest der Fahrt in den Kofferraum?"

„Vergiss es. War nur so eine Idee." Ally umrundete das Auto und streckte die Hand nach der Türklinke aus, aber Jonah war schneller. Als Lachen in ihr aufstieg, drehte sie sich um und nahm sein Gesicht zwischen ihre Hände.

„Du bist wirklich ein schwerer Fall, Blackhawk." Sie gab ihm einen herzhaften Kuss, dann stieg sie ein. Als er sich hinters Steuer gesetzt hatte, beugte sie sich vor und fuhr ihm mit den Knöcheln über die Wange. „Es sind doch auch nur Menschen. Echt liebe Menschen."

„Das bezweifle ich nicht."

„Jonah. Nur eine Stunde, nicht länger. Und wenn du gehen willst, sagst du es mir. Dann werde ich mir eine Ausrede einfallen lassen, und wir fahren. Keine Fragen. Abgemacht?"

„Wenn ich nach einer Stunde fahren will, werde ich fahren. Und du bleibst bei deiner Familie. So gehört es sich, und genau so lautet unsere Abmachung."

„In Ordnung." Sie lehnte sich zurück und schnallte sich an. „Am besten setze ich dich jetzt schon mal kurz ins Bild. Also, da wären zum einen Tante Natalie und ihr Mann Ryan Piasecki. Tante Nat leitet einige der interessantesten Ableger des Fletcher-Konzerns, aber ihr Baby ist ‚Lady's Choice'."

„Unterwäsche?"

„Dessous. Sei kein Bauer."

„Tolle Kataloge."

„Die du nur studierst, um modisch auf dem Laufenden zu sein."

„Himmel nein! Ich schaue sie mir an, weil halb nackte Frauen drin sind."

Sie lachte, froh darüber, dass sie die kritische Situation fürs Erste gemeistert hatten. „Onkel Ry ist Brandinspektor in Urbana. Sie haben drei Kinder, vierzehn, zwölf und acht, wenn ich richtig gerechnet habe. Dann gibt es da noch die Schwester meiner Mutter, Tante Deborah – Bezirksstaatsanwältin von Urbana – und ihren Ehemann, Gage Guthrie."

„Der Guthrie, der mehr Geld zur Verfügung hat als der Bundesfinanzminister?"

„Erzählt man sich jedenfalls. Sie haben vier Kinder. Sechzehn, vierzehn, zwölf und zehn. Schön abgestuft." Sie machte eine entsprechende Handbewegung. „Dann wäre da noch Captain Althea Grayson, Dads frühere Partnerin, und ihr Ehemann Colt Nightshade. Privater Ermittler. Eigentlich eher so eine Art Problemlöser. Du wirst ihn mögen. Sie haben zwei Kinder, einen Jungen und ein Mädchen, fünfzehn und zwölf. Nein, dreizehn inzwischen."

„Dann verbringe ich den Nachmittag hauptsächlich mit einer Jugendbasketballmannschaft."

„Sie sind echt lustig", versprach sie. „Oder magst du keine Kinder?"

„Woher soll ich das wissen? Meine Erfahrungen mit dieser Spezies sind äußerst begrenzt."

„Da vorn musst du raus", machte Ally ihn aufmerksam. „Nun, nach dem heutigen Tag werden sie nicht mehr begrenzt sein. Und ich glaube, irgendwann zwischendurch wirst du meine Brüder kennen lernen müssen. Bryant arbeitet bei ‚Fletcher Industries'. Er ist wohl auch so eine Art Problemlöser, nehme ich mal an. Reist viel herum. Es macht ihm Spaß. Und Keenan ist Feuerwehrmann. Wir haben Tante Natalie besucht, kurz nachdem sie sich mit Onkel Ry zusammengetan hat, und Keen hat sich unsterblich in das große rote Feuerwehrauto verliebt. Das wars dann für ihn. An der nächsten Ampel biegst du ab. Und diese Liebe ist ihm geblieben."

„Ich habe Kopfschmerzen."

„Nein, hast du nicht. Gleich da vorn an der Ecke links runter, und am Ende des zweiten Blocks ist es dann."

Er hatte sich bereits einen Überblick verschafft. Hier lebten die Reichen, inmitten weitläufiger, akkurat gepflegter Rasenflächen und parkähnlicher Gartenanlagen, in großen geschmackvollen Häusern. Bei dem Anblick verspürte er ein unerklärliches Kribbeln zwischen den Schulterblättern.

Jonah lebte gern in der Stadt, die ihn immer wieder daran erinnerte, dass er triumphiert hatte, umgeben von einem nie abreißenden Strom fremder Gesichter. Hier jedoch, inmitten herrlicher alter Bäume und sanfter Rasenhügel, die jetzt zu Sommeranfang üppig grün leuchteten, inmitten der bunten Farbenpracht und der beeindruckenden Häuser war er nicht nur schlicht ein Fremder.

Hier war er ein Eindringling.

„Das linke da aus Zedernholz und Flussstein ist es, mit den Zickzack-Decks. Und da es hier aussieht wie auf einem Parkplatz, sind wohl schon alle da."

Die zweispurige Einfahrt war praktisch zugeparkt. Das Haus, umgeben von alten Bäumen und blühenden Büschen und dazwischen ein schiefergrauer Pfad, der sich einen sanften Hügel hinaufschlängelte, war eine einzigartige Studie aus auf mehreren Ebenen verlaufenden Dachkanten, hervorstehenden Decks und riesigen Glasfronten.

„Ich muss den Preis für unseren Handel erhöhen", bemerkte Jonah. „Es kommen noch ein paar ausgefallene Liebesdienste hinzu. Ich denke, das ist nur angemessen."

„Den Preis zahle ich gern."

Ally streckte die Hand nach dem Türgriff aus, aber sein Arm schoss vor und drückte sie auf den Sitz zurück. Sie lachte nur und verdrehte die Augen. „Okay, okay, darüber reden wir später. Es sei denn, du verlangst an Ort und Stelle eine Anzahlung."

„Ja, das würde dem Ganzen wirklich die Krone aufsetzen." In dem Moment, als er seine Tür öffnete, ertönte lautes Kriegsgeheul, und gleich darauf kam ein hübsches junges Mädchen mit einer Kappe aus dunklen Haaren den Hügel hinuntergerannt.

Sobald Ally ausgestiegen war, fiel ihr das Mädchen um den Hals. „Endlich! Die anderen sind schon alle da. Sam hat Mick in den Pool geworfen, und Bing hat den Nachbarkater auf einen Baum gejagt. Keenan ist ihm nach und hat ihn runtergeholt, und jetzt tut ihm meine Mom was auf seine Kratzer. Hallo."

Das Mädchen schenkte Jonah ein 100-Watt-Lächeln. „Ich bin Addy Guthrie, Sie müssen Jonah sein. Tante Cilla hat schon erzählt, dass Ally Sie mitbringt und dass Sie einen Nachtclub haben. Was für Musik gibts denn da?"

„Sie hält zweimal im Jahr für genau fünf Minuten den Mund. Wir stoppen es." Ally umarmte ihre Cousine. „Sam ist vom Piasecki-Zweig, Mick ist Addys Bruder. Und Bing ist unser Hund. Er ist entsetzlich schlecht erzogen, deshalb passt er auch so gut zu uns. Aber mach dir wirklich nicht die Mühe, dir das alles zu merken, sonst bekommst du bloß noch mehr Kopfschmerzen."

Ally wollte seine Hand nehmen, aber Addy war schneller. „Kann ich in Ihren Club kommen? Wir fahren erst am Mittwoch zurück. Oder Donnerstag, wenn ich ein bisschen quengele. Ich meine, was macht schon ein Tag mehr aus? Du lieber Himmel, sind Sie groß. Und echt toll sieht er aus", fügte sie etwas leiser an ihre Cousine gewandt hinzu. „Das hast du gut gemacht, Allison."

„Halt den Schnabel, Addy."

„Das höre ich ständig."

Jonah lächelte sie, von ihrem Charme angesteckt, an. „Machst du es denn auch?"

„Ich denk ja gar nicht dran."

Der Geräuschpegel stieg bedenklich – Stimmengewirr und Geschrei wurden immer lauter. Als Jonah den Kopf wandte, sah er zwei schlaksige Teenager, bewaffnet mit überdimensionalen Wasserpistolen, vorbeistürmen. Außerdem eine Blondine, die in eine angeregte Unterhaltung mit einer tollen Rothaarigen vertieft war. Auf einem schwarz geteerten Basketballfeld lieferte sich eine Horde Männer – ein paar davon mit nacktem Oberkörper – eine erbitterte Schlacht, während in einiger Entfernung ein Haufen tropfnasser junger Leute einen voll beladenen Essentisch plünderte.

„Der Pool ist hinterm Haus", erklärte Ally. „Er ist verglast, deshalb können wir ihn das ganze Jahr über benutzen."

Jetzt wirbelte einer der Männer auf dem Basketballfeld herum, durchbrach die Verteidigungslinie und versenkte den Ball im Korb. Als er Ally entdeckte, verließ er das Spielfeld.

Sie ging ihm entgegen und lachte laut auf, als er sie ohne große Umstände hochhob. „He, lass mich sofort runter, du Blödmann. Du bist ja völlig verschwitzt."

„Das wärst du auch, wenn du deine Mannschaft zum zweiten aufeinander folgenden Sieg geführt hättest." Aber er ließ sie runter und wischte sich seine Rechte am Hosenbein ab, bevor er sie Jonah reichte. „Ich bin Bryant, Allys weit überlegener Bruder. Freut mich, Sie kennen zu lernen. Wie wärs mit einem Bier?"

„Ja, gern."

Bryant taxierte Jonah eingehend. „Spielen Sie auch?"

„Ab und zu."

„Prima. Wir brauchen nämlich dringend frisches Blut. Ally, hol dem Mann ein Bier, während ich diesen Weicheiern endgültig den Garaus mache."

„Komm mit ins Haus." Ally tätschelte Jonah tröstlich den Arm. „Da kannst du dich erst mal erholen. Es ist einfach zu anstrengend, alle auf einmal kennen zu lernen."

Sie führte ihn auf ein Deck, wo noch ein weiterer, mit Essen beladener Tisch stand, außerdem gab es eine große, mit Eis gefüllte Wanne, in der gekühlte Getränke lagerten. Ally nahm im Vorbeigehen zwei Bierflaschen heraus und ging mit Jonah durchs Atrium ins Haus.

Die geräumige Küche war in einen Arbeitsbereich und eine Sitzecke mit einem großen Tisch unterteilt. Dort versuchte gerade ein dunkelhaariger junger Mann, sich seiner Haut zu erwehren.

„Ich werde es überleben, Tante Deb. Mom, sag ihr, dass sie mich in Ruhe lassen soll."

„Stell dich nicht so an." Cilla, die den Kopf im Kühlschrank hatte, stieß eine Verwünschung aus. „Uns wird das Eis ausgehen. Ich weiß es. Sage ich nicht schon die ganze Zeit, dass wir viel zu wenig Eis haben?"

„Halt jetzt sofort still, Keenan." Deborah bedeckte die Kratzer mit einem Gazetupfer, den sie fein säuberlich mit Pflaster festklebte. „So, und weil du so schön brav warst, bekommst du jetzt einen Lutscher."

„Hilfe, ich bin von Klugscheißern umzingelt! Ach, und da kommt ja auch noch Ally."

„Tante Deb." Ally umarmte ihre Tante zur Begrüßung, dann streckte sie die Hand aus und fuhr Keenan liebevoll mit den Knöcheln über die Wange. „Hallo, mein Held. Darf ich vorstellen, das ist Jonah Blackhawk. Jonah, das sind meine Tante Deborah und mein Bruder Keenan. Und meine Mutter kennst du ja bereits."

„Ja. Nett, Sie wieder mal zu sehen, Mrs. Fletcher."

In diesem Moment wurde die Küche von einer schreienden kleinen Horde gestürmt, der ein unglaublich großer, hässlicher Hund auf den Fersen war.

Ally wurde sofort mit Beschlag belegt. Und Jonah, der sich nicht mehr rechtzeitig vor den Überfall retten konnte, ebenfalls.

Jonah hatte wirklich fest vorgehabt, sich nach einer Stunde zu verabschieden. Abgemacht war abgemacht. Er hatte ein bisschen höfliche Konversation machen und sich ansonsten weitgehend aus allem raushalten wollen, bis er sich unauffällig verdrücken und wieder in die Stadt zurückfahren konnte, wo er die Spielregeln kannte.

Doch dann hatte er irgendwie sein Hemd ausgezogen und sich von Allys Onkels, Cousins und Brüdern in ein tückisches Basketballspiel verwickeln lassen. Und hatte im Eifer des Gefechts alles andere schnell vergessen.

Trotzdem wusste er genau, dass es Ally gewesen war, die ihm auf die Zehen getrampelt war, was ihn einen Punkt gekostet hatte.

Sie ist blitzschnell und hinterhältig, konstatierte er, während er einem Gegner den Ball entriss und ihr dabei einen unversöhnlichen Blick zuwarf. Und dennoch, sie war einfach nicht auf der Straße aufgewachsen, wo ein Treffer einen Dollar bedeuten konnte. Ein Dollar, der für einen Hamburger reichte, um den knurrenden Magen zu beruhigen.

Deshalb war er noch schneller. Und noch hinterhältiger als sie.

„Ich mag ihn." Natalie überhörte den blutrünstigen Racheschrei ihres Sohnes und hängte sich bei Althea ein.

„Er ist ein Dickschädel, aber Boyd hat immer große Stücke auf ihn gehalten. Du meine Güte, er hat aber auch wirklich ein paar echt fiese Tricks drauf!"

„Wie sollte er es anders anstellen? Oh je, Ryan wird morgen lahm sein. Na, geschieht ihm ganz recht." Natalie lachte auf. „Sich mit einem Burschen anzulegen, der nur halb so alt ist wie er. Echt knackiger Po."

„Rys? Fand ich schon immer."

„Hör auf, meinen Mann so anzuschauen, Captain. Ich habe von Allys jungem Mann gesprochen."

„Weiß Ryan, dass du so gerne jungen Männern nachguckst?"

„Selbstverständlich. Wir haben eine Abmachung."

„Nun, dann sehe ich mich gezwungen, dem zuzustimmen. Allys junger Mann hat wirklich einen knackigen Po. Autsch, das tat weh!"

„Ich glaube, ich könnte ihn kriegen", murmelte Natalie und lachte, als sie Altheas Blick sah. „Beim

Basketball, versteht sich. Hör auf, so schlimme Sachen von mir zu denken." Sie legte ihrer Freundin einen Arm um die Schultern. „Ich schlage vor, wir holen uns ein Glas Wein, und dann quetschen wir Cilla wegen dieser neuen und höchst interessanten Situation ein bisschen aus."

„Du hast meine Gedanken gelesen."

„Ich weiß nichts, ich sage nichts", wehrte Cilla alle Fragen ab, während sie einen weiteren großen Behälter mit Eiswürfeln in die Wanne schüttete. „Lasst mich in Frieden."

„Das ist der erste Junge, den sie jemals zu einem Familientreffen mitgebracht hat", erinnerte Natalie.

Cilla, die immer noch über die Eiswanne gebeugt dastand, richtete sich halb auf und deutete mit einer Geste an, dass ihre Lippen versiegelt waren.

„Das könnt ihr vergessen", mischte Deborah sich ein. „Ich verhöre sie jetzt seit einer geschlagenen halben Stunde und habe immer noch kein Wort aus ihr herausbekommen."

„Ihr Anwälte seid einfach zu zart besaitet." Althea trat einen Schritt vor und packte Cilla am Kragen. „Aber ein guter Cop weiß, wie er an die Wahrheit kommt. Los, spuck es aus, O'Roarke."

„Mach mit mir, was du willst, Cop, ich bin kein

Spitzel. Davon abgesehen, weiß ich nichts … aber ich werde es bald wissen", murmelte sie, als sie Ally mit Jonah im Schlepptau herankommen sah.

„Nur desinfizieren, sonst nichts", versuchte Ally Jonah zu beschwichtigen.

„Aber es ist doch gar nichts", beharrte Jonah.

„Es blutet. Und was blutet, wird desinfiziert, das sind die Regeln des Hauses."

„Ah, noch ein Opfer." Cilla rieb sich die Hände, während sich ihre Freundinnen und Verwandten unauffällig zerstreuten. „Her mit ihm."

„Er ist in irgendwas reingelaufen."

„Ja, in deine Faust", erklärte Jonah erbittert. „Du sollst das Tor bewachen und nicht linke Aufwärtshaken austeilen."

„Bei uns ist das aber so."

„Lassen Sie mal sehen." Cilla war weise genug, ernst zu bleiben, während sie Jonahs blutende Lippe begutachtete. „Halb so schlimm. Ally, geh und hilf deinem Vater."

„Aber ich …"

„Geh und hilf deinem Vater", wiederholte Cilla, während sie Jonahs Hand nahm und ihn in die Küche zog. „Dann wollen wir mal sehen. Wo habe ich denn meine Folterinstrumente hingelegt?"

„Mrs. Fletcher …"

„Cilla. So, und jetzt setzen Sie sich und halten schön brav den Mund. Winseln wird hier schwer bestraft." Sie befeuchtete ein sauberes Geschirrtuch, suchte Eiswürfel und Desinfektionsmittel zusammen. „Sie hat sie also geschlagen?"

„Ja."

„Kommt ganz nach ihrem Vater, das Mädchen. Hinsetzen", wiederholte sie und stach ihm den Zeigefinger in den nackten Bauch, bis er gehorchte. „Ich weiß es übrigens zu würdigen, dass Sie nicht zurückgeschlagen haben."

„Ich schlage keine Frauen." Er zuckte zusammen, als sie an der Platzwunde herumtupfte.

„Gut zu wissen. Sie ist eine Plage. Ist Ihnen das eigentlich bewusst?"

„Wie bitte?"

„Ist es nur Sex, oder sind Sie auf das ganze Päckchen aus?"

Er war sich nicht sicher, was ihn mehr schockierte – die Frage oder der plötzliche beißende Schmerz von Desinfektionsmittel. Er fluchte laut, dann biss er die Zähne zusammen. „Entschuldigung."

„Ist das Ihre Antwort?"

„Mrs. Fletcher ..."

„Cilla." Sie kam näher und schaute ihm lächelnd in die Augen. Gute Augen, dachte sie. Ruhig und klar.

„Ich habe Sie in Verlegenheit gebracht. Das hätte ich nicht gedacht. So, wir sind gleich fertig. Halten Sie das Eis noch einen Moment an die Wunde."

Sie rutschte ihm gegenüber in die Bank und verschränkte die Arme auf dem Tisch. Ihrer Schätzung nach hatte sie maximal noch zwei Minuten, bevor die Küche von irgendwem gestürmt und sie unterbrochen werden würde. „Boyd hat nicht erwartet, dass Sie heute kommen. Ich hingegen schon. Allison ist durch nichts aufzuhalten, wenn sie sich einmal etwas in den Kopf gesetzt hat."

„Das brauchen Sie mir nicht zu sagen."

„Ich kann nicht in Sie hineinschauen, Jonah. Aber ich weiß ein wenig von Ihnen, und ich habe Augen im Kopf. Deshalb will ich Ihnen etwas sagen."

„Ich hatte eigentlich gar nicht vor, so lange zu …"

„Ssch", sagte sie milde. „Es ist inzwischen eine halbe Ewigkeit her, seit ich diesem Cop begegnet bin. Diesem provozierenden, faszinierenden, sturen Cop. Ich wollte mich nicht für ihn interessieren, und einlassen wollte ich mich erst recht nicht mit ihm. Meine Mutter war Polizistin und hat im Dienst ihr Leben gelassen. Darüber bin ich nie hinweggekommen. Nicht wirklich jedenfalls."

Um sich zu beruhigen, musste sie erst einmal tief durchatmen. „Mich in einen Cop zu verlieben war wirklich das Allerletzte, was ich wollte. Ich weiß, wie sie ticken, weiß, was sie riskieren. Gott, damit wollte ich nie mehr etwas zu tun haben. Und hier stehe ich nun, ein ganzes Leben lang später, als Ehefrau eines Polizisten und Mutter einer Polizistin."

Sie schaute aus dem Fenster, erhaschte erst einen Blick auf ihren Mann, dann auf ihre Tochter. „Schon seltsam, wie sich die Dinge manchmal entwickeln, stimmts? Es ist nicht leicht, aber ich würde keinen Moment davon hergeben. Nicht einen einzigen." Sie tätschelte seine Hand, die auf dem Tisch lag, und stand auf. „Ich freue mich, dass Sie gekommen sind."

„Warum?"

„Weil ich so Gelegenheit habe, Sie und Ally zusammen zu sehen. Gelegenheit, Sie mir ein bisschen genauer anzusehen. Eine Gelegenheit, die Sie mir in – wie viele Jahre sind es inzwischen, Jonah, siebzehn? – nicht öfter als ganze zwei Mal gegeben haben. Und was ich sehe, gefällt mir."

Damit drehte sie sich zum Kühlschrank und holte einen Teller mit rohen Hamburgern heraus. „Sind Sie so nett und bringen Sie die Boyd? Wenn wir die Kinder nicht regelmäßig alle zwei Stunden füttern, werden sie unangenehm."

„In Ordnung." Er nahm den Teller und kämpfte mit sich, während die Augen, die sie Ally vererbt hatte, ihn anlächelten. „Sie hat auch viel Ähnlichkeit mit Ihnen."

„Sie hat von mir und Boyd jeweils die schlechtesten Eigenschaften geerbt. Komisch, wie das funktioniert." Cilla erhob sich auf die Zehenspitzen und drückte sanft ihre Lippen auf seinen aufgeplatzten Mundwinkel. „Das gehört zur Behandlung dazu."

„Danke." Er verlagerte die Platte in seiner Hand, während er nach einer Erwiderung suchte. Noch nie in seinem Leben hatte ihn jemand dort geküsst, wo es wehtat. „Ich muss gleich in die Stadt zurück. Danke für alles."

„Nichts zu danken. Sie sind jederzeit willkommen, Jonah."

Als er hinausging, lächelte Cilla in sich hinein. „Jetzt bist du an der Reihe, Boyd", murmelte sie. „Ich hoffe, du machst deine Sache gut."

11. KAPITEL

„Entscheidend ist die Drehung aus dem Handgelenk", behauptete Boyd, während er einen Burger umdrehte.

„Hast du nicht früher gesagt, das Timing sei entscheidend?" Die Daumen in die Taschen gehakt, stand Ally neben ihrem Vater, während ihr Bruder Bryant ihr über die Schulter schaute.

„Selbstverständlich kommt es auch auf das Timing an. Das Grillen ist eine äußerst komplizierte Kunst."

„Und wann gibts endlich was zu essen?" wollte Bryant wissen.

„In zwei Minuten ist ein Hamburger fertig. Und in zehn ein Steak." Boyd spähte mit zusammengekniffenen Augen durch die Rauchwolke, als er Jonah mit einer Platte in der Hand durch den Garten kommen sah. „Da kommt Nachschub."

„Wie wärs erst mit einem Burger und dann mit einem Steak?"

„Für einen Burger bist du so ungefähr der Zehnte, Sohn. Zieh eine Nummer." Boyd drehte wieder einen Hamburger um, so dass es zischte, und runzelte die Stirn, als sein Blick auf seine Frau auf dem Seitendeck fiel.

Cilla hüpfte, die Arme wild schwenkend, auf der

Stelle, wobei sie erst auf Jonah, dann auf Boyd deutete und mit den Fingern einen Kreis beschrieb. Nachdem er begriffen hatte, signalisierte er ihr unauffällig sein Einverständnis, obwohl er sich innerlich krümmte.

Okay, okay, ich werde mit ihm reden.

Cilla nickte, dann bewegte sie lächelnd den Zeigefinger hin und her.

Ja, ja, keine Angst, ich werde schon behutsam vorgehen. Still jetzt.

„Stellen Sie den Nachschub einfach irgendwo hin, Jonah." Boyd deutete mit einem Daumen auf den Tisch neben dem Grill. „Was macht die Lippe?"

„Ich werde es überleben." Jonah warf Ally einen eisigen Blick zu. „Vor allem, weil ich trotz des unsportlichen Verhaltens des Gegners den Treffer gelandet habe."

„Das war reines Glück. Nach dem Essen gibts ein Rückspiel", warf Ally ein.

„Immer, wenn sie verliert, verlangt sie ein Rückspiel", beschwerte sich Bryant. „Aber wehe, sie gewinnt, dann reibt sie es uns tagelang unter die Nase."

„Und was willst du damit sagen?" fragte Ally mit unschuldigem Augenaufschlag.

„Mom hat mir früher nie erlaubt, mich mit Ally zu schlagen, weil sie ein Mädchen war." Bryant zog Ally am Ohrläppchen. „Das war in meinen Augen immer extrem unfair. Denn die Kleine weiß sehr wohl, wie man einem Gegner die entscheidenden Schläge versetzt."

„Na und? Dafür hast du dann umso öfter Keenan verprügelt."

„Ja." Bryants Gesicht hellte sich sofort auf. „Stimmt. Deshalb werde ich ihm nachher wieder mal ein paar schöne rechte Haken verpassen, einfach nur um der guten alten Zeiten willen."

„Au ja! Darf ich zuschauen? So wie früher?"

„Selbstverständlich."

„Bitte. Eure Mutter und ich geben uns gern der Hoffnung hin, dass aus unseren Kindern ausgeglichene, vernünftige Erwachsene geworden sind. Zerstört uns nicht unsere Illusionen. Jonah, Sie haben meine Werkstatt noch nicht gesehen." Als seine Tochter verächtlich schnaubte, musterte er sie tadelnd mit einer hochgezogenen Augenbraue. „Ich verbitte mir jeglichen Kommentar. Bryant, dies ist ein besonderer Moment."

„So?"

„Ja. Ein ganz besonderer. Hiermit gebe ich das geheiligte Grillbesteck an dich weiter."

„He, Sekunde mal!" Ally versetzte ihrem Bruder einen kräftigen Rippenstoß. „Warum kann ich es nicht machen?"

„Ah." Boyd legte sich die Hand aufs Herz. „Wie oft habe ich dich in unserem langen und aufregenden Zusammenleben diese Worte schon sagen hören? Wann wirst du endlich vernünftig, meine Tochter?"

In einer Mischung aus Faszination und Belustigung beobachtete Jonah den trotzigen Ausdruck, der sich auf Allys Gesicht breit machte. „Sag schon, warum nicht?"

„Allison, mein Schatz, es gibt einfach ein paar Dinge, die muss ein Mann an seinen Sohn weitergeben. Sohn." Boyd legte Bryant eine Hand auf die Schulter. „Ich lege den guten Ruf der Fletchers vertrauensvoll in deine Hände und bitte dich inständig, uns keine Schande zu machen."

„Dad." Bryant wischte sich eine imaginäre Träne aus dem Auge. „Ich bin überwältigt. Ich fühle mich geehrt. Ich schwöre, den Familiennamen in Ehren zu halten, was immer auch geschieht."

„Dann nimm dies." Boyd überreichte ihm das Grillbesteck. „Ab heute bist du ein Mann."

„Au, das tut weh", brummte Ally, während Boyd Jonah einen Arm um die Schultern legte.

„Du bist eben ein Mädchen." Süffisant grinsend rieb Bryant das Grillbesteck aneinander. „Finde dich damit ab."

„Das wird er büßen müssen", murmelte Boyd, während er mit Jonah wegging und fortfuhr: „Na, wie stehts?"

„Alles bestens." Wie, zum Teufel, sollte er sich

unauffällig verdrücken, wenn ihn ständig irgendwer irgendwohin zerrte? „Ich weiß Ihre Gastfreundschaft wirklich zu schätzen, aber ich muss bald los. Der Club wartet."

„So ein Laden lässt einem nicht viel Freizeit, vor allem nicht in den ersten Jahren." Boyd ging mit Jonah zu einem großen Holzschuppen am äußersten Ende des Grundstücks. „Kennen Sie sich mit Elektrowerkzeugen aus?"

„Ich weiß nur, dass sie einen Höllenlärm machen."

Boyd lachte laut auf und öffnete die Tür der Werkstatt. „Na, was halten Sie davon?"

Der Raum, der die Ausmaße einer großen Garage hatte, war voll gestopft mit Werkbänken, Tischen, Regalen, auf denen allerlei Werkzeuge lagen, kleinen Maschinen und Holzstapel. So wie es aussah, hatte man eine ganze Menge Projekte in Angriff genommen, aber Jonah wusste nicht, was für welche.

„Beeindruckend", bemerkte er diplomatisch. „Was machen Sie hier?"

„In erster Linie einen Höllenlärm. Ansonsten weiß ich es noch nicht so genau. Vor zehn Jahren habe ich Keenan geholfen, ein Vogelhaus zu bauen. Ist wirklich hübsch geworden. Cilla hat dann irgendwann angefangen, mir Werkzeug zu schenken. ‚Jungenspielzeug' nennt sie es süffisant."

Boyd fuhr mit der Hand über das Blatt einer Stichsäge. „Dann brauchte ich einen Platz, um sie aufzubewahren, und ehe ich mich versah, hatte ich eine voll eingerichtete Werkstatt. Ich glaube, es war ein Trick von ihr, um mich loszuwerden."

„Ganz schön clever."

„Ja, das ist sie wirklich." Sie standen einen Moment lang mit den Händen in den Taschen da und musterten mit ernstem Gesichtsausdruck die Werkzeuge. „Okay, bringen wir's hinter uns", fuhr Boyd schließlich fort. „Damit wir uns beide entspannen und in Ruhe essen können. Was geht zwischen Ihnen und meiner Tochter vor?"

Obwohl Jonah die Frage nicht sonderlich überraschte, krampfte sich doch sein Magen zusammen. „Wir haben was miteinander."

Mit einem Nicken ging Boyd zu einem kleinen quadratischen Kühlschrank, nahm zwei Bierdosen heraus und hielt Jonah eine hin. „Und weiter?"

Jonah legte den Kopf in den Nacken und trank einen langen Schluck, dann schaute er Boyd ruhig an. „Was wollen Sie hören?"

„Die Wahrheit. Obwohl mir klar ist, dass Sie jetzt am liebsten sagen würden, dass mich das nichts angeht."

„Natürlich geht es Sie etwas an. Sie ist immerhin Ihre Tochter."

„Dann sind wir ja einer Meinung." Boyd beschloss, es sich ein bisschen bequemer zu machen, und schwang sich auf eine Werkbank. „Es geht hier um Absichten, Jonah, Ich frage Sie, was für Absichten Sie meiner Tochter gegenüber haben."

„Keinerlei Absichten. Ich hätte sie nie anrühren dürfen, das weiß ich."

„Ach ja." Verblüfft legte Boyd den Kopf zur Seite. „Macht es Ihnen etwas aus, mir das ein bisschen näher zu erklären?"

„Was erwarten Sie von mir? Verdammt." Jonah gab seiner Frustration nach und fuhr sich mit einer Hand durchs Haar.

„Als Sie mir diese Frage zum ersten Mal gestellt haben, in fast demselben Ton, waren Sie dreizehn. Damals hat Ihre Lippe auch geblutet."

Jetzt hatte sich Jonah wieder voll unter Kontrolle. „Ich erinnere mich."

„Da ich noch nie erlebt habe, dass Sie etwas vergessen, erinnern Sie sich bestimmt auch noch daran, was ich damals gesagt habe. Und ich werde es jetzt wieder sagen: Was erwarten Sie von sich selbst, Jonah?"

„Ich habe bekommen, was ich wollte. Ich führe ein Leben, das ich respektieren kann und das mir gefällt. Und ich weiß, wem ich dieses Leben zu verdanken habe, Fletch. Wem ich alles zu verdanken habe. Ohne Sie wäre ich mit Sicherheit nicht der, der ich heute bin. Sie haben mir Türen geöffnet, Sie haben mich angenommen, einfach so, ohne Grund."

„He, Moment mal!" Aufrichtig entsetzt hielt Boyd eine Hand hoch. „Stopp."

„Sie haben mein ganzes Leben verändert, Sie haben mir ein neues Leben geschenkt. Ich weiß sehr genau, wo ich ohne Sie heute wäre. Ich hatte kein Recht, aus der Bekanntschaft mit Ihnen noch einen weiteren Vorteil herauszuschinden."

„Jetzt übertreiben Sie 's nicht, Jonah", erwiderte Boyd ruhig. „Ich habe in Ihnen nur einen Straßenjungen mit guten Anlagen gesehen. Dem ich erst mal mächtig eingeheizt habe."

In Jonahs Augen spiegelte sich seine ganze Gefühlsbewegung wider. „Sie haben mich zu dem gemacht, der ich heute bin."

„Oh nein, Jonah, nein. Das haben letzten Endes allein Sie gemacht. Obwohl ich natürlich stolz bin, etwas dazu beigetragen zu haben."

Boyd sprang von der Werkbank herunter und begann auf und ab zu gehen. So gewann er etwas Zeit, um genauer herauszufinden, was gerade in ihm vorging. Er wusste nicht genau, was er sich von dieser Unterhaltung erwartet hatte, aber ganz sicher hatte er nicht damit gerechnet, innerlich derart aufgewühlt zu sein. Dass er sich wie ein Vater fühlte, der von seinem Sohn ein ihm sehr wertvolles Geschenk bekommt.

„Wenn Sie glauben, mir etwas schuldig zu sein, dann revanchieren Sie sich jetzt, indem Sie offen zu mir sind." Er drehte sich zu Jonah um. „Haben Sie etwas mit Ally angefangen, weil sie meine Tochter ist?"

„Obwohl sie es ist", stellte Jonah richtig. „Und irgendwann habe ich es wohl einfach vergessen. Andernfalls hätte ich mich nicht mit ihr eingelassen."

Boyd nickte, zufrieden mit der Antwort. Der Junge leidet, dachte er. Obwohl Boyd nicht behaupten konnte, dass er übermäßiges Mitleid mit ihm hatte. „Erklären Sie mir, was Sie mit ‚einlassen' meinen."

„Um Himmels willen, Fletch." Jonah trank erschrocken einen Schluck von seinem Bier.

„Das meine ich nicht", wehrte Boyd eilig ab, bevor er sich selbst einen langen Schluck gönnte. „Darüber sollten wir besser nicht reden, es könnte in eine Schlägerei ausarten."

„Alles klar. Gut."

„Ich meine, was empfinden Sie für sie?"

„Ich mag sie."

Boyd schwieg einen Herzschlag lang, nickte wieder. „Okay."

Jonah fluchte. Obwohl Boyd ihn um Offenheit gebeten hatte, wich er ständig aus. „Also gut, ich liebe sie. Verdammt." Er schloss die Augen, malte sich aus, wie er die Dose gegen die Wand warf. Metall klirrte, Bier spritzte ... Es half nichts. „Es tut mir Leid." Jonah öffnete die Augen, fand – zumindest teilweise – sein seelisches Gleichgewicht wieder. „Offener gehts wirklich nicht."

„Ja, das würde ich auch so sehen."

„Sie kennen mich. Sie können unmöglich der Meinung sein, dass ich gut genug für sie bin."

„Das sind Sie natürlich nicht", sagte Boyd, aber Jonah zuckte mit keiner Wimper. „Sie ist mein kleines Mädchen, Jonah. Kein Mann ist gut genug für sie. Doch da ich Sie kenne, würde ich sagen, dass Sie meinem Wunschbild ziemlich nahe kommen. Ich frage mich nur, warum Sie das überrascht."

„Ich stecke bis über beide Ohren in Schwierigkeiten", brummte Jonah. „Und es ist lange her, seit ich zum letzten Mal über beide Ohren in Schwierigkeiten gesteckt habe."

„So etwas kann einem mit Frauen passieren. Und wenn man an die Richtige gerät, geht man unter und taucht nie wieder ganz auf. Sie ist schön, nicht wahr?"

„Ja. So schön, dass sie mich blendet."

„Und darüber hinaus, ist sie klug und stark und durchsetzungsfähig, Jonah Blackhawk."

Jonah fuhr sich nachdenklich über seine aufgeplatzte Lippe. „Kein Einspruch."

„Dann rate ich Ihnen dringend, ihr gegenüber ebenfalls mit offenen Karten zu spielen. Mit weniger wird sie Sie nicht davonkommen lassen – nicht auf Dauer jedenfalls."

„Sie will sonst nichts von mir."

„Denken Sie das ruhig weiter, Sohn." Jetzt wieder entspannt, ging Boyd zu Jonah, legte ihm eine Hand auf die Schulter. „Nur noch eins", fuhr er fort, während sie zusammen nach draußen gingen. „Wenn Sie ihr wehtun, bringe ich Sie um. Ihre Leiche wird man nie finden."

„Jetzt geht es mir schon viel besser."

„Gut. Wie mögen Sie Ihr Steak?"

Ally, die gesehen hatte, wie die beiden Männer in die Werkstatt gegangen waren, entspannte sich erst, als sie sie wieder herauskommen sah. Ihr Vater hatte Jonah kameradschaftlich einen Arm um die Schultern gelegt. Sie wirkten, als ob sie da drin nur in aller Freundschaft ein Bier getrunken und sich über ein paar Werkzeuge unterhalten hätten.

Falls ihr Vater versucht hatte, Jonah ihretwegen auszuhorchen, hatte er zumindest keinen bleibenden Schaden angerichtet.

Es gefiel ihr, die beiden zusammen zu sehen und dieses echte Band aus Zuneigung und gegenseitiger Achtung mitzuerleben – es gefiel ihr sogar ausnehmend gut. Obwohl ihre Familie für sie an erster Stelle stand, wäre sie dennoch der Stimme ihres Herzens gefolgt. Aber es wäre ein Wermutstropfen in ihrem Glück gewesen, könnte ihre Familie den Mann nicht lieben, für den ihr Herz sich entschieden hatte.

Die Schüssel mit Kartoffelsalat wäre Ally aus der Hand gerutscht, hätte Cilla nicht geistesgegenwärtig danach gegriffen.

„Das kommt davon, wenn man Fettfinger hat", bemerkte Cilla, während sie die Schüssel auf dem Tisch stellte.

„Mom."

„Hm? Uns geht schon wieder das Eis aus."

„Ich liebe Jonah."

„Ich weiß, Baby. Ich brauche jemanden, der mir mehr Eis holt."

„Woher weißt du das?" Ally packte ihre Mutter am Handgelenk, bevor Cilla an die Brüstung treten konnte, um nach jemandem zu rufen, der Eis besorgte. „Wo es mir doch gerade eben in dieser Sekunde erst klar geworden ist."

„Weil ich dich kenne, und weil ich sehe, wie du mit ihm umgehst." Cilla fuhr Ally liebevoll durchs Haar.

„Und was verspürst du tief in deinem Innern? Angst oder Glück? Kannst du mir das sagen?"

„Beides."

„Gut." Cilla gab Ally mit einem leisen Aufseufzen auf jede Wange einen Kuss. „Das ist perfekt." Sie schlang einen Arm um Allys Taille und drehte sich zum Geländer um. „Ich mag ihn."

„Ich auch. Ich mag ihn so, wie er ist."

Cilla lehnte ihren Kopf näher zu dem ihrer Tochter. „Ist es nicht schön, wenn die Familie so zusammen ist wie heute?"

„Es ist wundervoll. Jonah und ich haben uns gestritten. Er wollte nicht mitkommen."

„Sieht ganz so aus, als ob du ihn dazu überredet hättest."

„Ja. Und bestimmt streiten wir uns wieder, wenn ich ihm sage, dass wir heiraten werden."

„Du bist die Tochter deines Vaters. Das schaffst du."

„Wetten?" Ally ging bereits die Treppe hinunter, über den Rasen. Es war ein genau berechneter Schritt. Berechnend zu sein machte ihr nichts aus, nicht, wenn sie ein bestimmtes Ziel vor Augen hatte.

Sie schlenderte zu ihrem Vater und Jonah hinüber, legte ihre Hände an Jonahs Wangen und presste ihre Lippen hart auf seinen Mund. Er zog scharf die Luft ein, wobei ihr einfiel, dass er ja eine aufgeplatzte Lippe hatte. Aber sie lachte nur und schüttelte ihre Haare zurück.

„Stecks weg, harter Junge", forderte sie ihn auf und küsste ihn gleich noch einmal auf dieselbe Stelle.

Seine Hände legten sich auf ihre Taille, umfassten sie fest und zogen sie auf die Zehenspitzen.

„Dad?" Sie ging langsam wieder nach unten. „Mom braucht noch Eis."

„Das behauptet sie nur, damit ich möglichst dumm dastehe." Boyd schaute sich suchend um. „Keenan! Geh und hole deiner Mutter Eis."

„Also …" Während ihr Vater die Jagd nach ihrem Bruder aufnahm, verschränkte Ally ihre Hände in Jonahs Nacken. „Worüber hast du dich mit meinem Vater unterhalten?"

„Männerkram. Was machst du denn da?" fragte er, als sie wieder mit ihren Lippen seine streifte.

„Wenn du fragen musst, scheine ich irgendwas nicht richtig zu machen."

„Ausgezählt bin ich sowieso schon, Allison. Versuchst du deine stürmische Familie jetzt auch noch dazu zu bringen, mich in den Staub zu treten bis ich keine Gegenwehr mehr leiste. Ist es das was du willst?"

„Keine Sorge. In meiner Familie sind wir alle ganz groß im Küssen."

„Das ist mir auch schon aufgefallen. Trotzdem." Er schob sie von sich weg.

„Manchmal bekommst du diese schrecklich sittsamen Anwandlungen. Total süß. Geht es dir gut?"

„Mit Ausnahme von zwei kleineren Vorfällen", gab er zurück, wobei er unmissverständlich seine aufgeplatzte Lippe berührte. „Du hast wirklich eine nette Familie."

„Ja, sie sind wirklich toll. Bei dem ganzen Trubel vergesse ich manchmal, wie beruhigend und tröstlich es ist zu wissen, dass sie da sind. Und wie sehr ich mich in hundert kleinen Dingen auf sie verlassen kann. Meine Cousinen und Cousins werden sich daran erinnern, wie sie früher als Kinder hier rausgekommen sind oder wie wir uns alle in dieser tollen gotischen Festung von Onkel Gage getroffen haben oder wie wir alle losgezogen sind, um ..." Sie unterbrach sich.

„Um was?"

„Warte. Sekunde mal." Sie hielt immer noch seine Hand, während sie die Augen schloss und den Puzzleteilchen erlaubte, an ihren Platz zu fallen. „Man kehrt immer wieder zurück", murmelte sie. „Man kehrt an Orte und zu Menschen zurück, die einem am meisten bedeuten. Aus diesem Grund besuchen die Menschen ihre Heimatstadt oder fahren an dem Haus vorbei, in dem sie aufgewachsen sind." Als ihr ein neuer Gedanke kam, öffnete sie die Augen. „Wo hat er seine Kindheit verbracht?" Sie tippte mit einem Finger auf Jonahs Brust. „Wo sind er und seine Schwester großgeworden? Wie haben sie gelebt? Wo war er glücklich? Er muss irgendwohin, er muss einen Ort finden, an dem er sich verstecken, wo er sein weiteres Vorgehen planen kann. Er ist nach Hause gegangen."

Sie wirbelte auf dem Absatz herum und rannte zum Haus.

Als Jonah sie einholte, war sie bereits in der Küche am Telefon und wählte eine Nummer. „Was machst du?"

„Meinen Job. Warum ist mir das nicht schon längst eingefallen? Carmichael? Hier ist Fletcher. Sie müssen dringend etwas für mich herausfinden. Ich brauche eine Adresse – die alte Adresse von Matthew Lyle, vielleicht auch mehrere Adressen. Gehen Sie zurück bis in seine Kindheit. Er ist … äh …"

Sie machte eine Pause, dachte scharf nach. „Er wurde in Iowa geboren, und sie sind ein paar Mal umgezogen. Ich kann mich jetzt nicht mehr erinnern, wann er nach Denver kam. Die Eltern sind tot. Ja, Sie können mich unter dieser Nummer erreichen." Sie wiederholte sie. „Oder auf meinem Handy. Danke."

„Du glaubst, er ist nach Hause gegangen?"

„Um sein seelisches Gleichgewicht auch nur einigermaßen wiederzufinden, muss er sich seiner Schwester nahe fühlen." Ally ging in der Küche auf und ab, während sie versuchte, sich Einzelheiten aus seiner Akte in Erinnerung zu rufen. „Obwohl er sich als ihr Beschützer fühlte, war er psychisch abhängig von seiner Schwester. Das haben die psychologischen Untersuchungen ergeben. Sie war sein Halt, die einzige Konstante in seinem Leben. Nach der Scheidung der Eltern wurden die Kinder herumgeschubst, was auch nicht besser wurde, als die Mutter zum zweiten Mal heiratete – ganz im Gegenteil. Der Stiefvater war … verdammt."

Sie presste ihre Finger an ihre Schläfen, als ob sie sich so besser erinnern könnte. „Ein ehemaliger Mariner. Zwanghaft korrekt. Er hat zu Hause ein straffes Regiment geführt und den pummeligen Jungen wie auch die heiß geliebte Schwester offenbar ziemlich hart rangenommen. Zum Teil rührt Lyles Autoritätskomplex von diesem chaotischen Familienleben her, dem untauglichen Vater, der passiven Mutter, dem übertrieben strengen Stiefvater. Ein sehr instabiles Fundament", schloss sie, während sie auf und ab ging. „Lyle ist intelligent, er hat einen hohen IQ, aber emotional und sozial ist er vollkommen unfähig. Seine Schwester war der einzige Mensch, dem er Gefühle entgegenbringen konnte. Die größten Probleme mit der Polizei hatte er kurz nach ihrer Heirat."

Ally schaute auf die Uhr, drängte Carmichael in Gedanken zur Eile. „Aber seine Schwester hielt trotz allem zu ihm, und offenbar gelang es ihnen, die zwischen ihnen entstandene Kluft zu überbrücken."

Als das Telefon klingelte, war sie mit einem Satz dort und hob ab. „Fletcher. Ja, was haben Sie?" Sie schnappte sich einen Stift und begann etwas auf dem Telefonblock zu notieren. „Nein, nicht außerhalb der Staatsgrenzen. Er muss in der Nähe bleiben. Darf nicht loslassen." Sie legte die Hand über die Sprechmuschel. „Tu mir einen Gefallen, Blackhawk. Würdest du meinem Vater sagen, dass ich ihn eine Minute sprechen muss?"

Es dauerte länger als eine Minute. Sie ging ins Büro ihres Vaters und schaltete den Computer ein. Zusammen mit ihrem Vater und Carmichael am Telefon durchforstete sie die Polizeiakten nach Matthew Lyles Vergangenheit.

„Da, vor zehn Jahren hatte er eine Postfachadresse. Er hat sie sechs Jahre lang behalten, obwohl er damals längst das Haus am See hatte. Dieses Haus hat er vor neun Jahren gekauft, in dem Jahr, als seine Schwester Fricks heiratete. Aber die Postfachadresse hat er nicht aufgegeben."

„Seine Schwester hat während dieser Zeit dasselbe Postfach als ihre Adresse angegeben."

„Aber wo haben sie gelebt? Ich werde Fricks fragen müssen." Ally spitzte nachdenklich die Lippen. „Carmichael, können Sie mir noch einen Gefallen tun? Sehen Sie nach, ob im Stadtgebiet von Denver unter dem Namen Madeline Matthews oder Madeline Lyle Grundstücke registriert sind. Oder unter Matthew und Lyle Madeline", ergänzte sie.

„Intelligenter Zug", lobte Boyd. „Gut gedacht."

„Er hat ein ausgeprägtes Besitzdenken. Wenn er sich sechs Jahre lang größtenteils am selben Ort aufgehalten hat, hatte er bestimmt ein eigenes Haus. Oder eins für seine Schwester." Ally straffte die Schultern. „Haben Sie eben Volltreffer gesagt? Carmichael, Sie sind ein Schatz. Ja, ja. In Ordnung. Ich habs. Ich sage Ihnen Bescheid. Wirklich. Danke."

Sie beendete das Gespräch, sprang auf. „Lyle Madeline besitzt in der Innenstadt von Denver tatsächlich eine Eigentumswohnung."

„Gute Arbeit, Detective. Setz dich mit deinem Lieutenant in Verbindung und ruf dein Team zusammen. Und diesmal will ich mit von der Partie sein, Ally", fügte Boyd hinzu.

„Ich bin sicher, wir finden noch ein Plätzchen für Sie, Commissioner."

Alles klappte wie am Schnürchen. Zwei Stunden später war das Haus umstellt, die Treppen und Ausgänge blockiert. Auf dem Flur vor Matthew Lyles Maisonnette-Wohnung hatte sich ein Dutzend Cops in kugelsicheren Westen postiert, die sich per Handzeichen verständigten.

Ally hatte den Grundriss der Wohnung im Kopf, jeden Quadratzentimeter davon. Auf ihren stummen Befehl hin brachen die beiden Polizisten neben ihr die Wohnungstür mit dem Stemmeisen auf.

Ally betrat als Erste die Wohnung, die Pistole im Anschlag.

Gleich darauf stürmten ihre Leute an ihr vorbei und die Treppe rechts von ihr hinauf. Weitere Männer schwärmten in die Zimmer zu ihrer Linken aus. In weniger als zehn Minuten stand fest, dass der Vogel ausgeflogen war.

„Aber er wohnt hier." Ally deutete auf die Teller in der Spüle. Sie steckte einen Finger in die Erde eines dekorativen Zitronenbaums, der in einem Topf am Küchenfenster stand. „Feucht. Er kümmert sich um die Wohnung. Er wird zurückkommen."

In einem der Schlafzimmer im ersten Stock fanden sie drei Handfeuerwaffen, ein Sturmgewehr und eine Schachtel Munition. „Wir müssen auf alles vorbereitet sein", murmelte Ally. „Da sind noch weitere Magazine für eine Neun-Millimeter, aber die Pistole selbst sehe ich nicht. Man muss also davon ausgehen, dass er bewaffnet ist."

„Detective Fletcher?" Ein Mitglied ihres Teams kam mit einem langen Küchenmesser zwischen den behandschuhten Fingern aus einem begehbaren Kleiderschrank. „Sieht aus wie unsere Mordwaffe."

„Eintüten." Ally griff nach einem schwarz-silbernen Streichholzheftchen, das auf der Frisierkommode lag. „Aus dem ‚Blackhawk'." Sie schaute zu ihrem Vater. „Ich bin sicher, dass er dort aufkreuzen wird. Fragt sich nur, wann."

Es war bereits Nacht, als Ally Jonah in seinem Büro gegenüberstand. Der Mann ist stur wie ein Maulesel, dachte sie. Außerdem irrte er sich ganz einfach.

„Du machst deinen Club vierundzwanzig Stunden zu. Längstens achtundvierzig."

„Nein."

„Ich kann die Schließung verfügen."

„Nein, kannst du nicht. Und selbst wenn, würde die Prozedur länger als achtundvierzig Stunden dauern, und dann wäre der ganze Aufwand völlig umsonst gewesen."

Sie ließ sich in einen Sessel fallen, zwang sich, ruhig zu bleiben. Es war wichtig, Ruhe zu bewahren. Lebenswichtig, immer den Überblick zu behalten. Sie atmete geräuschvoll aus, bevor sie einen saftigen Fluch ausstieß.

„Ich glaube nicht, dass sich dieser Vorschlag in die Tat umsetzen lässt", bemerkte Jonah trocken.

„Jetzt hör mir doch mal zu!"

„Nein, du hörst mir zu." Er sprach leise, kühl und sachlich. „Ich könnte deinem Vorschlag folgen. Aber was hält ihn davon ab, es einfach auszusitzen? Ich mache den Laden dicht, er taucht unter. Ich öffne, er kommt wieder raus. Dieses Spielchen könnten wir bis in alle Ewigkeit spielen. Ich ziehe es vor, mein eigenes Spiel zu spielen."

„Das will ich gar nicht abstreiten. Trotzdem bin ich sicher, dass wir ihn innerhalb der nächsten zwei Tage schnappen. Also mach deinen Laden zwei Tage dicht und ruh dich ein bisschen aus. Meine Eltern haben ein schönes Haus in den Bergen, da könntest du dich wunderbar erholen."

„Was ist mit dir? Kommst du mit?"

„Selbstverständlich nicht. Ich muss hier bleiben und diesen Fall abschließen."

„Wenn du bleibst, bleibe ich auch."

„Du bist Zivilist."

„Richtig. Und da wir glücklicherweise nicht in einem Polizeistaat leben, habe ich das Recht, jederzeit ungestört meinen Geschäften nachzugehen und zu tun und zu lassen, was mir gefällt."

Ally hätte sich am liebsten vor Verzweiflung die Haare gerauft. „Und mein Job ist es, so auf dich aufzupassen, dass du deinen Geschäften auch weiterhin ungestört nachgehen kannst."

Jonah stand auf. „Siehst du dich so, Ally? Als meine Beschützerin? Ist es dir deshalb wichtig, deine Dienstwaffe jederzeit in Reichweite zu haben, selbst wenn wir hinter verschlossenen Türen sind?" Er ging um den Schreibtisch herum, während sie sich am liebsten die Zunge abgebissen hätte. „Die Schlussfolgerungen, die sich daraus ergeben, gefallen mir nicht."

Sie stellte sich so dicht vor ihn, dass sich ihrer beider Zehenspitzen berührten. „Du bist gefährdet."

„Du auch."

„Ich verschwende hier nur meine Zeit."

Er hielt sie fest, bevor sie weggehen konnte. „Du wirst dich nicht vor mich stellen." Er sagte es langsam, betont, mit einem seltenen Aufflackern von Wut in den Augen. „Das musst du verstehen."

„Sag mir verdammt noch mal nicht, wie ich meinen Job zu machen habe!"

„Sag du mir nicht, wie ich mein Leben zu leben habe!"

Sie warf den Kopf in den Nacken und stieß dann

einen leisen wütenden Schrei aus. „Also gut. Okay. Vergiss es. Dann geht es eben nur auf die harte Tour. Hier mein Vorschlag: Rund-um-die-Uhr-Beschattung draußen vor dem Lokal. Während der Öffnungszeiten ständig verdeckte Ermittler im Publikum sowie unter dem Personal."

„Der Vorschlag gefällt mir nicht."

„Verfluchter Dickschädel. Mach, was du willst. Aber wenn du dich weigerst, meinen Vorschlag anzunehmen, ordne ich an, dass man dich in Schutzhaft nimmt. Das Recht dazu habe ich, Blackhawk, und ich werde es nutzen. Mein Vater wird mir dabei helfen, weil er große Stücke auf dich hält. Bitte." Sie packte ihn bei den Jackenaufschlägen. „Tu es für mich."

„Also gut", willigte er schließlich widerstrebend ein. „Für achtundvierzig Stunden. Und in der Zwischenzeit werde ich das Gerücht streuen, dass ich ihn suche."

„Tu das nicht ..."

„Das ist Teil unserer kleinen Abmachung. Und nur gerecht."

„Also gut."

„So, und was bist du bereit zu wetten, dass ich dir jeden Cop herausfischen kann, den du mir bereits jetzt heimlich untergeschoben hast?"

Sie blies die Backen auf, dann bleckte sie die Zähne

zu einem übertriebenen Lächeln. „Ich wette nicht. Ich nehme nicht an, dass ich dich überzeugen kann, heute Abend hier oben zu bleiben?"

Er fuhr mit einer Fingerspitze zwischen ihren Brüsten nach unten bis zum Bauchnabel. „Ich bleibe, wenn du bleibst."

„Das dachte ich mir." Auch wenn es noch so ärgerlich war, aber manchmal war ein Kompromiss der einzige Ausweg. „Halte diesen Gedanken bis nach Feierabend fest."

„Das dürfte mir nicht schwer fallen." Er ging, um den Aufzug zu rufen. „Dann also heute oder morgen Abend."

„Ja. Allerdings ist es genauso wahrscheinlich, wenn nicht sogar wahrscheinlicher, dass sie ihn bei seiner Wohnung schnappen. Aber wenn er ihnen dort durch die Lappen geht oder irgendetwas spürt, wird er hierher kommen. Und dann wird es bald sein."

„Will hat gute Augen. Er weiß, worauf er achten muss", erklärte Jonah, während sie zusammen den Aufzug betraten.

„Ich will nicht, dass du oder einer deiner Angestellten ein Risiko eingeht. Ich erwarte, dass man es mir sofort sagt, wenn irgendwer ihn entdeckt." Sie ertappte ihn dabei, wie er sie nachdenklich musterte. „Was ist?"

„Nichts." Er fuhr ihr mit dem Finger über die

Wange. „Aber kannst du dir ein bisschen Zeit nehmen, wenn du diesen Fall abgeschlossen hast?"

„Was meinst du damit?"

„Lass uns ein paar Tage verreisen. Egal wohin. Einfach nur weg."

„Dazu könnte ich mich unter Umständen breitschlagen lassen. Denkst du dabei vielleicht an irgendetwas Bestimmtes?"

„Nein. Du kannst es dir aussuchen."

„Ganz schön mutig von dir. Gut. Ich werde darüber nachdenken." Sie trat aus dem Aufzug und verlagerte bereits ihre Aufmerksamkeit, aber er nahm ihren Arm.

„Ally?"

„Ja."

Es gab so viel zu sagen. Und noch mehr zu fühlen. Doch jetzt war nicht der richtige Zeitpunkt dafür. „Später. Dazu kommen wir später."

12. KAPITEL

Sonntagabends war im „Blackhawk" üblicherweise nicht viel los. Es gab keine verlockende Livemusik, und der erste Arbeitstag einer langen Woche ragte düster am Horizont auf.

An diesem Sonntagabend nutzten viele Leute das herrliche Wetter aus, um noch spazieren zu gehen. Die meisten, die in den Club kamen, blieben nur knapp eine Stunde, tranken etwas und knabberten dazu Chips mit Guacamole.

Ally behielt den Eingang im Auge, schaute in Gesichter und zählte Köpfe. Außerdem schlüpfte sie in regelmäßigen Abständen in den Aufenthaltsraum, um sich ungestört mit den Kollegen, die Lyles Wohnung beschatteten, verständigen zu können.

Auch eine Stunde vor Schließung war Lyle immer noch nicht aufgetaucht.

Nervös durchstreifte Ally den Club. Wo steckt er bloß? Wo, zum Teufel, blieb er? Es gab keinen Ort mehr, an dem er sich verstecken konnte.

„Detective." Jonah tippte ihr mit einem Finger auf die Schulter. „Ich dachte, es interessiert dich vielleicht. Ein Mann, auf den Lyles Beschreibung passt, hat sich nach mir erkundigt."

„Erkundigt? Wann?" Alarmiert packte sie ihn am Arm und zog ihn zu einer Nische. „Wo?"

„Heute. In meinem anderen Club."

„Im ‚Fast Break'?" Sie riss fluchend ihr Handy heraus. „Ausgerechnet das wird nicht observiert. Dort haben sie sich bisher noch nie blicken lassen. Das ‚Fast Break' ist nicht sein Stil."

„Da ist was dran." Als sie eine Nummer wählen wollte, legte er eine Hand über ihre. „Der Barmann von dort hat eben angerufen. Offensichtlich ist Lyle – ich nehme jedenfalls an, dass er es ist, obwohl er sich mit Bart und Brille verkleidet hat – vor ein paar Stunden im ‚Fast Break' aufgetaucht. Hat sich erst eine Weile an der Bar herumgedrückt, bevor er sich nach mir erkundigte. Wann ich wieder mal vorbeikäme."

„Warte." Ally schüttelte Jonahs Hand ab und drückte eine Kurzwahl. „Balou? Ziehen Sie zwei Beamte von dem Apartment ab und schicken Sie sie ins ‚Fast Break'. Sie sollen den Barmann dort befragen. Die Adresse lautet …"

Sie schaute Jonah fragend an und wiederholte die Adresse, die er ihr nannte. „Lyle war dort. Er hat sich eine Verkleidung zugelegt und trägt zur Zeit Bart und Brille. Geben Sie das weiter."

Nachdem sie die Verbindung getrennt hatte, sah sie Jonah wieder erwartungsvoll an.

„Also, zuerst dachte sich mein Mann nichts dabei", fuhr er fort. „Aber schließlich begann er, sich doch zu wundern. Er sagt, Lyle sei nervös gewesen. Er hing noch eine weitere halbe Stunde herum, dann rang er sich dazu durch, mir ausrichten zu lassen, dass wir uns bald sehen würden, und schob ab."

„Seine ganze Welt ist zusammengebrochen. Er hat sich so in seinen Hass hineingesteigert, dass er nur noch um sich schlagen kann." Ally wollte Jonah aus dem Weg haben. „Hör zu, was hältst du davon, wenn du nach oben gehst und versuchst, aus diesem Barmann noch mehr herauszubekommen? Sag ihm, dass zwei meiner Leute auf dem Weg zu ihm sind."

„Sehe ich so aus, als würde ich auf jede lahme Ausrede reinfallen?"

Er ließ sie allein und ging zu einem Tisch hinüber, um ein paar Gäste zu verabschieden.

Die Schreie kamen aus der Küche, gefolgt von einem ohrenbetäubenden Scheppern. Ally zog ihre Waffe und war zur Stelle, als die Küchentür aufflog.

Die Brille hatte er irgendwo unterwegs verloren, und der Bart bestand nur aus ein paar Bartstoppeln. Aber Ally hatte Recht gehabt.

Matthew Lyle hatte sich in einen regelrechten Wahn hineingesteigert. Seine Augen waren weit aufgerissen und flackerten wild. Und er hielt Beth im Würgegriff, wobei er die Mündung einer Neun-Millimeter-Pistole gegen die Unterseite ihres Kinns drückte.

„Keine Bewegung! Niemand rührt sich!" schrie er gellend, um das Geschrei zu übertönen, das entstand, als die Gäste panisch die Flucht ergriffen.

„Bitte, bewahren Sie alle Ruhe." Ally wich einen Schritt zur Seite, aber sie zielte auf Lyle und zwang sich, Beths entsetztes Gesicht zu ignorieren. „Lyle, bleiben Sie ganz ruhig. Sie wollen ihr doch gar nichts tun."

„Ich bringe sie um. Ich schieße ihr eine Kugel in den Kopf."

„Wenn Sie das tun, werde ich Sie töten. Denken Sie nach, Sie müssen nachdenken. Was bringt Ihnen das?"

„Nehmen Sie die Waffe runter. Lassen Sie sie fallen und kicken Sie sie mit dem Fuß zu mir rüber – oder sie stirbt."

„Das werde ich nicht tun. Und auch sonst keiner der anderen Polizisten, die hier in der Bar sind. Wissen Sie, wie viele Pistolenläufe im Moment auf Sie gerichtet sind, Lyle? Schauen Sie sich um. Zählen Sie. Das Spiel ist aus. Geben Sie auf."

„Ich bring sie um." Lyles Blick irrte durch den Raum, prallte an Schusswaffen ab. „Dann bring ich eben sie um. Das reicht."

Irgendwer schluchzte. Aus dem Augenwinkel konnte Ally den Barbereich sehen, wo die noch verbliebenen Gäste von den Cops aufgefordert wurden, den Club sofort zu verlassen.

„Sie wollen doch leben, oder? Madeline würde wollen, dass Sie leben."

„Nehmen Sie ihren Namen nicht in den Mund. Wagen Sie es nicht, ihren Namen nur noch ein einziges Mal in den Mund zu nehmen!" Er stieß so brutal mit dem Pistolenlauf zu, dass Beth aufschrie.

Er kann nicht entkommen, dachte Ally. Aber seine Schwester hatte auch nicht entkommen können und sich trotzdem umgedreht und gefeuert.

„Sie hat Sie geliebt." Ally ging vorsichtig auf ihn zu. Wenn sie ihn bloß irgendwie dazu bringen könnte, die Waffe herunterzunehmen, den Lauf auf sie zu richten und nicht mehr auf Beth. „Sie hat sich für Sie geopfert."

„Sie war mein Leben! Ich habe nichts mehr zu verlieren. Ich will den Cop, der sie getötet hat, und ich will Blackhawk. Jetzt sofort! Oder sie stirbt."

Ally bemerkte Jonah, der langsamen Schrittes nach vorn kam. „Ich war es!" rief sie. „Ich habe Ihre Schwester getötet."

Lyle stieß einen heiseren Schrei aus, während er die Waffe herumriss und auf Ally zielte. Im selben Moment peitschte ein Schuss auf. Mündungsfeuer blitzte. Eine undeutliche Bewegung. Entsetzensschreie. Dann Stille. Eine bedrohliche Stille, die sich über den Raum legte.

Angst schnürte ihr die Kehle zu, als Ally auf Jonah zurannte, der zusammen mit Lyle auf dem Boden lag. Beide Männer waren blutüberströmt.

„Verdammt! Bist du wahnsinnig geworden?" Mit fliegenden Fingern begann sie Jonah nach Verletzungen abzutasten. Er hatte sich direkt in die Schusslinie geworfen.

Er atmete noch. Gott sei Dank! Er atmete, und sie würde dafür sorgen, dass das auch so blieb. „Jonah. Oh, Gott."

„Ich bin okay. Hör auf, an mir herumzuzerren."

„Okay sagst du? Du bist direkt in die Schusslinie gesprungen, du Wahnsinniger! Du hättest dich um ein Haar umgebracht!"

„Du dich auch." Er sah, dass nur wenige Zentimeter von der Stelle entfernt, an der sie gestanden hatte, eine Kugel in den rauchgrauen Sternenfußboden eingeschlagen war.

„Ich trage eine kugelsichere Weste."

„Auch am Kopf, ja?" Er setzte sich auf, als ein Polizist kam und Lyle umdrehte.

„Er ist tot."

Jonah warf einen kurzen Blick in Lyles Gesicht,

dann schaute er zu Ally. „Ich würde gern meine Gäste beruhigen, wenn du erlaubst."

„Du beruhigst überhaupt niemanden." Ally erhob sich mit ihm. „Du bist voller Blut. Ist das alles von ihm?"

„Das meiste."

„Was soll das heißen?"

„Ich werde jetzt mit meinen Gästen und meinen Angestellten reden." Er hielt sie auf Armeslänge von sich ab. „Mach deine Arbeit und lass mich meine machen."

Damit wandte er sich ab, um Beth von der Polizistin abzuholen, die sich um sie kümmerte. „Komm mit, Beth, komm. Jetzt ist alles wieder gut."

Ally presste kurz die Fingerspitzen an die geschlossenen Lider, dann schaute sie auf den toten Matthew Lyle. „Ja, alles bestens."

„Er hat sich durch die Hintertür in den Club geschlichen", berichtete Hickman Ally, die mit ihm zusammen an der Bar saß. Kein Gast war mehr anwesend, die Leiche weggebracht worden und die Spurensicherung gerade dabei, einzupacken.

Ally überlegte kurz, wie spät es sein mochte und wann sie wohl endlich ins Bett kommen würde. „Zum Schluss war er nicht mehr intelligent", sagte sie. „Er hat aufgehört zu denken."

„Stimmt", pflichtete Hickman ihr bei. „Eine Kurzschlusshandlung nach der anderen."

„Er ist gar nicht auf die Idee gekommen, dass er umstellt sein könnte. Ich habe sein Gesicht gesehen, als er unsere Leute entdeckte. Er war völlig fassungslos. Weißt du, was ich glaube? Er hatte vor, Jonah und mich zu erschießen und Geiseln zu nehmen. Er hätte die Übergabe des Cops verlangt, der seine Schwester erschossen hat. Er war fest davon überzeugt, wir würden das tun und er käme irgendwie davon."

„Vollkommen wahnsinnig. Apropos Wahnsinn … genauso wahnsinnig war es, ihm zu sagen, dass du es bist, die er sucht."

„Ich verstehe nicht, warum er mich nicht gleich erkannt hat."

„Weil du so anders aussiehst." Hickman musterte sie vom Scheitel bis zu den Zehenspitzen. „So gar nicht nach Fletcher."

„Jetzt halt aber mal die Luft an, Hickman. Ich sehe aus wie immer. Ich will dir sagen, wie es war. Er kam wegen Jonah. Als sein Blick auf mich fiel, sah er einfach nur einen Cop. Ihm ist gar nicht in den Sinn gekommen, dass ich es sein könnte."

„Möglich." Hickman stand auf. „Aber das werden wir wohl nie erfahren." Er schaute auf den Riss in dem Glasfußboden. „Schade drum, so ein schöner Boden.

Ich wette, es kostet Unsummen, ihn ordentlich reparieren zu lassen."

„Vielleicht lässt Jonah es ja so. Liefert doch permanenten Gesprächsstoff. Lockt Gäste an."

„Ja." Über die Vorstellung musste Hickman lachen. „Wir hätten ihn sofort ausschalten können, aber der Schuss wäre trotzdem noch losgegangen. Auf die Entfernung hin hätte die Weste die Kugel abgehalten. Höchstwahrscheinlich. Aber angenehm wäre es dennoch nicht für dich geworden, wenn Blackhawk sich nicht auf ihn gestürzt hätte."

Gedankenverloren rieb sie sich über ihr Brustbein, während sie sich einen Schmerz ausmalte, der so heftig war, dass er einem die Luft raubte. „Hast du schon mal einen abgekommen?"

„Nein, aber Deloy. Er hatte einen softballgroßen Bluterguss." Hickman hob die Hand, beschrieb mit dem Zeigefinger in der Luft einen Kreis. „Hat ihn glatt umgehauen. Ist durch die Luft geflogen wie eine Lumpenpuppe. Außerdem hatte er eine Gehirnerschütterung, weil er mit dem Kopf auf dem Asphalt aufgeschlagen ist. Muss höllisch wehgetan haben."

„Immer noch besser als eine Kugel zwischen den Rippen."

„Mit Sicherheit. Also, ich verschwinde jetzt." Er stand auf. „Bis morgen dann."

„Ja. Das war gute Arbeit."

„Gleichfalls. Ach übrigens, dein Lover ist in der Küche und lässt sich verarzten."

„Wieso verarzten?"

„Hat ein bisschen was abbekommen. Nichts Schlimmes, nur ein Streifschuss."

„Er wurde angeschossen? *Angeschossen?* Warum sagt mir das keiner!?"

Hickman machte sich nicht die Mühe zu antworten. Weil sie bereits weg war.

Als Ally mit vor Wut blitzenden Augen in die Küche stürmte, sah sie Jonah mit nacktem Oberkörper auf einem Tisch sitzen und seelenruhig einen Brandy trinken, während Will ihm einen Verband anlegte.

„Aufhören. Sofort aufhören. Das will ich mir erst ansehen." Sie schubste Will unsanft beiseite, wickelte die Mullbinde ab und betastete die lange, nicht besonders tiefe Wunde, die sich über Jonahs Oberarm zog.

„Au!" beschwerte sich Jonah.

„Stell sofort dieses Glas ab. Wir fahren auf direktem Weg ins Krankenhaus."

Er hielt ihrem Blick stand, hob den Brandy. Trank noch einen Schluck. „Nein."

„Was heißt hier nein? Was soll das? Kehrst du jetzt den Macho heraus? Man hat auf dich geschossen."

„Nicht wirklich. Es ist nur ein Streifschuss. Und

jetzt wäre ich dir dankbar, wenn du Will weitermachen lassen würdest, damit er endlich nach Hause kann. Außerdem ist er wesentlich feinfühliger als du."

„Die Wunde könnte sich entzünden."

„Ich könnte auch von einem Auto überfahren werden, aber das halte ich eigentlich eher für unwahrscheinlich."

„Es ist okay, Ally, wirklich." Will tätschelte Ally beschwichtigend die Schulter, bevor er die Mullbinde wieder aufzuwickeln begann. „Ich habe die Wunde gereinigt. Da sind wir von früher her Schlimmeres gewöhnt, stimmts, Jonah?"

„Gar kein Vergleich. Das hier wird einfach noch eine weitere Narbe werden, mehr nicht."

„Na, ist das nicht toll?" Ally nahm ihm das Cognacglas aus der Hand und trank einen großen Schluck.

„Ich dachte, du hasst Brandy?"

„So ist es."

„Warum holen Sie sich nicht ein Glas Wein?" schlug Will vor. „Ich bin hier fast fertig."

„Schon gut. Ich habe alles, was ich brauche." Ally atmete tief aus, wobei sie feststellte, dass ihre Hände nun doch noch zu zittern anfingen. „Verdammt, Blackhawk. Dieser Streifschuss ist wahrscheinlich von mir."

„Wahrscheinlich. Auf jeden Fall habe ich beschlossen, es dir in Anbetracht der widrigen Umstände nicht vorzuwerfen."

„Das ist wirklich nobel von dir. Jetzt hör mir zu …"

Um sie abzulenken, fiel er ihr ins Wort: „Frannie ist mit Beth nach Hause gefahren. Sie ist okay. Noch ein bisschen zittrig, doch sonst ist alles in Ordnung. Sie wollte sich bei dir bedanken, aber du warst gerade beschäftigt."

„Das hätten wir." Will trat einen Schritt zurück. „Dein Arm ist in einem wesentlich besseren Zustand als dein Hemd. Das kannst du vergessen." Er hielt das blutdurchtränkte Leinenhemd hoch, ein Anblick, bei dem sich Ally der Magen umdrehte. „Soll ich dir ein frisches holen, bevor ich gehe?"

„Nein, danke." Jonah hob den Arm, beugte und streckte ihn. „Gut gemacht. Du hast offensichtlich die Bodenhaftung noch nicht verloren."

„Gehört alles zu meiner Arbeit." Will langte nach seinem Jackett, während er zu Ally sagte: „Das hier hätte heute Nacht in einer Katastrophe enden können, aber Sie haben Ihre Sache gut gemacht."

„Gehört alles zu meiner Arbeit."

Will lächelte leicht. „Ich schließe ab. Nun dann, Gute Nacht."

Ally setzte sich zu Jonah auf den Tisch und wartete, bis es still geworden war. „Also, du Intelligenzbestie, was hast du dir dabei gedacht? Dich einfach in eine Polizeiaktion einzumischen."

„So genau weiß ich das auch nicht. Vielleicht dachte ich, dieser Irre würde dich umbringen, wenn ich nicht sofort reagiere. Es war ein äußerst beunruhigender Gedanke." Er hielt ihr den Cognacschwenker hin. „Wie wärs, wenn du mir noch mal nachschenkst? Du hast nämlich meinen Brandy ausgetrunken."

„Großartig! Liegt da, lässt sich bedienen und trinkt Brandy, als ob nichts gewesen wäre." Sie riss ihm empört das Glas aus der Hand, doch eine Sekunde später fiel sie ihm um den Hals. „Jage mir nie wieder einen solchen Schrecken ein."

„Nur wenn du mir keinen einjagst. Warte, bleib so." Er drückte sein Gesicht in ihr duftendes Haar und atmete tief ein. „Diesen Moment, als du genau in die Schusslinie liefst, werde ich nie vergessen. Das war hart."

„Ja, ich weiß."

„Ich werde damit zurechtkommen, Ally, weil es so ist, wie es ist." Jonah zog sich etwas zurück und schaute ihr tief in die Augen. „Es gibt da noch ein paar Dinge, die du dir überlegen musst, sobald du wieder Luft hast. Falls du es willst, natürlich nur."

„Welche denn?"

Jonah stand auf und holte sich seinen Brandy selbst. Nachdem er sich nachgeschenkt hatte, stellte er die Flasche auf den Tisch. „Sind immer noch Cops in meinem Haus?"

„Außer mir?"

„Außer dir."

„Nein. Wir sind allein."

„Dann setz dich hin."

„Das klingt ja verdammt ernst." Sie zog sich einen Stuhl heraus. „Ich sitze."

„Meine Mutter hat mich verlassen, als ich sechzehn war." Er hätte nicht sagen können, warum er ausgerechnet an diesem Punkt anfing. „Ich werfe es ihr nicht vor. Mein Vater war ein harter Mann, und sie hatte es einfach satt."

„Sie hat dich bei ihm gelassen?"

„Ich stand schon auf eigenen Beinen."

„Du warst erst sechzehn."

„Ally. Ich war nie so sechzehn, wie du sechzehn warst. Außerdem gab es da noch deinen Vater."

Ihr wurde warm ums Herz. „Schön, wie du das sagst."

„Es ist eine Tatsache. Er verhinderte, dass ich die Schule schmiss. Er stieg mir aufs Dach, wenn es nötig war. Und zu jener Zeit war es ständig nötig. Darüber hinaus war er der erste Mensch in meinem Leben, der mir sagte, ich sei etwas wert. Er ist … ich kenne niemand Vergleichbaren."

Sie griff nach Jonahs Hand. „Ich liebe ihn auch."

„Ich bin noch nicht fertig." Er drückte ihre Hand kurz, dann ließ er sie los. „Nur das mit dem College hat nicht geklappt, das hat nicht mal Fletch geschafft. Ich habe ein paar Betriebswirtschaftskurse besucht, aber nur, weil ich Lust dazu hatte. Als ich zwanzig war, starb mein Vater. Drei Päckchen Zigaretten am Tag und ein schlechter Charakter holen einen eben irgendwann ein. Ein langer, unschöner Vorgang, und als es schließlich vorbei war, verspürte ich nur eine große Erleichterung."

„Sagst du das, um dich schlecht zu machen?"

„Es gibt Unterschiede zwischen uns, und du siehst sie genauso wie ich."

„Ja, du hattest eine schlimme Kindheit, ich eine wunderschöne. Aber wie das Schicksal manchmal so will, hatten wir beide Glück, weil wir am Ende Boyd Fletcher als Vater bekamen. Sieh mich nicht so an. Genau das ist er für dich."

„Bevor ich weiterrede, möchte ich eines klarstellen: Ich war kein Opfer, Allison. Ich war ein Überlebender und habe mit allen Mitteln gekämpft. Ich habe gestohlen und betrogen und gelogen, und ich entschuldige mich nicht dafür. Ohne deinen Vater wäre für mich wahrscheinlich alles anders ausgegangen. Aber so war es eben nicht."

„Ich dachte, das hätte ich bereits gesagt."

„Unterbrich mich nicht. Heute bin ich ein etablierter Geschäftsmann. Ich stehle und betrüge nicht mehr, weil ich es nicht nötig habe. Aber das heißt noch lange nicht, dass ich das Spiel nicht auf meine Art spiele."

„Du bist ein echt harter Bursche, was? Blackhawk, du bist ein Schwindler. Abgebrüht, raffiniert, eiskalt. Und dann dieses riesengroße weiche Herz. Ach, was heißt hier weich – butterweich!"

Amüsiert über den schockierten Ausdruck, der über sein Gesicht huschte, stand Ally auf und ging zum Kühlschrank, wo sie eine bereits geöffnete Flasche Weißwein fand.

Sie stellte fest, dass sie nicht müde, sondern aufgekratzt war. „Glaubst du, ich hätte mich nicht schlau über dich gemacht? Glaubst du, ich wüsste nicht, dass du die Kranken und Lahmen eingesammelt hast wie eine Glucke?" Ally begann, die Situation auszukosten. Sie zog den Korken aus der Flasche, suchte sich ein Glas. „Zum Beispiel Frannie ... Du hast sie von der Straße weggeholt, sie auf Entzug geschickt und ihr Arbeit gegeben. Oder Will ... Du hast ihn aufgerichtet, ihm Mut gemacht, seine Schulden abbezahlt, ihn in einen Anzug gesteckt und ihm seine Würde zurückgegeben."

„Das spielt doch im Moment gar keine Rolle."

„Ich bin noch nicht fertig." Sie schenkte sich Wein ein. „Du hast dafür gesorgt, dass Beth in einem Frauenhaus unterkam und ihren Kindern Nikolausgeschenke gekauft, als Beth weder das Geld noch die Kraft hatte, um sich darum zu kümmern. Jonah Blackhawk hat Barbiepuppen gekauft."

„Ich habe nie Puppen gekauft." Das ging nun doch zu weit. „Das war Frannie. Und es hat nichts damit zu tun."

„Ja, richtig. Was ist mit Maury, einem deiner Sicherheitsleute?" Ally machte es sich in einem Sessel bequem und zog die Beine hoch. „Und dem Geld, das du ihm geliehen hast – ich wähle absichtlich das Wort ‚geliehen' –, um seiner Mutter aus der Klemme zu helfen?"

„Halt den Mund."

Sie lächelte nur schwach, tauchte einen Finger in ihren Wein, leckte daran. „Außerdem sollten wir auf keinen Fall Sherry vergessen, die kleine Bedienung, die sich das Geld für ihr Studium verdient. Wer hat ihr letztes Semester die Studiengebühren bezahlt, als sie es nicht schaffte, das Geld zusammenzukratzen? Wenn mich nicht alles täuscht, warst du das. Wie war das noch letztes Jahr, als Pete ein kleines Problem hatte, weil ihm ein Verrückter, der nicht versichert war, seinen Wagen zu Schrott gefahren hat?"

„Es lohnt sich eben, in Menschen zu investieren."

„Glaub das ruhig weiter."

Verärgerung und Verlegenheit rangen in ihm um die Oberhand. Er wollte unbedingt der Verärgerung zum Sieg verhelfen. „Manchmal kannst du einem wirklich auf die Nerven gehen, Allison, weißt du das?"

„Ach ja?" Sie beugte sich vor, reckte das Kinn. „Na los, dann hau mir eine rein, damit ich endlich still bin. Trau dich."

„Ich warne dich." Das meinte er ernst. „Das ist alles völlig unwichtig und bringt uns nicht weiter."

Sie schlug provozierend ihre Beine an den Knöcheln übereinander, schnalzte mit der Zunge.

„Du willst es offenbar nicht anders."

„Mir zittern schon die Knie vor Angst. Trottel."

Seine Beherrschung erreichte ihre Grenzen, er riss sie aus dem Sessel hoch. „Noch ein Wort. Ich schwöre es dir. Nur ein einziges Wort."

Sie biss ihn – einmal ganz kurz – in seine lädierte Lippe. „Weichei."

Er schob sie kurzerhand beiseite und marschierte entschlossen zur Tür.

„Wohin gehst du?"

„Mir ein verdammtes Hemd anziehen. Ich kann so nicht mit dir reden."

„Dann werde ich es dir wohl wieder runterreißen

müssen. Ich habe nämlich eine Schwäche für verwundete harte Burschen mit einem riesengroßen, butterweichen Herzen." Und damit sprang sie ihm lachend auf den Rücken, Huckepack. „Ich bin total verrückt nach dir, Blackhawk."

„Geh sofort runter. Verhafte irgendwen. Ich habe für heute genug von Cops."

„Von mir wirst du nie genug haben." Sie biss ihn ins Ohrläppchen, in die Schulter. „Los, schüttle mich ab."

Er hätte es geschafft. Er redete sich ein, dass er sie hätte abschütteln können. Es war einfach nur Pech, dass sein Blick ausgerechnet in diesem Moment auf den Sprung im Fußboden fiel. Von einer Kugel, die für sie bestimmt gewesen war.

Jonah zog Ally nach vorn und riss sie so schnell und so fest an sich, dass sie ihn lauthals verwünschte, weil es wehtat. Und gleich darauf lag sein Mund auf ihrem.

„So ist es schon besser. Viel besser. Jetzt, Jonah. Hier und jetzt. Ich will, dass du mich auf der Stelle liebst. Als ob es um unser Leben ginge."

Eine Sekunde später lag er mit ihr auf dem Boden. Um sich zu beweisen, dass sie wohlbehalten und sicher und lebendig war.

Der harte kalte Fußboden hätte ebenso gut ein warmes weiches Bett sein können oder Wolken oder der schroffe Gipfel eines Berges. Es war unwichtig, nichts mehr war wichtig, außer dass sie ihn mit Armen und Beinen umfing, außer dass ihr heißer Atem seine Haut streifte, dass ihr Herz an seinem hämmerte.

Ihre ganze Angst, die Anspannung, die hässlichen Erlebnisse strömten aus ihr heraus, als er sie berührte. Bei dem Versuch, Stoffbarrieren zu beseitigen, verhedderten sich ihre Hände mit seinen. Doch es dauerte nicht lange, bis sie sich, von allem befreit, daranmachten, gemeinsam den Gipfel zu erstürmen.

Als er in sie eindrang, voller Leidenschaft, die sich mit Wut und Verzweiflung mischte, war es, als käme er nach Hause.

Sein Atem kam in kurzen schnellen Stößen; obwohl er sich bereits völlig verausgabt hatte, bewegte er sich noch immer gegen sie.

„Halte mich, nur noch einen Moment." Sie presste ihr Gesicht gegen seine Schulter. „Halt mich einfach fest." Doch als sie etwas Warmes, Klebriges an ihren Fingern fühlte, machte sie sich von ihm frei. „Oh, Mist. Du blutest wieder. Warte, ich mache dir einen neuen Verband."

„Es ist okay."

„Es dauert nur eine Minute."

„Ally, lass es sein."

Sein scharfer Ton veranlasste sie, ihn aus zusammengekniffenen Augen anzustarren. „Glaub ja nicht, dass du mir entkommst. Glaube nur nicht, dass du damit durchkommst."

„Zieh dich an." Er schob sich das Haar aus der Stirn und begann seinen eigenen Befehl zu befolgen.

„Na schön." Ally raffte ihre Kleider zusammen, zog sich an. „Wenn du unbedingt eine weitere Runde willst, kannst du sie haben. Du sturer Bock."

Er hörte, dass ihre Stimme bebte. Verfluchte sie. Verfluchte sich selbst. „Fang jetzt bloß nicht an zu heulen. Das ist unfair."

„Ich heule ja gar nicht. Glaubst du, ich würde deinetwegen heulen?"

Sein Herz war kurz vor dem Zerspringen, als er ihr mit dem Daumen eine Träne von der Wange wischte. „Tu es nicht."

Sie schniefte, fuhr sich mit den Händen über die Wangen und schnaubte verächtlich. „Idiot."

Seine Augen blitzten wütend auf. Erfreuter hätte sie gar nicht sein können. Sie war vor ihm auf den Beinen, allerdings nur knapp.

„Du liebst mich." Sie schlug ihm mit der Faust gegen die Brust. „Aber du willst es nicht zugeben. Und das heißt, dass du kein harter Bursche bist, sondern nur ein verfluchter Dickschädel."

„Du hast mir vorhin nicht zugehört."

„Du mir auch nicht, und darum sind wir quitt."

„Dann hör mich wenigstens jetzt in aller Ruhe an." Jonah legte die Handflächen an ihre Wangen. „Du hast Verbindungen."

„Wie kommst du dazu, mich so zu beleidigen?" Sie fand es erstaunlich, dass ihr nicht vor Wut der Schädel platzte. „Wie kannst du es wagen, in einem solchen Moment vom Geld meiner Familie zu reden?"

„Ich rede nicht von Geld." Er riss sie auf die Zehenspitzen, dann drückte er sie wieder nach unten. „Wer ist jetzt der Idiot? Geld ist nichts. Deine Brieftasche interessiert mich einen feuchten Dreck. Ich habe selbst eine. Ich rede von emotionalen Verbindungen. Von einem Fundament, Wurzeln, Herrgott noch mal."

„Die hast du auch – Frannie. Will. Beth. Meinen Vater." Ally machte eine wegwerfende Handbewegung, wieder ruhiger geworden. „Im Grunde genommen sagst du doch, dass jemand, der aus einer Familie stammt wie meiner, sich nur mit jemandem zusammentun sollte, der aus einer ähnlichen Familie kommt. Obere Mittelschicht, nehm ich mal an. Der Mann, der zu mir passt, sollte eine gute Bildung haben und einen ganz normalen Job. Einen Beruf, genau gesagt. Wie zum Beispiel Anwalt oder Arzt. Geht es darum?"

„Mehr oder weniger."

„Interessant, wirklich höchst interessant", sagte sie mit einem nachdenklichen Nicken. „Ich kann die Logik darin erkennen. Und weißt du auch, auf wen diese Beschreibung bis aufs i-Tüpfelchen passt? Auf Dennis Overton. Erinnerst du dich an ihn? Aufdringlicher Verfolger, Reifenaufschlitzer, Nervensäge vom Dienst."

Sie hatte den Spieß kurzerhand umgedreht. Jonah kochte vor Wut.

„Und komm mir jetzt bloß nicht mit faulen Ausreden, Blackhawk, nur weil es dir an Mut gefehlt hat, mir zu sagen, was du für mich empfindest und was du dir für uns beide wünschst." Sie warf ihr Haar zurück, steckte ihr Hemd in die Hose. „Meine Arbeit hier ist beendet. Wir sprechen uns noch, Kumpel."

Er war vor ihr an der Tür. Darin war er geübt. Aber diesmal hielt er die Tür zu, während Ally ihn finster anstarrte. „Du kommst hier nicht raus, bevor wir fertig sind."

„Ich habe gesagt, dass ich fertig bin." Sie riss an der Tür.

„Ich aber nicht. Halt den Mund und hör zu."

„Wenn du mir noch einmal sagst, dass ich den Mund halten soll …"

Er brachte sie dazu, den Mund zu halten. Mit einem harten, verzweifelten Kuss. „Ich habe vor dir noch nie eine Frau geliebt. Nicht einmal annähernd. Deshalb sei jetzt endlich einmal still."

Ihr Herz schlug vor Glück einen übermütigen Purzelbaum. Aber sie ließ sich nichts anmerken, sondern nickte nur und trat einen Schritt zurück. „Okay. Spucks aus."

„Du hast mich in dem Moment, als du damals in das Büro deines Vaters kamst, geblendet. Ich kann bis zum heutigen Tag noch nicht wieder richtig sehen."

„Nun." Ally machte einen Schritt zurück, setzte sich auf einen Barhocker. „Das hört sich bis jetzt ja ganz gut an. Sprich weiter."

„Siehst du? Da ist sie wieder." Er piekste sie mit dem Zeigefinger. „Diese widerliche Arroganz. Jeder andere Mann würde dich deshalb wahrscheinlich auf den Mond schießen."

„Aber du nicht. Du liebst das an mir."

„Offensichtlich." Er trat hinter sie und legte seine Hände rechts und links von ihr auf die Theke. „Ich liebe dich, so ist das."

„Oh, ich glaube nicht. Machen wir einen Deal."

„Du willst einen Deal mit mir? Bitte, hier ist er: Du gibst deine Wohnung auf und ziehst offiziell bei mir ein."

„Habe ich dann das Recht, jederzeit den Fitnessraum und die Sauna zu benutzen?"

Die Hälfte seiner Magenmuskeln entkrampften sich, als er lachte. „Ja."

„Bis jetzt kann ich damit leben. Was bietest du mir sonst noch?"

„Niemand wird dich jemals so lieben wie ich, das garantiere ich dir. Und niemand wird es je mit dir aufnehmen können."

„Danke, gleichfalls. Aber das reicht nicht."

Als er sie anschaute, hatten sich seine wunderschönen Augen verengt. „Was verlangst du?"

Sie lehnte sich mit dem Rücken gegen den Tresen. „Die Ehe."

Seine Augen verdunkelten sich. „Meinst du das ernst?"

„Ich meine alles ernst, was ich sage. Natürlich könnte ich dir jetzt einen Heiratsantrag machen, aber mir ist klar, dass ein Mann, der die Angewohnheit hat, Frauen die Türen aufzuhalten und für kleine Kinder Weihnachtsgeschenke zu kaufen …"

„Lass diesen Teil gefälligst weg."

„Okay." Ally setzte sich auf und fuhr Jonah zärtlich über die Wange. „Sagen wir einfach, mir ist klar, dass du immer noch traditionell genug bist, um mir einen Heiratsantrag zu machen. Deshalb erlaube ich es dir." Sie verschränkte ihre Hände in seinem Nacken. „Ich warte."

„Ich überlege noch. Es ist mitten in der Nacht. Wir sind in einer Bar, und mein Arm blutet …"

„Deine Lippe auch."

„Ja." Jonah wischte sich den Mund mit dem Handrücken ab. „Ich schätze, das macht es für uns beide fast perfekt."

„Ich bin zufrieden, ja. Du machst mich zufrieden, Jonah."

Er löste ihre Haarspange, warf sie auf den Tresen. „Sag mir, dass du mich liebst. Sag meinen Namen."

„Ich liebe dich, Jonah."

„Gut, dann heirate mich, und anschließend sehen wir weiter."

„Abgemacht."

EPILOG

Ally schoss mit einem Empörungsschrei vom Sofa hoch. „Abseits! Was ist los, sind diese Schiedsrichter blind? Hast du das gesehen?" Statt dem Fernseher einen Tritt zu versetzen, wonach ihr eigentlich zu Mute war, begnügte sie sich damit, mit der Faust auf Jonahs Schulter zu trommeln.

„Du bist bloß sauer, weil deine Mannschaft dabei ist zu verlieren und du deine Wette nicht gewinnst."

„Ich weiß gar nicht, wovon du sprichst." Ally schniefte pikiert. „Meine Mannschaft ist *nicht* dabei zu verlieren, trotz dieser korrupten und kurzsichtigen Schiedsrichter!" Obwohl es für ihre Mannschaft zugegebenermaßen nicht besonders gut aussah. Sie stemmte die Hände in die Hüften. „Davon abgesehen darf ich dich daran erinnern, dass hier nicht gewettet wird. Weil das hier kein Casino ist."

Jonah ließ seinen Blick über ihren langen schwarzen Bademantel wandern. „Du trägst deine Dienstmarke nicht."

„In übertragenem Sinne trage ich meine Dienstmarke immer, Blackhawk." Ally beugte sich vor und küsste ihn. Eine Sekunde später verengte sie misstrauisch die Augen. „Und du schwörst hoch und heilig, dass du nicht weißt, wer dieses Spiel gewonnen hat? Du bist wirklich genauso ahnungslos wie ich?"

„Absolut."

Aber die Art, wie er sie anlächelte, gefiel ihr ganz und gar nicht. Sie hatten die Spätnachrichten heute ausnahmsweise ausfallen lassen und schauten sich das auf Video aufgezeichnete Meisterschaftsendspiel an.

„Also ... irgendwie trau ich dir nicht über den Weg, Blackhawk."

„Wir haben eine Abmachung." Er schob einen Ärmel ihres Bademantels hoch, ließ seine Fingerspitzen über ihre samtige Haut gleiten. „Ich werde nie vertragsbrüchig. Grundsätzlich nicht." Er langte nach der Fernbedienung, drückte auf Stopp. „Da du gerade stehst ..." Er hielt sein leeres Glas hoch. „Könntest du mir vielleicht nachschenken?"

„Ich habe schon letztes Mal nachgeschenkt."

„Da warst du auch eben aufgestanden. Wenn du dich setzen und sitzen bleiben würdest, könnte dir das nicht passieren."

Sie gab sich geschlagen und streckte die Hand nach seinem Glas aus. „Na schön, aber guck ja nicht weiter, bis ich zurück bin."

„Würde mir nicht im Traum einfallen."

Sie ging nach hinten in die Küche. Manchmal vermisste sie die Wohnung über dem Club. Aber sogar zwei überzeugte Großstadtmenschen wie sie und Jonah brauchten ab und zu Luft zum Atmen. Und dieses Haus hier war genau das Richtige für sie. Ebenso wie die Ehe, überlegte sie mit einem zufriedenen Aufseufzen, während sie Jonah Mineralwasser nachschenkte.

Es hatte sich viel verändert, seit sie vor nunmehr achtzehn Monaten … nun ja … den Deal perfekt gemacht hatten. Zum Guten verändert.

Auf dem Rückweg trank Ally einen Schluck von seinem Wasser. Als sie in dem großen Wohnzimmer ankam und sah, dass Jonah nicht mehr da war, stellte sie mit einem Kopfschütteln das Glas ab. Sie wusste, wo sie ihn suchen musste.

Sie ging leise durchs Haus und blieb auf der Schwelle zum Schlafzimmer stehen.

Der Wintermond schien durch die Fenster ins Zimmer und badete Jonah und das Baby auf seinem Arm in schimmerndem Licht. Ally floss das Herz über vor Liebe, während sie sich gleich darauf in eine wunderbar wohlige Wärme eingehüllt fühlte – ein ganz neuartiges Gefühl.

„Du hast sie aufgeweckt."

„Sie war wach."

„Nein, ich wette, du hast sie aufgeweckt", widersprach Ally und trat neben ihn. „Weil du einfach nicht die Finger von ihr lassen kannst."

„Warum sollte ich?" Er drückte seine Lippen in den schwarzen Haarflaum. „Sie ist meine Tochter."

„Keine Frage." Ally fuhr dem Baby mit einem Finger über das weiche schwarze Haar. „Sie wird deine Augen bekommen."

Diese Vorstellung war atemberaubend. Er schaute in das perfekte kleine Gesicht, in die geheimnisvollen Augen des Neugeborenen. Er sah darin sein ganzes Leben. In Sarahs Augen.

„Das kann man nach zwei Wochen noch nicht sagen. Ich habe gelesen, dass es länger dauert."

„Trotzdem bekommt sie deine Augen", beharrte Ally. Sie legte ihm einen Arm um die Taille und schaute mit ihm zusammen auf das kleine Wunder hinunter. „Hat sie Hunger?"

„Nein. Sie ist einfach nur ein Nachtmensch." Und sie gehörte zu ihm, genau so wie die Frau neben ihm zu ihm gehörte. Obwohl beide vor zwei Jahren für ihn noch nicht einmal existiert hatten. Jetzt waren sie seine Welt.

Er wandte den Kopf und beugte sich zu Ally, die ihm ihren Mund entgegenhob. Als er den Kuss vertiefte, begann das Baby in seinen Armen zu strampeln, so dass Jonah sich von Ally löste und Sarah geschickt an seine Schulter bettete.

Ally fand, dass er so wunderbar in seiner Vaterrolle

aufging, als ob er sich sein ganzes Leben lang darauf vorbereitet hätte. Andererseits hatte er in ihrem Vater ja auch ein leuchtendes Vorbild gehabt.

Sie musterte die beiden mit schräg gelegtem Kopf. „Ich nehme an, sie will jetzt das Spiel sehen."

Jonah rieb seine Wange an dem weichen Köpfchen seiner Tochter. „Ich glaube, sie hat so was erwähnt."

„Sie wird dabei einschlafen."

„Du auch."

Lachend nahm Ally die Decke aus dem Stubenwagen. „Gib sie mir", verlangte sie und breitete die Arme aus.

„Nein."

Ally verdrehte die Augen. „Na schön, bis zur Halbzeit kannst du sie meinetwegen halten, aber dann bin ich dran."

„Abgemacht."

Mit dem Baby an der Schulter und Hand in Hand mit der Frau, die er liebte, machte Jonah sich auf, den Abend zu genießen.

– ENDE –

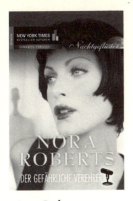

Nora Roberts
Nachtgeflüster 1
Der gefährliche Verehrer
Band-Nr. 25126
6,95 € (D)
ISBN: 3-89941-165-X

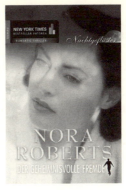

Nora Roberts
Nachtgeflüster 2
Der geheimnisvolle
Fremde
Band-Nr. 25133
6,95 € (D)
ISBN: 3-89941-172-2

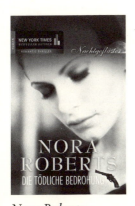

Nora Roberts
Nachtgeflüster 3
Die tödliche Bedrohung
Band-Nr. 25146
6,95 € (D)
ISBN: 3-89941-185-4

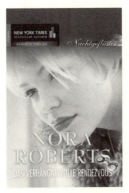

Nora Roberts
Nachtgeflüster 4
Das verhängnisvolle
Rendezvous
Band-Nr. 25153
6,95 € (D)
ISBN: 3-89941-192-7

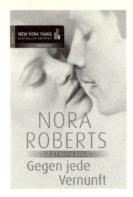

Nora Roberts
Die Stanislaskis 3
Gegen jede Vernunft
Band-Nr. 25132
6,95 € (D)
ISBN: 3-89941-171-4

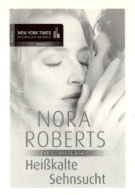

Nora Roberts
Die Stanislaskis 4
Heißkalte Sehnsucht
Band-Nr. 25144
6,95 € (D)
ISBN: 3-89941-183-8

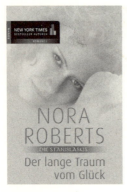

Nora Roberts
Die Stanislaskis 5
Der lange Traum
vom Glück
Band-Nr. 25152
6,95 € (D)
ISBN: 3-89941-191-9

Deutsche Erstveröffentlichung

Nora Roberts
Die Stanislaskis 6
Tanz der Liebenden
Band-Nr. 25160
6,95 € (D)
ISBN: 3-89941-199-4

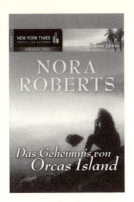

Nora Roberts
Das Geheimnis
von Orcas Island
Band-Nr. 25134
6,95 € (D)
ISBN: 3-89941-173-0

Tess Gerritsen
Verrat in Paris
Band-Nr. 25135
6,95 € (D)
ISBN: 3-89941-174-9

Deutsche Erstveröffentlichung

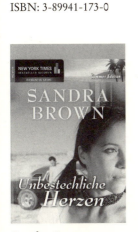

Sandra Brown
Unbestechliche Herzen
Band-Nr. 25136
6,95 € (D)
ISBN: 3-89941-175-7

Sandra Brown
Nur wer Liebe lebt
Band-Nr. 25154
6,95 € (D)
ISBN: 3-89941-193-5

Nora Roberts

Nachtgeflüster 1
Der gefährliche Verehrer
Hörbuch
Band-Nr. 45006
4 CD's nur 10,95 € (D)
ISBN: 3-89941-222-2

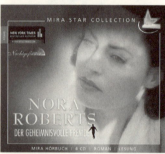

Nora Roberts

Nachtgeflüster 2
Der geheimnisvolle Fremde
Hörbuch
Band-Nr. 45008
4 CD's nur 10,95 € (D)
ISBN: 3-89941-224-9

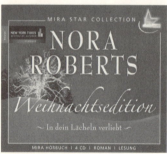

Nora Roberts

Weihnachtsedition
In dein Lächeln verliebt
Hörbuch
Band-Nr. 45012
4 CD's nur 10,95 € (D)
ISBN: 3-89941-251-6

Nora Roberts

Ein Meer von
Leidenschaft
Hörbuch

Band-Nr. 45004
4 CD's nur 10,95 € (D)
ISBN: 3-89941-220-6